中国艺术学文库·新媒体艺术理论文丛

LIBRARY OF CHINA ARTS · SERIES OF ART THEORY ON THE NEW MEDIA

网络文学研究成果集成

欧阳友权　主编

本书系2011年度国家社科基金重点项目
"网络文学文献数据库建设"结题成果之一。

图书在版编目（CIP）数据

网络文学研究成果集成/欧阳友权主编．－－北京：中国文联出版社，2015.9

（中国艺术学文库·新媒体艺术理论文丛）

ISBN 978-7-5190-0448-4

Ⅰ．①网… Ⅱ．①欧… Ⅲ．①中国文学－当代文学－文学研究 Ⅳ．① I206.7

中国版本图书馆 CIP 数据核字 (2015) 第 238239 号

中国文学艺术基金会资助项目
中国文联文艺出版精品工程项目

网络文学研究成果集成

主　　编：欧阳友权	
出 版 人：朱　庆	
终 审 人：朱彦玲	复 审 人：邓友女
责任编辑：曹艺凡　曹军军	责任校对：师自运　兰子君　谷　军
封面设计：马庆晓	责任印制：陈　晨

出版发行：中国文联出版社
地　　址：北京市朝阳区农展馆南里 10 号，100125
电　　话：010-65389682（咨询）65067803（发行）65389150（邮购）
传　　真：010-65933115（总编室），010-65033859（发行部）
网　　址：http://www.clapnet.cn
E－mail：clap@clapnet.cn　　caojj@clapnet.cn
印　　刷：北京一二零一印刷厂
装　　订：北京一二零一印刷厂
法律顾问：北京市天驰洪范律师事务所徐波律师
本书如有破损、缺页、装订错误，请与本社联系调换

开　　本：710×1000	1/16		
字　　数：277 千字	印　张：19.25		
版　　次：2015 年 9 月第 1 版	印　次：2015 年 9 月第 1 次印刷		
书　　号：ISBN 978-7-5190-0448-4			
定　　价：58.00 元			

版权所有　翻印必究

序 言

黄鸣奋

将文学网络化的努力，或许可以追溯到哈佛大学毕业生纳尔逊在20世纪60年代开发在线出版系统的努力。英国科学家伯纳斯－李在20世纪80年代末发明万维网，为此后网络文学的流行准备了必要的技术条件。我国改革开放推动了海外留学大潮，既让莘莘学子在发达国家率先接触网络服务，又让他们萌生了以汉语书写网络文学的强烈冲动。就是在这样的背景下，汉语网络文学在20世纪90年代登上了历史舞台，演绎出回肠荡气的好戏来。

作为新生事物，汉语网络文学的诞生标志着"互联网＋"在语言艺术领域的最初应用，其历程是互联网思维逐渐深入到创作、传播和鉴赏各个环节的体现。它不仅圆了海外留学生的思乡之梦、港澳台青年的文学实验之梦，而且圆了祖国大陆诸多文学爱好者的创作与发表之梦，让他们的创造力像火山一样喷发出来。将文学与互联网联系在一起，既意味着拥抱第五次信息革命以来崭露头角的新科技、新媒体，又意味着将视野扩展到全球村、知识经济等新潮流、新趋势。产业化运作使网络文学逐渐被纳入ISP、ICP等各种公司的发展战略，不仅具备了网络地址的IP身份得以在各种数码媒体平台上链接与流动，而且形成了产权运作的IP空间，得以通过各种衍生产品展示其魅力。

相对于纸质文学而言，网络文学由附庸至蔚为大国，这已经是一种令世人瞩目、令商人动心、令领导重视的现象。如何对其历史经验予以总结、对其发展趋势予以引导、对其社会价值予以评价，是学术界面临的重要历史任务。这些年来，有许多学者对此做出值得铭记的贡献，不论是意识形态层面的激浊扬清，或者是艺术形式层面的阐幽发微，还是社会运作层面的解剖分析。就此而言，由欧阳友权教授带领的中南大学团队是当之无愧的网络文学研究大本营。就我所知，他们的重要贡献之一是以丛书（2004年以来已经出版了五套！洋洋大观）的形式展示网络文学研究的多种取向、多种潜能、多种角度，其范围包括专著、论文集、评论选辑、名篇赏析、大事汇编、关键词诠解、写手评点、网站评介、博客评述等。作为国家社会科学基金重点项目"网络文学文献数据库"的成果，和相关软件及《网络文学词典》等相配套，欧阳友权教授及其所指导的研究生新近推出《中国网络文学编年史》《网络文学研究成果集成》，为我们把握汉语网络文学从创作到研究的走势及概况提供了重要依据。不论是按照时序梳理我国网络文学的发展脉络，或者是根据媒体来整理我国网络文学研究的相关成果，都是相当重要的基础性工作，需要尽可能搜集、静心过滤并整理海量信息，考虑编排和体例等问题。尽管要做到尽如人意比较困难，但这两本书对于读者的参考价值是显而易见的。

随着信息革命的深化，网络在技术上不断升级换代，在应用上日益深入生活。与之相适应，网络文学势必不断推陈出新。互联网和移动通信平台先后推出多种服务，创造了网络文学多样化的契机，从早期的BBS文学、主页文学，到短信文学、博客文学，再到后来的微博文学、微信文学等，都可以为证。新媒体所推动的社会变革，促进了我国信息生态的重大变化，网络文学由此形成了自己独特的艺术定位，从语言风格、作品内容到体裁结构，都显示出某种有别于纸媒文学的特色。今后，网络文学还会给我们怎么样的惊喜（或者说对我们的文学体验带来什么样的挑战）呢？

也许，它会顺应这一拨O2O大潮，致力于线上线下的互联互通。有数字出版平台作为依托，只要你扫描印刷品的二维码，就可以在手机、电脑或其他终端上看到对应的文字、图画、音频与视频等内容。

也许，它会和位置服务、增强现实相结合，强化和地理信息系统的联系，让我们不论走到哪里都能听到或看到与特定景观相联系的文学作品。当地居民也好，外地游客也好，都可以将自己对这些景观的观感和体验用诗歌、散文或小说形式发布上网，与途经此处的其他人共享。

也许，它会乘4.5G、5G等媒体技术的东风，将人工智能当成自己创新的推手，让用户可以用口授的方式进行创作，由系统自动进行语音识别,并根据需要自动配乐、配图,转换生成超媒体的作品,发送给个性化定制的用户,实现基于网络的"按需文学"(Literature on Demand)。

也许,它会随着互联网星际化而扩展出太空版,让月球、火星或其他星体上的人类移民变成自己的写手或粉丝。今天宇航员可以通过网络向全球直播他们的诗歌朗诵,明天网络完全有可能在跨星球文学交流中扮演更重要的角色。

……………

到那时,一定会有新的"网络文学编年史",一定会有新的"网络文学研究论著集成"。如果说纳尔逊、伯纳斯-李等先驱所书写的是它们的引子的话,那么,我们正在书写的是它们的开篇。至于续曲、高潮甚至尾声,必然由后人来构思和创作。如果自古至今的文学作品都数字化、上了网,如果世界上的文学爱好者都用上了网络,甚至,如果将宇宙"一网打尽"真有可能,那么,网络文学必然像江河流入大海一样,无处不在,又无处在。

是为序。

2015 年夏

目 录

001／一、网络文学研究学术期刊论文存目
055／二、网络文学理论批评报纸文章存目
129／三、网络文学研究博士硕士论文题录
140／四、学术会议网络文学论文存目
146／五、网络文学研究学术著作存目
150／六、网络文学出版作品存目
202／七、名作家博客文章存目

298／后　记

CONTENTS

001 / I. Academic Journal Papers of Network Literature Research

055 / II. Newspapers and Articles on Network Literature Theoretical Criticism

129 / III. Master's and Doctoral Dissertation Titles on Network Literature Research

140 / IV. Academic Conference Papers on Network Literature

146 / V. Academic Writings on Network Literature Research

150 / VI . Published Works on Network Literature

202 / VII. Renowned Writers' Blog Posts

298 / Postscript

一、网络文学研究学术期刊论文存目

[存目字段格式：序号．题名，责任者 其他责任者（任选），出版者，出版时间]

1997 年

电脑艺术学刍议，黄鸣奋，厦门大学学报，1997 年第 4 期

1999 年

1. 小人物颠覆传统文学，佚名，中国新闻周刊，1999 年第 2 期
2. 网络小说的兴起，陈海燕，小说评论，2009 年第 3 期
3. 计算机时代的文学，刘登阁，民主与科学，2009 年第 3 期
4. 研讨台港澳暨海外华文文学发展新动向，周林，世界华文文学论坛，2009 年第 3 期
5. 第 X 次浪潮——华文网络文学，钱建军，华侨大学学报（哲学社会科学版），1999 年第 4 期
6. 痞子蔡的"第一次亲密接触"，佚名，Internet 信息世界，2009 年第 7 期
7. "网络"＋"文学"还是"网络文学"？，萧为，Internet 信息世界，2009 年第 8 期
8. 网络给文学带来了什么？，吴过，电脑爱好者，1999 年第 20 期

2000 年

1. 网络文学创作述论，吴晓明，湛江师范学院学报，2000 年第 4 期
2. 游荡网络的文学，南帆，福建论坛（文史哲版），2000 年第 4 期
3. 论网络传播对文学的影响，赵炎秋，社会科学辑刊，2000 年第 4 期
4. 文学生产的麦当劳化和网络化，宋晖，文艺评论，2000 年第 5 期
5. 解读网络文学，王多，探索与争鸣，2000 年第 5 期

6. 网络文学刍议，杨新敏，文学评论，2000 年第 5 期

7. 网络的崛起与文学的溃散，席云舒，图书馆，2000 年第 5 期

8. 网络对文学本体的挑战及对策，李夫生，理论与创作，2000 年第 5 期

9. 网络原创文学的宗旨，邢育森，电脑技术，2000 年第 8 期

2001 年

1. 网络文学及其发展前景，林春田，理论与创作，2001 年第 1 期

2. 网络文学：新世纪文学的裂变，金振邦，东北师大学报（哲学社会科学版），2001 年第 1 期

3. 网络文学：挑战传统与更新观念，欧阳友权，湘潭大学社会科学学报，2001 年第 1 期

4. 网络文学三议题，杜家和，哈尔滨学院学报，2001 年第 1 期

5. 网络文学刍议，王平洋，浙江交通职业技术学院学报，2001 年第 1 期

6. 论现阶段的网络原创文学，刘熹，当代文坛，2001 年第 2 期

7. 网络文学原生态，莫云，武警学院学报，2001 年第 2 期

8. 流——网络文学的本质，武静，山东教育学院学报，2001 年第 3 期

9. 网络原创文学摭谈，邹文生，商丘师范学院学报，2001 年第 3 期

10. 网络文学：自律和他律，裴玉成，湖北民族学院学报（哲学社会科学版），2001 年第 3 期

11. 网络语言与网络文学，耿艳娥，西安石油学院学报（社会科学版），2001 年第 3 期

12. 在阳光与阴影的街上——网络文学现状初探，胡燕妮，暨南学报（哲学社会科学版），2001 年第 4 期

13. 试论网络文学的特质及其对传统文学的超越，郭炎武，南京师大学报（社会科学版），2001 年第 4 期

14. 从"第一次亲密接触"的火爆看网络文学的发展，张伟靖，当代传播，2001 年第 4 期

15. 网络文学的兴起与文学创作模式的嬗变，廖卫红，南华大学学报（社会科学版），2001 年第 4 期

16. 文学的困惑与网络文学，杨政，当代文坛，2001年第5期

17. 漫谈"网络文学"，翟峰，四川档案，2001年第5期

18. 超现实与网络文学的大众性，李莉，湖南师范大学社会科学学报，2001年第5期

19. 网络文学发展中的二律背反问题，赵炎秋，湖南师范大学社会科学学报，2001年第5期

20. 是是非非冷观网络文学，何慧颖，山东行政学院 山东省经济管理干部学院学报，2001年第5期

21. 文学自由的乌托邦：对网络文学的美学批评，蔡焱，曲靖师范学院学报，2001年第5期

22. 网络文学的电子主体性、文学新样式与诗性自律，陈果安，湖南师范大学社会科学学报，2001年第5期

23. 信息时代的网络文学，潘晓生，济南大学学报（社会科学版），2001年第6期

24. 互联网上的文学风景——我国网络文学现状调查与走势分析，欧阳友权，三峡大学学报（人文社会科学版），2001年第6期

25. 乱花渐欲迷人眼——中文网络文学述评，邹文生，周口师范高等专科学校学报，2001年第6期

26. 网络时代的文学艺术，陈定家，三峡大学学报（人文社会科学版），2001年第6期

27. 网络文学路在何方，王宏图，社会科学，2001年第8期

28. 网络文学：新世纪文学新生的可能性，葛红兵，社会科学，2001年第8期

29. 网络文学：文学发展的第三历史阶段，梁宁宁 聂道先，社会科学，2001年第8期

30. 网络文学的优势，王一侬，社会科学，2001年第8期

31. "网络文学"的特点及现状，滕常伟 桂晓东，社会科学，2001年第8期

32. 歧路花园中的幽灵狂欢——论网络对文学创作主体的三种影响，郭炎武，社会科学，2001年第9期

2002 年

1. 网络华文文学刍议，黄鸣奋，华侨华人历史研究，2002 年第 1 期
2. 关于建设网络文学湘军的思考，欧阳友权，求索，2002 年第 1 期
3. 此岸与彼岸的尴尬——对网络文学与世界文学关系的一种思考，蔡春华，中国比较文学，2002 年第 1 期
4. "世界文学"：网络时代的可能性及其特征，查明建，中国比较文学，2002 年第 1 期
5. 网络时代的文学：网络的，还是世界的?，聂伟，中国比较文学，2002 年第 1 期
6. 网络文学是什么?，王晓华，人文杂志，2002 年第 1 期
7. 网络文学的定义，许苗苗，北京市政法管理干部学院学报，2002 年第 1 期
8. 多维视野中的网络文学，危磊，广西师院学报（哲学社会科学版），2002 年第 1 期
9. 网络文学的当下可能性，陈美珍，郑州航空工业管理学院学报（社会科学版），2002 年第 1 期
10. 浅析网络文学语言运用及创作方式特点，牛军，邯郸师专学报，2002 年第 1 期
11. 网络文学的现状与前瞻，张晓明，山东理工大学学报（社会科学版），2002 年第 1 期
12. 论中国网络文学的起源与发展，徐文武，江汉石油学院学报（社科版），2002 年第 1 期
13. 网络文学刍议，丛晓峰，北京航空航天大学学报（社会科学版），2002 年第 1 期
14. 从网络小说看网络文学基本特征，唐余俊，盐城工学院学报（社会科学版），2002 年第 2 期
15. 网络文学的特色，许苗苗，广播电视大学学报（哲学社会科学版），2002 年第 2 期
16. 网络文学有待走出幼稚期，刘莲，石家庄师范专科学校学报，2002 年第 2 期

17. 网络文学简论，孙延蘅，东岳论丛，2002 年第 3 期

18. 网话文风格——网络文学的全新语境，贺又宁，贵州社会科学，2002 年第 3 期

19. 浅析网络文学的特征及其发展，武彬，武警工程学院学报，2002 年第 3 期

20. 网络文学的特性及其发展趋势，张琼，山西师大学报（社会科学版），2002 年第 3 期

21. 论网络文学的自由，王荣国，徐州教育学院学报，2002 年第 3 期

22. 后现代主义文学的网络话语，宋铮，宁波大学学报（人文科学版），2002 年第 3 期

23. 网络文学与传统文学之比较，何志钧，德州学院学报，2002 年第 3 期

24. 游戏、对抗与困境——论中国网络文学的写作形态，维佳，贵州民族学院学报（哲学社会科学版），2002 年第 3 期

25. 网络文学及其文化思考，许列星，当代文坛，2002 年第 3 期

26. 网络文学发展前景之我见，卢政，哈尔滨学院学报，2002 年第 3 期

27. 论网络文学，王萍，牡丹江师范学院学报（哲学社会科学版），2002 年第 3 期

28. 网络文学之我见，黄鸣奋，社会科学战线，2002 年第 4 期

29. 在虚拟和真实之间——兼谈网络时代的比较文学，韩振华，人文杂志，2002 年第 4 期

30. 网络文学：文学的新变迁，敦玉林，天津社会科学，2002 年第 4 期

31. 网络文学的媒体突围与表征悖论，欧阳友权，社会科学战线，2002 年第 4 期

32. 网络文学能网络什么——漫谈网络文学，青青子衿，网络与信息，2002 年第 4 期

33. 网络文学：未来文学的主流形态，聂庆璞，社会科学战线，2002 年第 4 期

34. 网络文学：自由的文学乌托邦，蔡之国，文艺评论，2002 年第

4 期

35. "火焰战争"与"文化垃圾"——关于"网络文学"的几点不合时宜的想法,陈定家,社会科学战线,2002 年第 4 期

36. 论网络文学对传统文学秩序的新建构,黄燕妮,当代文坛,2002 年第 4 期

37. "期待视野"与网络文学,汪代明,当代文坛,2002 年第 4 期

38. 网络空间与文学书写,肖薇,西南民族学院学报(哲学社会科学版),2002 年第 4 期

39. 网络,文学的虚妄与梦想,李湘,湖南商学院学报,2002 年第 4 期

40. 网络文学语言的理性思考,周学红,商丘师范学院学报,2002 年第 4 期

41. 网络文学存在的意义,郭毅,肇庆学院学报,2002 年第 4 期

42. 网络文学刍议,杨素平,江苏工业学院学报(社会科学版),2002 年第 4 期

43. 浅析网络文学写作特点,窦小忱,商丘师范学院学报,2002 年第 6 期

44. 破网而出——网络文学下网的趋势,许苗苗,甘肃高师学报,2002 年第 6 期

45. 网络文学:你可以随心所欲吗?,南帆,文明与宣传,2002 年第 9 期

46. 网络文学:自由的挑战,邝炼军,西南民族学院学报(哲学社会科学版),2002 年第 11 期

47. E 时代的网络文学,马丽荣,陕西师范大学学报(哲学社会科学版),2002 年第 11 期

48. 文化变迁时代与网络文学,陈福民,中学语文,2002 年第 Z1 期

2003 年

1. 中国网络文学的禅美学视野,杨林,中南大学学报(社会科学版),2003 年第 1 期

2. 网络文学与民间文学,杨新敏,苏州大学学报(哲学社会科学版),

2003 年第 1 期

3. 网络文学的挑战——论网络文学对传统文学的冲击，罗静雯，宜宾学院学报，2003 年第 2 期

4. 假面舞会的话语狂欢——试论网络文学，吴绍义，当代文坛，2003 年第 2 期

5. 网络文学对传统文学的冲击，罗静雯，涪陵师范学院学报，2003 年第 2 期

6. 网络文学论略，丁鹏，高等函授学报（哲学社会科学版），2003 年第 2 期

7. 网络时代的文学理论序曲——读欧阳友权《网络文学论纲》，董学文，云梦学刊，2003 年第 2 期

8. 网络文学自由性特征之我见，张雁影，陕西教育学院学报，2003 年第 2 期

9. 心理学视野下的网络文学，何敏，昆明师范高等专科学校学报，2003 年第 2 期

10. 网络文学：文学面临的新挑战，艺丹，社会科学辑刊，2003 年第 2 期

11. 网络文学的后现代文化情结，欧阳友权，文艺理论与批评，2003 年第 2 期

12. 网络文学：民间话语权的回归，欧阳友权，淮阴师范学院学报（哲学社会科学版），2003 年第 3 期

13. 网络文学对传统诗性的消解，欧阳友权，中国文学研究，2003 年第 3 期

14. 当代文学转型中的赛伯批评空间——兼谈网络文学的若干特性，刘志权，南京师大学报（社会科学版），2003 年第 3 期

15. 网络时代的比较文学景观，张跃军，中南大学学报（社会科学版），2003 年第 3 期

16. 当文学经典遭遇时尚网络，谭军武，文艺理论与批评，2003 年第 3 期

17. 网络文学：新物质载体产生的文学现象，温存超，河池师专学报，2003 年第 3 期

18. 此岸的瞬间与彼岸的永恒——论网络文学的历史、现状和未来趋势，王立，齐鲁艺苑，2003年第3期

19. 网络文学浅析，王粤钦，理论界，2003年第3期

20. 在喧哗与骚动中沉思——网络文学探索，汪太伟，沙洋师范高等专科学校学报，2003年第4期

21. 网络时代的热文学——网络文学的现象、特征和本质浏览，温阜敏，九江师专学报，2003年第4期

22. 网络文学——个体价值的张扬与社会价值的虚位，袁牧华，佳木斯大学社会科学学报，2003年第5期

23. 网络文学的审美特质，柯秀经，华南师范大学学报（社会科学版），2003年第5期

24. "网络文学前沿问题"笔谈（上）网络文学的审美设定与技术批判，欧阳友权，中南大学学报（社会科学版），2003年第5期

25. 网络文学自由本性的学理表征，欧阳友权，理论与创作，2003年第5期

26. 网络文学研究述评，欧阳友权，文艺理论与批评，2003年第5期

27. 网络文学及其价值观念的界定，姜英，文艺理论与批评，2003年第5期

28. 浮出网面的数字化文学——试论网络文学的现状及其新走向，赵伟杰，鞍山师范学院学报，2003年第5期

29. 文化研究视野中的网络文学价值，沈铁鸣，杭州师范学院学报（自然科学版），2003年06期

30. 对网络儿童文学的浏览和思考，阮咏梅，广西社会科学，2003年第6期

31. 网络文学的生产与消费辨析，杜军，社会科学论坛，2003年第9期

2004 年

1. 略论网络文学的语言运用特点，刘峰暨，当代文坛，2004年第1期

2. 网络文学的文化价值分析，文军，西南民族大学学报（人文社科版），2004年第2期

3. 法兰克福学派文艺技术化批判的批判——兼论网络文学存在的合理性，姚鹤鸣，学习与探索，2004 年第 2 期

4. 泛互文性：网络文学的美学特征，杨中举，当代文坛，2004 年第 2 期

5. 论网络文学的平民化叙事，欧阳友权，中南大学学报（社会科学版），2004 年第 2 期

6. 论网络文学的狂欢色彩，王菊花，黄冈师范学院学报，2004 年第 2 期

7. 网络文学与作文教学构建，罗永东，渝西学院学报（社会科学版），2004 年第 2 期

8. 网络文学的特点，郑宜兵，邢台学院学报，2004 年第 2 期

9. 网络儿童文学原生态，陈昕，丽水师范专科学校学报，2004 年第 3 期

10. 网络文学作为文学活动的当代境遇，罗运魁，温州师范学院学报，2004 年第 3 期

11. 试论网络文学审美的特殊性，罗怀，中南大学学报（社会科学版），2004 年第 3 期

12. 网络文学的文本特征，聂庆璞，中南大学学报（社会科学版），2004 年第 3 期

13. 试论网络文学的"文本"特征，黄来明，东华理工学院学报（社会科学版），2004 年第 3 期

14. 论网络文学的特点及相关问题，钱少青，河海大学学报（哲学社会科学版），2004 年第 3 期

15. 国内网络与文学研究综述，盛英，当代文坛，2004 年第 3 期

16. 论网络文学写作的变革性特征，符有明，聊城大学学报（社会科学版），2004 年第 3 期

17. 网络文学的后现代文化逻辑，欧阳友权，三峡大学学报（人文社会科学版），2004 年第 3 期

18. 比较文学在网络时代，许平，杭州师范学院学报（自然科学版），2004 年第 3 期

19. 网络文学的学科形态建设，欧阳友权，文艺理论与批评，2004 年

第 4 期

20. 数字化网络与文学命运，吴炫，文艺理论与批评，2004 年第 4 期

21. 网络文学的话语诉求及价值取向，张莉，许昌学院学报，2004 年第 4 期

22. 网络文学刍议，赵永红，内蒙古师范大学学报（哲学社会科学版），2004 年第 4 期

23. 论网络文学的"粗口秀"叙事，欧阳友权，曲靖师范学院学报，2004 年第 4 期

24. 网络文学与当代人类的生存境遇，徐莺音，山西广播电视大学学报，2004 年第 4 期

25. 网络原创文学与传统文学辨异，秦宇慧，沈阳教育学院学报，2004 年第 4 期

26. 网络文学：与谁交流？交流什么？怎么交流？，杨新敏，社会科学辑刊，2004 年第 5 期

27. 是文学，还是文学性的"网络游戏"？，王汶成，求是学刊，2004 年第 5 期

28. 网络文学：无纸空间的自由书写，张春生，天津社会科学，2004 年第 5 期

29. 网络文学的心理和休闲特质，马永利，固原师专学报，2004 年第 5 期

30. 网络原创文学何以不大气？，詹珊，湛江师范学院学报，2004 年第 5 期

31. 网络文学本体论纲，欧阳友权，文学评论，2004 年第 6 期

32. 网络文学：理性视阈中的学理阐释，王岳川，中南大学学报（社会科学版），2004 年第 6 期

33. 网络文学的意义设定与艺术走向，钟虎妹，文艺争鸣，2004 年第 6 期

34. 网络文学与文学本质，李自芬，四川大学学报（哲学社会科学版），2004 年第 6 期

35. 网络文学：在大众文化中"狂欢"，廖健春，经济与社会发展，2004 年第 6 期

36. "在线"诗学流变与网络文学的诗意,蓝爱国,文艺争鸣,2004年第6期

37. 网络文学原理建构的新掘进,何志钧,中南大学学报(社会科学版),2004年第6期

38. 当前网络文学的尴尬与成因,杨剑虹,平原大学学报,2004年第6期

39. 网络文学:从理论上证明自己的存在,黄鸣奋,中南大学学报(社会科学版),2004年第6期

40. 一道色香诱人但余味不足的文学快餐——网络文学刍论,封英锋,宝鸡文理学院学报(社会科学版),2004年第6期

41. 试论网络文学的发展障碍,吴跃平,高等函授学报(哲学社会科学版),2004年第6期

42. 网络文学的再思考,师会敏,天府新论,2004年第S1期

2005 年

1. 网络文学作品中的英语语码转换,杨春丽,河南理工大学学报(社会科学版),2005年第2期

2. 论网络文学的精神诉求,许海军,开封大学学报,2005年第2期

3. 关于当前网络文学价值取向的探讨,黄曼青,经济与社会发展,2005年第2期

4. 网络文学前沿问题的学术清理,欧阳友权,湖南师范大学社会科学学报,2005年第3期

5. 浅谈网络文学与传统文学的创作差异,李顺富,无锡职业技术学院学报,2005年第3期

6. 存在抑或虚无:网络文学研究的学理悖论,刘绪义,扬州大学学报(人文社会科学版),2005年第3期

7. 网络文学的特征及其影响,禹明华,湖南人文科技学院学报,2005年第3期

8. 网络文学创新及其意义,杨梅,东岳论丛,2005年第3期

9. 网络文学刍议,周晓红,四川经济管理学院学报,2005年第4期

10. 网络原创文学的创作对策,詹珊,运城学院学报,2005年第4期

11. 网络文学价值论省思，阎真，文艺争鸣，2005 年第 4 期

12. 论网络技术发展与网络文学的审美走向，周春英，宁波广播电视大学学报，2005 年第 4 期

13. 试析网络文学的特质，贾玲，西南民族大学学报（人文社科版），2005 年第 5 期

14. 网络原创文学谐谑语言探析，詹珊，鄂州大学学报，2005 年第 5 期

15. 网络文学传播对文学创作观念的影响，安萍，沈阳师范大学学报（社会科学版），2005 年第 5 期

16. 新媒体视野中的网络文学，金振邦，东北师大学报（哲学社会科学版），2005 年第 5 期

17. 论 80 后文学的网络特征，江冰，文艺评论，2005 年第 6 期

18. 网络文学研究的视角与热点，欧阳友权，求索，2005 年第 6 期

19. 网络文学的大众文化特征及价值取向，廖健春，长春师范学院学报，2005 年第 4 期

20. 网络文学的基本特征，郭岩，南方论刊，2005 年第 7 期

21. 颠覆与重构中的网络文学范式——以文本建构为例，常焕辉，求索，2005 年第 8 期

22. 以网络语言为基础的新文学冲击，杜慧敏，广西社会科学，2005 年第 8 期

23. 网络文学的审美趋势，朱凯，山东文学，2005 年第 11 期

24. 网络传媒对公共领域的构建及其对文学的影响，曹素华，福建论坛（人文社会科学版），2005 年专辑

2006 年

1. 网络文学：后现代文化语境中的自由书写，杨延生，新疆社会科学，2006 年第 1 期

2. 文学的网络化延伸，陈少锋，杨凌职业技术学院学报，2006 年第 1 期

3. 网络文学浅探，侯中华，景德镇高专学报，2006 年第 1 期

4. 超文本网络文学对传统文学批评的挑战，李树玲，襄樊职业技术学

院学报，2006 年第 2 期

5. 网络文学对写作教学的挑战及应对策略，贺义荣，喀什师范学院学报，2006 年第 2 期

6. 网络文学特征简论，顾宁，中国社会科学院研究生院学报，2006 年第 2 期

7. 现代语境中的网络文学，王志强，内蒙古社会科学（汉文版），2006 年第 2 期

8. 网络文学的审美特征，王哲平，南昌大学学报（人文社会科学版），2006 年第 2 期

9. 网络文学发展刍议，舒高，中南大学学报（社会科学版），2006 年第 2 期

10. 浅谈我国网络文学的特征及其思考，唐永芳，大学时代（B 版），2006 年第 3 期

11. 网络文学的早期历程，马季，红豆，2006 年第 3 期

12. 网络与文学翻译批评，许钧，外语教学与研究，2006 年第 3 期

13. "挖坑"现象与网络文学，李馥华，运城学院学报，2006 年第 3 期

14. 网络文学的产生、发展和冷思考，陈少锋，临沧教育学院学报，2006 年第 3 期

15. 网络文学与传统文学生产与消费析异，贺天忠，襄樊学院学报，2006 年第 4 期

16. 超文本：网络文学创作的靓丽风景，王璞，大庆师范学院学报，2006 年第 4 期

17. 重写经典：继承，抑或背叛——网络文学创作中重写经典文本现象分析，赵婧，湖南城市学院学报，2006 年第 4 期

18. 网络文学：在低迷中前行，周为筠，阅读与写作，2006 年第 4 期

19. 网络文学的虚拟真实，欧阳友权，中南大学学报（社会科学版），2006 年第 5 期

20. 论网络文学的自由精神，高瑞民，赤峰学院学报（汉文哲学社会科学版），2006 年第 5 期

21. 网络文学的三次冲击波，马季，红豆，2006 年第 5 期

22. 浅议网络文学特征，郭玮，宁波大学学报（人文科学版），2006年第5期

23. 近年来网络文学研究之一瞥，孙敏，四川警官高等专科学校学报，2006年第5期

24. 网络文学研究现状的反思，刘月新，三峡大学学报（人文社会科学版），2006年第6期

25. 网络与当代文学创作，江冰，文艺评论，2006年第6期

26. 论文学人类学在网络文学评论中的使命，先聆，当代文坛，2006年第6期

27. 网络文学与博客联手传统出版之比较，朱环新，出版广角，2006年第7期

28. 试论网络文学能否成为文学主流，毕景媛，现代语文（文学研究版），2006年第7期

29. 网络文学现象探幽，柯媛媛，福建教育学院学报，2006年第8期

30. 短信文学与网络文学的比对与前瞻，曾洪伟，广西社会科学，2006年第9期

31. IT论坛：网络文学，虚假的繁荣？，赵明辉，电脑爱好者，2006年第9期

32. 论网络文学的民间性，杨汉瑜，科技信息，2006年第9期

33. 网络文学的兴起与特点，袁平夫，西南民族大学学报（人文社科版），2006年第9期

34. 数字化对文学的触摸——网络文学的超文本性，郝珊珊，东南传播，2006年第11期

35. 后现代语境下的网络文学，周璇璇，中共福建省委党校学报，2006年第11期

36. 简论网络文学与传统文学的差异，李爱娟，阅读与写作，2006年第12期

37. 自由的网络文学与规范的传统文学比较，齐剑英，辽宁教育行政学院学报，2006年第12期

38. 网络文学价值论，翟东明，当代经理人（下旬刊），2006年第12期

39. 网络文学与文学功能跨时代的嬗变，宋宜贞，电影评介，2006年第22期

40. 关于网络文学的文学意义思考，祝大安，名作欣赏，2006年第24期

41. 网络奇幻文学繁荣的背后，朱洪海，出版参考，2006年第31期

2007年

1. 关于网络文学积极价值的思考，缪增位，安徽文学（下半月），2007年第1期

2. 网络文学的本体追问与意义体认，欧阳友权，文艺理论研究，2007年第1期

3. 浅议网络文学的个性狂欢，刘亚平，文学教育（上），2007年第1期

4. 试论网络文学的美学原则，吕德强，宁德师专学报（哲学社会科学版），2007年第1期

5. 网络文学对主流意识形态的消解，李红秀，西华师范大学学报（哲学社会科学版），2007年第1期

6. 网络文学中的女性形象辨析，赵淑平，辽宁广播电视大学学报，2007年第1期

7. 网络文学批评中的精神维度遗失——以何学威、蓝爱国《网络文学的民间视野》为例，陈莉，当代文坛，2007年第1期

8. 论网络文学创作的游戏审美特质，王璞，中国石油大学学报（社会科学版），2007年第1期

9. 网络文学语言的"狂欢化"特色，刘亚平，长春工业大学学报（社会科学版），2007年第1期

10. 走出闺楼的网络文学——浅析近期的网络文学创作，段纯洁，景德镇高专学报，2007年第1期

11. 盛开在网络的文学之花——概述网络女性写作者的小说创作，郑薇，黑龙江社会科学，2007年第2期

12. 网络文学创作动机分析，王粤钦，理论界，2007年第2期

13. "超文本"的兴起与网络时代的文学，陈定家，中国社会科学，

2007 年第 3 期

14. 浅谈网络文学的基本特征，于咏莉，陕西青年管理干部学院学报，2007 年第 3 期

15. 网络文学中的古典文学传统，陈立群，文艺评论，2007 年第 3 期

16. 网络文学的民间性，蓝爱国，天津社会科学，2007 年第 3 期

17. 网络文学的概念观察，蓝爱国，文艺争鸣，2007 年第 3 期

18. 网络文学与传统文学的比较，齐燕铭，河北工程大学学报（社会科学版），2007 年第 3 期

19. 浅议网络文学的发展，王小环，青岛科技大学学报（社会科学版），2007 年第 3 期

20. 网络文学佳作产生的机制性转变，吴长青，滁州职业技术学院学报，2007 年第 4 期

21. 论网络文学的审美特征及其成因，成秀萍，苏州教育学院学报，2007 年第 4 期

22. 网络化时代的休闲文学，金春平，唐山师范学院学报，2007 年第 4 期

23. 论网络文学写作主体的新质，李盛涛，淮阴师范学院学报（哲学社会科学版），2007 年第 4 期

24. 网络文学的青春期症候，廖高会，中北大学学报（社会科学版），2007 年第 5 期

25. 科技文化与文学转型——兼论网络文学的兴起，康梅钧，电影评介，2007 年第 5 期

26. 文学之流，将往何处？——对"网络文学"与"80 后"现象的反思，何敏敏，理论界，2007 年第 5 期

27. 网络儿童文学的正负文化价值透视，侯颖，文艺争鸣，2007 年第 6 期

28. 网络文学的审美特性，欧造杰，新东方，2007 年第 6 期

29. 关于网络文学的思考，孟珊，山西广播电视大学学报，2007 年第 6 期

30. 论网络文学学科构建及其特质，谭洪刚，乐山师范学院学报，2007 年第 7 期

31. 透视当下网络文学，赵燕，文学教育（下），2007 年第 8 期

32. 对网络文学的整体认识与思考，刘玉有，文学教育（下），2007 年第 8 期

33. 当文学遭遇网络——论网络时代的文学，李娣，科学大众，2007 年第 9 期

34. 论网络对 80 后文学的负面影响、危机与误判，帅泽兵，社科纵横，2007 年第 9 期

35. 博客——新世纪大众的狂欢节，喻萍，科教文汇（中旬刊），2007 年第 10 期

36. 在线与非在线网络文学批评之比较，詹珊，福建论坛（人文社会科学版），2007 年第 10 期

37. 网络文学的青年亚文化意义研究，蔡朝辉，求索，2007 年第 11 期

38. 网络文学的传播优势与发展障碍，江冰，文艺争鸣，2007 年第 12 期

39. 浅议网络文学，银洁，湘潮（下半月）（理论），2007 年第 12 期

40. 网络作家颠覆传统文学，田文璐，记者观察（上半月），2007 年第 12 期

41. 网络写作主体初探，李矜，哈尔滨学院学报，2007 年第 12 期

42. 网络文学的表现形式与传播特征，张莹，陕西师范大学学报（哲学社会科学版），2007 年第 2 期

2008 年

1. 扇动文学的另一只翅膀——论网络文学的通俗性特征，景志萍，柳州职业技术学院学报，2008 年第 1 期

2. 短信文学：概念的廓清与厘定，魏建亮，太原师范学院学报（社会科学版），2008 年第 1 期

3. 论网络文学的中产阶级文化趣味，李盛涛，淮阴师范学院学报（哲学社会科学版），2008 年第 1 期

4. 试论网络文学的审美特征，张俊卿，新学术，2008 年第 1 期

5. 从观念和文本看网络文学的基本特征，黄秋平，艺术评论，2008 年第 1 期

6. 数字化时代及其网络文学的审美特性，李晓，科教文汇（上旬刊），2008年第1期

7. 试述网络文学的受众，金春郊，孝感学院学报，2008年第1期

8. "自由"的幻境——对网络文学自由境界的反思，杨文超，无锡商业职业技术学院学报，2008年第1期

9. 学院与江湖的博弈——关于新媒介文学与传统文学的角力场之我见，方芝燕，理论界，2008年第2期

10. 网络文学的"游戏性"本质探源，严军，咸宁学院学报，2008年第2期

11. 刍议网络文学写作主体与受体角色的变化特征，陈强，鸡西大学学报，2008年第2期

12. 网络文学：生成于文学与技术之间，范玉刚，文学评论，2008年第2期

13. 对网络文学的传播学思考，丁国旗，江苏行政学院学报，2008年第2期

14. 网络文学批评简论，吕德强，乐山师范学院学报，2008年第2期

15. 新世纪文学之网络文学研究述评，王莉，沈阳师范大学学报（社会科学版），2008年第2期

16. 本质与技术：网络文学研究两种倾向的反思，吴宝玲，文学评论，2008年第2期

17. 网络文学盛行对中学生的影响与应对措施，罗晓华，安徽文学（下半月），2008年第2期

18. 新媒体与新文学人，刘俊峰，小说评论，2008年第2期

19. 新民风时代——网络歌曲特点及影响浅析，陈弦章，龙岩学院学报，2008年第2期

20. 利用网络文学聊天 提高口语水平，胡丽君，时代文学（双月上半月），2008年第2期

21. 媒介互动与《当代》的转型，周根红，扬子江评论，2008年第2期

22. 专业批评家与网络文学批评，李永艳，长江师范学院学报，2008年第3期

23. 论网络文学对青少年成长的影响与对策，艾洪庆，山东省青年管理干部学院学报，2008年第3期

24. 数字化语境中的文学意象，吴应芳，中南大学学报（社会科学版），2008年第3期

25. 台湾中生代网络诗歌及诗学初识，孙基林，扬子江评论，2008年第3期

26. 网络"古典神话"：现代性症候的中国式救赎，陈立群，理论与创作，2008年第3期

27. 网络历史小说：传统、现代欲说何？，马为华，理论与创作，2008年第3期

28. 网络文学语言的异化和规范，石琳，当代文坛，2008年第3期

29. 网络文学，一个新学科的建构预想，禹建湘，理论与创作，2008年第3期

30. 网络文学文本的"陌生化"形式，朱述超，东南传播，2008年第3期

31. 网络文学的大众化面向探析，孟颖，内蒙古民族大学学报（社会科学版），2008年第4期

32. 网络文学的后现代审美趣味，张建，黑河学刊，2008年第4期

33. 网络文学对传统文学的影响与冲击，郭浩，鄂州大学学报，2008年第4期

34. 网络文学文本的话语方式与结构形式，孙云帆，江汉大学学报（人文科学版），2008年第4期

35. 网络文学在重新建构中的文学境遇，邓树强，呼伦贝尔学院学报，2008年第4期

36. 网络文学预言更高发展阶段的大众文化，孙伟，淮北职业技术学院学报，2008年第4期

37. 女性文学的"彼岸花"——论安妮宝贝的文学创作，冯晓燕，承德民族师专学报，2008年第4期

38. 刍议网络文学与传统文学，马丽娟，开封教育学院学报，2008年第4期

39. 网络文学的私人化价值取向，余俊，艺术广角，2008年第4期

40. 场域分析：探讨网络文学性质的一种途径，周兴杰，暨南学报（哲学社会科学版），2008 年第 4 期

41. 网络文学的再认识，张颖，科技广场，2008 年第 4 期

42. 论网络文学与文学本质，薛俊武，成功（教育），2008 年第 4 期

43. "玩文学"的兴起——网络奇幻文学的游戏本质浅析，陶运宗，安徽文学（下半月），2008 年第 4 期

44. "移动文学"初探，姚菲菲，理论与创作，2008 年第 4 期

45. 数字媒介文学转型及其学术理路，欧阳友权，福建论坛（人文社会科学版），2008 年第 5 期

46. 个体需要在文学中的倒影——网络玄幻文学浅论，张化夷，哈尔滨职业技术学院学报，2008 年第 5 期

47. 网络文学的概念与特征初探，付敏霞，企业家天地下半月刊（理论版），2008 年第 5 期

48. 论网络文学的基本特征，陈远，湖南社会科学，2008 年第 5 期

49. 网络文学创作自由性与无功利性之辨析，吴宝玲，理论导刊，2008 年第 5 期

50. 试论网络文学发展中亟待重视的几个问题，邓树强，佳木斯大学社会科学学报，2008 年第 5 期

51. 心理能量视角下的网络原创文学探析，百里清风，辽宁工程技术大学学报（社会科学版），2008 年第 6 期

52. 网络文学写作中的平民化与平民视角，刘利凤，长春师范学院学报（人文社会科学版），2008 年第 6 期

52. 论网络文学与传统文化精神之关系，吕德强，衡水学院学报，2008 年第 6 期

53. 新写作时代下的网络写作，黄春玲，当代文坛，2008 年第 6 期

54. 浅论网络文学批评角色定位的异化，彭列华，安徽文学（下半月），2008 年第 6 期

55. 网络创作的游戏性与儿童文学的"游戏精神"，陈昕，牡丹江大学学报，2008 年第 6 期

56. 网络语言流行的原因，王铁红，新闻爱好者（理论版），2008 年第 6 期

57. 网络媒介下的文学存在，陈勇 崔瑛，今日南国（理论创新版），2008年第6期

58. 图书馆语境下的网络文学治疗与大学生心理健康，陈媛华，科技情报开发与经济，2008年第7期

59. 博客文学与网络文学之比较，刘建丽，安徽文学（下半月），2008年第8期

60. 浅谈中国网络文学的特点，肖楠，商业文化（学术版），2008年第8期

61. 对网络文学"狂欢"后的思考，刘亚平，时代文学（下半月），2008年第9期

62. 论网络文学作品中的语码转换现象——以都市网络小说《蛋白质女孩》为例，苏莉杰，安徽文学（下半月），2008年第9期

63. "80后作家"网络文本的非原创因素，李牧，新闻传播，2008年第9期

64. 泛文学语境中的"手机文学"，邓晓成，写作，2008年第9期

65. 另类网络娱乐文化现象形成的原因探析，王翠荣，新闻传播，2008年第10期

66. 文学网站的产业化与中国网络文学的发展，傅其林，贵州社会科学，2008年第10期

67. 传播媒介的嬗变与网络文学的发展，聂庆璞，贵州社会科学，2008年第10期

68. 网络文学行进中的四大动势，欧阳友权，贵州社会科学，2008年第10期

69. 草根与精英同席的盛宴——众语喧哗的网络文学，张智，科技信息（学术研究），2008年第10期

70. 后现代主义与网络文学，安文军，兰州学刊，2008年第11期

71. 对亚审美冲击下的经典阅读的思考，秦红梅，吉林省教育学院学报（学科版），2008年第11期

72. 论网络文学的未来走向，刘丹，重庆科技学院学报（社会科学版），2008年第12期

73. 浅谈网络文学阅读"路径"的立体交互体系，陈东妹，中国新技

术新产品，2008年第17期

74. 网络文学现状研究，陈昱伶，才智，2008年第19期

75. 浅谈网络文学媒介对网络主体的影响意义，高蓉，今日科苑，2008年第22期

76. 网络文学的蹒跚学步，崔婷婷，互联网周刊，2008年第23期

77. 信息化浪潮下的网络文学，张婷，科技创新导报，2008年第24期

78. 网络文学的价值、现状与发展，马臻，科技信息（学术研究），2008年第32期

79. 解读网络文学的狂欢化，王琰，科技信息，2008年第33期

2009年

1. 网络传媒形态下的文学发展现状，杨旭，新闻传播，2009年第1期

2. 网络文学的后现代阐释，姚献华，东南传播，2009年第1期

3. 网络时代的民族文学生态，马季，民族文学研究，2009年第1期

4. 论网络文学的二重性矛盾，肖建华，江西教育学院学报，2009年第1期

5. 手机短信文学：多元化时代的文学新形式，韩颖琦，苏州教育学院学报，2009年第1期

6. 网络文学对当今审美发展的负面效应，王文兴，长春理工大学学报（社会科学版），2009年第1期

7. 边缘化 匿名性 无中心——网络文学与女性写作异同点分析，赵思奇，宁夏社会科学，2009年1期

8. 当代网络文学的审美特征，祖云平，哈尔滨市委党校学报，2009年第1期

9. 论网络文学的颠覆特质，李俊，安徽文学（下半月），2009年第1期

10. 谈网络文学的几个基本特征，于佩学，长春理工大学学报（社会科学版），2009年第1期

11. 关于高职大学生网络文学阅读情况的调查报告，李秋菊，湖南医科大学学报（社会科学版），2009年第1期

12. 欣喜与隐忧——论超文本与网络时代的文学，邓荫金，内蒙古社

会科学（汉文版），2009年第1期

13. 论网络时代文学的冲突与走向，蒋於缉，长春理工大学学报（社会科学版），2009年第1期

14. 论网络写作的"超位性"及其对写作主体的审美重塑，梅琼林，东方丛刊，2009年第1期

15. 无奈的宣泄，别样的张力——论网络文学作品对现实生活的介入，刘利凤，长春大学学报，2009年第1期

16. 网络文学创作的文化抉择与现实困境，邓树强，齐齐哈尔大学学报（哲学社会科学版），2009年第1期

17. 从网络文学看当代文学批评的功能，郭晨，山东理工大学学报（社会科学版），2009年第1期

18. 网络语境与文学的未来，蔡鹏飞，长春理工大学学报（社会科学版），2009年第1期

19. 网络文学革命之我见，张怀发，延安职业技术学院学报，2009年第1期

20. 论网络文学的伦理维度，程细权，黄石理工学院学报（人文社会科学版），2009年第1期

21. 穿越小说的基本模式与特点，吴心怡，文艺争鸣，2009年第2期

22. 网络文学风起云涌，喜来神，互联网天地，2009年第2期

23. 论《中国现代文学》教学理念的四个转变，许道军，巢湖学院学报，2009年第2期

24. 作为一种"新"文学的传统回归——关于网络文学当代困境的文化解读，陈静，艺术百家，2009年第2期

25. 网络传媒与网络文学相关问题研究，崔茜，新闻界，2009年第2期

26. 网络媒介与文学的身份危机，谭旭东，艺术广角，2009年第2期

27. 网络文学创作心理探析，黎欢，韶关学院学报，2009年第2期

28. 后现代境遇下的网络文学写作，亓雪莹，长春理工大学学报（社会科学版），2009年第2期

29. 网络文学给传统文学带来了什么，张艺，黄冈师范学院学报，2009年第2期

30. 网络文学作品存在形态研究，杨剑虹，河南科技学院学报，2009年第2期

31. "浅阅读"潮流下网络原创文学的媒介素养教育，杜圆圆，河北科技师范学院学报（社会科学版），2009年第2期

32. 九年一觉网文梦，酒徒，南方文坛，2009年第3期

33. 论"80后"的后网络时代经验，司马晓雯 周欣瑞，文艺评论，2009年第3期

34. 解构与颠覆：《悟空传》中的后现代主义元素，赵洁，遵义师范学院学报，2009年第3期

35. 简论日本网络文学，顾宁，日本研究，2009年第3期

36. 网络文学对传统文学审美价值的解构与建构，赵国付，宿州学院学报，2009年第3期

37. 网络文学与和谐社会的文化构建，蔡登秋，淮海工学院学报（社会科学版），2009年第3期

38. 从"作者"到"写手"——作者：作为精神主体的确立与缺席，马汉广，文艺理论研究，2009年第3期

39. 十年网络文学：集体经验与民间智慧，马季，南方文坛，2009年第3期

40. 从"QQ顺口溜"透视网络草根文化，邹买梅，理论界，2009年第3期

41. 网络对文学的影响，张炜晶，党政干部学刊，2009年第3期

42. 中国网络写手：特点、类别、困境及动向，蒋新红，中国青年研究，2009年第3期

43. 网事如烟——北美华文网络文学20年，蒙星宇，华文文学，2009年第3期

44. 论网络文学的民间回归，徐晓琳，安徽文学（下半月），2009年第3期

45. 网络文学：前行路上三道坎，欧阳友权，南方文坛，2009年第3期

46. 大学生与网络文学，耿东伟，时代文学（下半月），2009年第3期

47. 市场时代下网络文学的问题与反思，王颖，南方文坛，2009 年第 3 期

48. 网络时代的文学生产，陈奇佳，江苏社会科学，2009 年第 4 期

49. 浅谈网络原创文学著作权的保护，许馨月，网络财富，2009 年第 4 期

50. 网络小说走向实体出版的趋势和问题，杨会，中国出版，2009 年第 4 期

51. 网络公共空间的文学反思，欧阳友权 欧阳文风，理论与创作，2009 年第 4 期

52. 网络文学中的欲望表达，唐培培，安徽文学（下半月），2009 年第 4 期

53. 网络文学与中国当代文学的发展，周志雄，理论学刊，2009 年第 4 期

54. "想象力"与"神秘感"是文学永远的魅力——以《鬼吹灯》与《藏地密码》为例，对网络流行小说的另一种解读，刘茉琳，江苏教育学院学报（社会科学版），2009 年第 4 期

55. 网络文学对传统文学的补充与发展，杨剑虹，新乡学院学报（社会科学版），2009 年第 4 期

56. 网起网落：新移民与北美华文网络文学——北美华文作家少君访谈，蒙星宇，华文文学，2009 年第 5 期

57. 论网络文学的文化价值，索邦理，安徽文学（下半月），2009 年第 5 期

58. "网络·网络文学·公共空间"全国学术研讨会综述，欧阳友权，文学评论，2009 年第 5 期

59. 解构历史·自由想象·出世江湖——由风起闲云的《炼宝专家》谈当下玄幻小说特色，石娟，名作欣赏，2009 年第 5 期

60. 网络对语文教学的影响的辩证分析，白花丽，当代教育论坛（下半月刊），2009 年第 5 期

61. 你我他自由参与的超文本文学——网络文学大众化特征的几个点击，马建国，安徽文学（下半月），2009 年第 5 期

62. 博客是一种软文学，王干，南方文坛，2009 年第 5 期

63. 网络化背景下的小说观念，何弘，小说评论，2009 年第 5 期

64. 网络小说：类型化现状及成因，许苗苗，文艺评论，2009 年第 5 期

65. 网络流行新语体，徐莉，语文建设，2009 年第 6 期

66. 网络文本的电子语篇特征，李妙晴，小说评论，2009 年第 6 期

67. 网络文学中的同人小说研究，吴心怡，丽水学院学报，2009 年第 6 期

68. 补充、分化及异化——从网络文学到手机文学的嬗变，肖锋，西北师大学报（社会科学版），2009 年第 6 期

69. 文学体制与网络写作，蒋原伦，西北师大学报（社会科学版），2009 年第 6 期

70. 驰骋于信息时代的"黑马"——从接受美学看中国网络文学的盛行原因，彭金梅，怀化学院学报，2009 年第 6 期

71. 网络语言的生成方式及利弊，杨小雪，通化师范学院学报，2009 年第 6 期

72. 十年论剑：新世纪网络文学现状与问题，王颖，天津师范大学学报（社会科学版），2009 年第 6 期

73. 数字化时代里的网络文学景观，葛艳奇，时代文学（下半月），2009 年第 6 期

74. 网络民主与当代文学的新变，欧阳文风，湖南人文科技学院学报，2009 年第 6 期

75. 网络文学版权走向世界，匡文波 王湘宁，对外传播，2009 年第 7 期

76. 流行文化背景下的网络同人写作，李晓南 王新，辽宁教育行政学院学报，2009 年第 7 期

77. 从网络流行语看文学语言的特点，王涛，时代文学（下半月），2009 年第 7 期

78. 网络文学概观，陈媛莉，安徽文学（下半月），2009 年第 7 期

79. 网络文学：传统文学的泛化和异化，陈献兰，学术论坛，2009 年第 7 期

80. 论网络文学的特质，于桂艳，民营科技，2009 年第 7 期

81. 众语喧哗的网络文学，陈平，时代文学（下半月），2009 年第 7 期

82. 股市新民间文学刍议，陈立生 陈红俊，青年记者，2009 年第 8 期

83. 网络写手的非常生活，胡源 唐斐斐，科技潮，2009 年第 8 期

84. 浅析网络文学的发展现状及其弊端，雷盛燕，时代文学（下半月），2009 年第 8 期

85. 当前网络武侠小说的心理能量学思考，杨欧阳，大众文艺（理论），2009 年第 9 期

86. 网络文学的发展态势及其研究的缺失，许苗苗，重庆社会科学，2009 年第 9 期

87. 网络散文的特点及其他，刘蕊，文学教育（上），2009 年第 9 期

88. 论网络文学中的"中文夹西文"现象，孟佩，科教文汇（下旬刊），2009 年第 9 期

89. 论网络文学的精神内涵，林虹，科技资讯，2009 年第 9 期

90. 论网络文学读者的期待视野，郭毅，新闻传播，2009 年第 9 期

91. 文学"因何而死"与"因何而生"，赖大仁，文艺争鸣，2009 年第 10 期

92. 20 世纪后中国文学语言的发展演变，李永梅，安徽文学（下半月），2009 年第 10 期

93. 博客的兴起与文学创作方式的转型，欧阳文风，福建论坛（人文社会科学版），2009 年第 10 期

94. 一场新媒体文学的话语狂欢——浅析手机短信文学，郑雅君，牡丹江大学学报，2009 年第 10 期

95. 在网络中追觅"二重身"——试析网络文学狂欢中的主体认同焦虑，厉梅，时代文学（双月上半月），2009 年第 10 期

96. 网络文学之我见，张艳方，大众文艺（理论），2009 年第 10 期

97. 在想象的世界中沉思——论今何在的玄幻小说，周志雄，学理论，2009 年第 11 期

98. 网络文学与传统文学之比较，戴菊伟，文学教育（上），2009 年第 11 期

99. 网络文学呼唤文学理论创新，贾勇，中国证券期货，2009 年第

12 期

100. 作协招收网络写手的双面解读，杨杉，文学教育（下），2009 年第 12 期

101. 传统文学生产机制的危机和新型机制的生成，邵燕君，文艺争鸣，2009 年第 12 期

102. 网络穿越小说热潮原因解析，李玉萍，时代文学（下半月），2009 年第 12 期

103. 互联网小说的创作现状分析，程仁君，大众文艺（理论），2009 年第 16 期

104. 网络文学及其艺术特性，刘允杰，网络财富，2009 年第 17 期

105. 传统写作教学对网络文学的排异反应，冉正宝，写作，2009 年第 17 期

106. 网络世界与精神世界，徐春霞，青年记者，2009 年第 23 期

107. 浅谈网络文学的大众化特征，褚晓峰，科技创新导报，2009 年第 30 期

108. 论历史元素在网络穿越小说中的运用，李玉萍，小说评论，2009 年第 S2 期

109. 媒体创新与文学非精英化，祝春亭，艺术百家，2009 年第 S2 期

2010 年

1. 个性驾驭网络——安妮宝贝的 10 年创作，黄一，文艺评论，2010 年第 1 期

2. 汉语网络文学理论的垦拓———欧阳友权与当代网络文学研究的学理建构，何志钧，东方丛刊，2010 年第 1 期

3. 论网络虚拟空间对文学空间意识的开拓，贺天忠，盐城师范学院学报（人文社会科学版），2010 年第 1 期

4. 论网络小说的影视改编，周志雄，海南师范大学学报（社会科学版），2010 年第 1 期

5. 网络文学的发展与研究现状，周志雄，沈阳大学学报，2010 年第 1 期

6. 网络文学中的三国世界，任俊华，思茅师范高等专科学校学报，

2010 年第 1 期

7. 网络小说发展现状研究，曾少武，十堰职业技术学院学报，2010 年第 1 期

8. 网络文学批评的现状与问题，周志雄，山东师范大学学报（人文社会科学版），2010 年第 2 期

9. 网络文学的付费阅读现象，傅其林，学习与探索，2010 年第 2 期

10. 网络文学的特征及存在的问题，段新和，武汉工程大学学报，2010 年第 2 期

11. 网络文学类型化写作管窥，何志钧，学习与探索，2010 年第 2 期

12. 网络文学：从"草根庶出"到主流认可，欧阳友权，学习与探索，2010 年第 2 期

13. 浅论当代网络文学语境与文学经典的矛盾，董晓强，安徽文学（下半月），2010 年第 2 期

14. 网络文学产业化的新趋势及其后果，白寅，学习与探索，2010 年第 2 期

15. 签约写手：暧昧的身形与尴尬的身份，曾繁亭，学习与探索，2010 年第 2 期

16. 中国网络军事小说的发展与审美分析，罗家庆，当代文坛，2010 年第 2 期

17. 博客文学："零壁垒"的"自媒体"文学形态——中国博客文学的兴起与研究现状，陈庆，当代文坛，2010 年第 2 期

18. 数字媒介与文学批评的边界，陈国雄，中州学刊，2010 年第 2 期

19. 回望与检视：网络文学研究十年，王小英 祝东，山西师大学报（社会科学版），2010 年第 2 期

20. 试论网络文学的非虚构倾向，吕燕，时代文学（下半月），2010 年第 3 期

21. 问题意识的发掘与文艺学研究的生长点——以通变的眼光看网络对文学大众化的影响，王文进，文艺评论，2010 年第 3 期

22. 浅析"痞子蔡"网络作品的艺术特点及对网络文学的影响，马强，商业文化（学术版），2010 年第 3 期

23. 网络文学"垃圾"，抑或"传奇"？，颜格，上海信息化，2010 年

第 3 期

24. 网络文学的强势与窘境，张鸿，粤海风，2010 年第 4 期

25. 网络小说叙述语言的幽默化凸显哲理性倾向，梁沛，文学教育（上），2010 年第 4 期

26. 网络文学的反诗意性，廖高会，中北大学学报（社会科学版），2010 年第 4 期

27. 试论网络言情小说的美学特征，詹秀敏，暨南学报（哲学社会科学版），2010 年第 4 期

28. 在网络文学前沿开辟诗学荆林，禹建湘，粤海风，2010 年第 4 期

29. 从主动"缺席"到被动"失语"？——传统批评如何应对网络时代的文学，王颖，南方文坛，2010 年第 4 期

30. 浅议网络文学的出版，强琛，文艺理论研究，2010 年第 4 期

31. 新网络文学中男性话语写作的多维度分析，王浩，柳州师专学报，2010 年第 4 期

32. 网络文学：直逼文学价值认同断裂的现实，马季，南方文坛，2010 年第 4 期

33. 有限性与可能性——传统批评与网络文学，白烨，南方文坛，2010 年第 4 期

34. 网络小说的发展前景，曾秀明，中国商界（上），2010 年第 4 期

35. 浅谈网络文学对传统的解构，陆丽霞，改革与开放，2010 年第 4 期

36. 现实主义文艺思想观照下的"网络文学"，姜春，文艺理论与批评，2010 年第 5 期

37. 网络文学的传播学特征分析，严玥，文学界（理论版），2010 年第 5 期

38. 文化视阈下网络文学发展趋势之透析，潘冰洁，大舞台，2010 年第 6 期

39. 乡土：网络文学所遗失的世界，徐从辉，安徽文学（下半月），2010 年第 6 期

40. 谈网络小说与传统小说的区别，王春香，辽宁行政学院学报，2010 年第 6 期

41. 网络文学语言的四个特性，李星辉，求索，2010 年第 6 期

42. 关于数字媒介技术下网络文学的现状与未来，孔帅，时代文学（下半月），2010 年第 7 期

43. 个性的伸张与快乐的自慰——对新世纪网络诗歌的浅见，王学海，文艺争鸣，2010 年第 7 期

44. 网络文学：存在之思与价值之惑，张才刚，求索，2010 年第 8 期

45. 试论网络文学文本的叙述策略，韩啸，名作欣赏，2010 年第 9 期

46. 从网络文学演变看女性话语权，王翠芹，边疆经济与文化，2010 年第 9 期

47. 网络改变了文学什么，王干，文艺争鸣，2010 年第 11 期

48. 试论网络文学作品的评价标准——以"惊天灵怪"的原创笑话与幽默为例，马强，网络财富，2010 年第 12 期

49. 浅谈网络文学对传统的解构，陆丽霞，改革与开放，2010 年第 14 期

50. 漫议网络小说的审美追求，肇奇松，今日科苑，2010 年第 14 期

51. 对立与融合：略论纸介文学与网络文学的互动——以"80 后""90 后"阅读群体为背景，王翠芹，中北大学学报（社会科学版），2010 年第 15 期

52. 网络文学的后现代特征，陈东妹，柳州师专学报，2010 年第 16 期

53. 浅谈网络文学的大众化和自由境界特征，郭百灵，经济研究导刊，2010 年第 24 期

54. 为网络文学作者打开培训之门，王化兵，出版参考，2010 年第 Z1 期

2011 年

1. 论网络历史小说的架空叙事，许道军，当代文坛，2011 年第 1 期

2. 网络文学与纸质文学的和平共存时代，王瑞婵，学周刊，2011 年第 1 期

3. 互倚互扶　共存共荣——我国网络小说进入纸质实体书出版市场的研究，吴心怡，中国出版，2011 年第 1 期

4. 解放抑或禁锢——后现代文化视野中的网络文学阐释，张纯静，西

南农业大学学报（社会科学版），2011年第1期

5. 网络文学批评主体审美取向的去中心化，宋婷，大众文艺，2011年第1期

6. 试论网络文学的时代特质，张学海，西藏民族学院学报（哲学社会科学版），2011年第1期

7. 浅析消费时代网络文学的话语生产，唐珂，商丘师范学院学报，2011年第1期

8. 网络文学的文学地位与认同危机，黄雪敏，淮南师范学院学报，2011年第1期

9. 网络小说叙事结构的创新及其美学意义，刘利凤，长春师范学院学报，2011年第1期

10. 论网络小说的文学生态性，李盛涛，山西师大学报（社会科学版），2011年第1期

11. 跨文体与文体开放——关于当代文学体裁的思考，丁仕原，晋阳学刊，2011年第1期

12. 盛大网络文学产业链发展分析，王行丽，赤峰学院学报（科学教育版），2011年第1期

13. 安妮宝贝与宁财神——网络文学的阴阳两极，陆山花，广西民族师范学院学报，2011年第1期

14. 网络文学：一个新文学场的确立，杨玲，济宁学院学报，2011年第1期

15. 博客文学：网络文学中异军突起的佼佼者，何玲霞，黄冈职业技术学院学报，2011年第1期

16. "流放"的"玩家"——美国华文网络文学"游戏精神"研究，蒙星宇，常州工学院学报（社科版），2011年第1期

17. 新变、新局与新质——为新世纪文学把脉，白烨，海南师范大学学报（社会科学版），2011年第1期

18. "新时期与新世纪文学国际学术研讨会暨中国当代文学研究会第十六届年会"综述，廖述务 张伟栋，海南师范大学学报（社会科学版），2011年第1期

19. 网络文化与新散文的审美评价，周海波，海南师范大学学报（社

会科学版），2011 年第 1 期

20. 重建网络文学的人文向度，杨拓，哈尔滨学院学报，2011 年第 2 期

21. 文学危机的勘验与网络文学的拯救，赵淑琴，安徽文学（下半月），2011 年第 2 期

22. 网络文学批评研究现状，宋婷，文学界（理论版），2011 年第 2 期

23. 浅谈网络穿越小说兴起及其类型，赵晶晶，群文天地，2011 年第 2 期

24. 浅议网络文学，田原，理论与当代，2011 年第 2 期

25. 网络传媒对中国当代文学的巨大影响，穆厚琴，山西高等学校社会科学学报，2011 年第 2 期

26. 新世纪带给文学的一份厚礼——关于网络文学的革命性和后现代性及其他，贺绍俊，东岳论丛，2011 年第 2 期

27. 在技术辅助下的艺术创作——网络文学的文学原初性研究，崔宗超，当代文坛，2011 年第 2 期

28. 找寻复杂理论下的简单逻辑，桫椤，南方文坛，2011 年第 2 期

29. 网络媒介与网络文学的后现代性，贡少辉，重庆邮电大学学报（社会科学版），2011 年第 2 期

30. 坠入庸常的诗歌——论新世纪诗歌的世俗化，范云晶，思茅师范高等专科学校学报，2011 年第 2 期

31. 论网络文学的创作主体，李志华，长春工程学院学报（社会科学版），2011 年第 3 期

32. 网络文学的可能与限度，黄发有，文艺争鸣，2011 年第 3 期

33. 有限包容及其问题——"新世纪文学"视野中的"新媒体文学"，曾军，文艺争鸣，2011 年第 3 期

34. 试论对于网络文学的"引导"，马建梅，西南民族大学学报（人文社会科学版），2011 年第 3 期

35. 网络文学的审美趋势，陈东妹，黑龙江教育学院学报，2011 年第 3 期

36. 网络媒介视野下的网络散文，张涛 王启东，文学界（理论版），

2011 年第 3 期

37. 网络文学的命名与功能，康桥，南方文坛，2011 年第 3 期

38. 网络文学：作为新世纪文学的资源，申霞艳，南方文坛，2011 年第 3 期

39. 网络文学写作精神探析，蔡朝辉，吉首大学学报（社会科学版），2011 年第 3 期

40. 网络文本逻辑与想象城市的方法——以 70 后、80 后作家的城市书写为中心，徐从辉，文艺理论研究，2011 年第 3 期

41. 网络文学的"比特赋型"，欧阳友权，湖南社会科学，2011 年第 3 期

42. 用"人民文学"的旗语为网络文学指航，周兴杰 童彩华，湖南社会科学，2011 年第 3 期

43. 浅论网络文学对文学创作观念的改变及影响，朱海兵，佳木斯教育学院学报，2011 年第 3 期

44. 网络时代文学价值认同的困境与出路，杨佳 巢进文，湖南工业大学学报（社会科学版），2011 年第 3 期

45. 网络时代：诗歌的世纪复兴，阎延文，廊坊师范学院学报（社会科学版），2011 年第 3 期

46. 网络文学在大学生思想政治教育中的功能及其影响研究述要，马会超，兵团教育学院学报，2011 年第 3 期

47. 女性网络文学作者的崛起，白亚南，阴山学刊，2011 年第 3 期

48. 网络文学的诉求：生命的价值之维，李娟，海南大学学报（人文社会科学版），2011 年第 3 期

49. 现代传媒文学的语言叙事的回归，宗宝琴，红河学院学报，2011 年第 3 期

50. 网络文学特色刍议，乔秀峰，山西大同大学学报（社会科学版），2011 年第 3 期

51. 试论网络文学通俗化的审美特征，雷丽平，北京青年政治学院学报，2011 年第 3 期

52. 论网络诗歌的知识逻辑，张立群 王晓燕，宁波广播电视大学学报，2011 年第 3 期

53. 网络文学网站发展对策研究，彭哨，价值工程，2011 年第 4 期

54. 网络文学"堕落"论的文艺学反思，陈立群，中州学刊，2011 年第 4 期

55. 手机短信的文学身份与文体审美，欧阳友权，江海学刊，2011 年第 4 期

56. 论短信写手的创作心态，欧阳文风，江海学刊，2011 年第 4 期

57. 手机文学：现代技术与文学表意的合谋，禹建湘，江海学刊，2011 年第 4 期

58. 网络小说改编剧的传播策略探析——以《美人心计》为例，余力，媒体时代，2011 年第 4 期

59. 浅析网络文学的自由性特征，胡金霞，安徽文学（下半月），2011 年第 4 期

60. 网络文学语言的审美特征，孔玲，安徽文学（下半月），2011 年第 4 期

61. 关于被网络文学打乱节奏的当代文学探讨，毛三艳，时代文学（下半月），2011 年第 4 期

62. 媒介革命下的文论逻辑——读欧阳友权《数字媒介下的文艺转型》，吴英文，理论与创作，2011 年第 4 期

63. 谁动了我的精神家园——再谈 80 后的后网络时代体验，周欣瑞，哈尔滨师范大学社会科学学报，2011 年第 4 期

64. 博客小说的审美特征，霍忠义，小说评论，2011 年第 4 期

65. 论新媒体与文学形态的变迁，施雨，海南师范大学学报（社会科学版），2011 年第 4 期

66. 在自由与利润之间：网络小说的裂变发展，杨玲，济宁学院学报，2011 年第 4 期

67. 网络文学生成、发展的文化归因，赖敏 高力，中华文化论坛，2011 年第 5 期

68. 公民教育视界下的网络文学，张伟巍，南阳理工学院学报，2011 年第 5 期

69. 论网络文学精品化如何可能，朱寿兴，廊坊师范学院学报（社会科学版），2011 年第 5 期

70. 网络武侠小说领域中的女性创作，秦宇慧，西南大学学报（社会科学版），2011 年第 5 期

71. 后传媒下的异化与消解——反思网络文学兴盛背后的文化传承，周嫣沁 刘玉平，重庆科技学院学报（社会科学版）；2011 年第 5 期

72. 网络时代文学生产机制的生机与困境，郑崇选，中国现代文学研究丛刊，2011 年第 5 期

73. 对当前中国网络文学热的解读，王劲，时代文学（下半月），2011 年第 5 期

74. 浅论玄幻小说，赵晶晶，现代营销（学苑版），2011 年第 5 期

75. 文艺的普及和提高与网络文学公共空间的形构，朱寿兴，南阳师范学院学报，2011 年第 5 期

76. 新媒体与新的文学革命，周海波，济南大学学报（社会科学版），2011 年 05 期

77. 基于新媒体之上的文学生产与文学消费——一场新的文学革命在孕育，李宗刚，济南大学学报（社会科学版），2011 年第 5 期

78. 网络文学：新媒体革命与"新新文学运动"，李钧，济南大学学报（社会科学版），2011 年第 5 期

79. 网络时代诗意如何栖居？，贾振勇，济南大学学报（社会科学版），2011 年第 5 期

80. 网络文学版权保护问题研究，刘晓兰，现代出版，2011 年第 5 期

81. 少数民族网络文学的价值与意义，马季，南方文坛，2011 年第 5 期

82. 文坛信息两题，文波，南方文坛，2011 年第 5 期

83. 试析网络文学的语言特点，刘鹏 张学海，西藏民族学院学报（哲学社会科学版），2011 年第 5 期

84. 十年行程：网络文学研究的理论视阈及其问题，欧阳文风 李玲，云梦学刊，2011 年第 5 期

85. 由网络到新媒体：移动的文艺学边界——评欧阳友权《数字媒介下的文艺转型》，欧阳文风，湖南城市学院学报，2011 年第 5 期

86. "网络文学"抑或"数字文学"？——兼谈网络文学研究向数字文学研究的提升，单小曦，上海师范大学学报（哲学社会科学版），2011 年第

5 期

87. 网络小说的魅力与特点，阎延文，廊坊师范学院学报（社会科学版），2011 年第 6 期

88. 新世纪网络小说批评文体述评，邵维加 张丹，江西科技师范学院学报，2011 年第 6 期

89. 网络时代的历史之核与文学之壳——评当年明月《明朝那些事儿》，张建波，菏泽学院学报，2011 年第 6 期

90. 论网络文学女性写作的叙事特征——以盛大公司旗下红袖添香网站为例，唐晴川 李珏君，小说评论，2011 年第 6 期

91. 网络文学环境下高职人文素质教育特色探讨，薛胜男，南方职业教育学刊，2011 年第 6 期

92. 新思路 新视角 新方法——简评张云辉的《网络语言语法与语用研究》，李轩，辽宁教育行政学院学报，2011 年第 6 期

93. 网络文学类型化研究，陆山花，阜阳师范学院学报（社会科学版），2011 年第 6 期

94. 类型化写作的特征与价值重估，杪椤，创作评谭，2011 年第 6 期

95. 消费寂寞——网络文学的游戏化趋向，黄发有，南方文坛，2011 年第 6 期

96. 数字文学的命名及其生产类型，单小曦，中州学刊，2011 年第 6 期

97. 研究视阈的拓展与价值维度的建构——评周志雄《网络空间的文学风景》，丛坤赤，海南师范大学学报（社会科学版），2011 年第 6 期

98. 80 后与网络文学：传统出版的"新丝路"，周善，南方文坛，2011 年第 6 期

99. 徘徊与突围：新世纪头十年文学发展鸟瞰，焦守红 李明，湘南学院学报，2011 年第 6 期

100. 浅析我国网络文学的现状、问题及趋势，郝昕，企业家天地（理论版），2011 年第 6 期

101. 网络文学语言的美学特色与局限，刘慧，黑龙江科技信息，2011 年第 6 期

102. 浅析网络小说中关于社会公德意识缺失的问题，官云生，学理

论，2011 年第 6 期

103. 互联网环境下当代文学的商业化特征，何应文 闫玉慧，时代文学（上半月），2011 年第 6 期

104. 网络小说浅析，林辉 刘平，商业文化（上半月），2011 年第 6 期

105. 试析世纪之交女性写作的文化环境，刘亚美，安徽文学（下半月），2011 年第 6 期

106. 网络小说的 YY，宋守富，安徽文学（下半月），2011 年第 6 期

107. 文学研究的范式、边界与媒介，欧阳友权，文艺争鸣，2011 年第 7 期

108. 网络文学创作管理中存在的问题和对策，杨明，大舞台，2011 年第 7 期

109. 网络新生代流行文化特征探析，张苑琛，新闻爱好者，2011 年第 8 期

110. 面向传统 背靠网络——"网络文学"简论，王瑜 王国棉 田宏丽，成功（教育），2011 年第 8 期

111. 从自由到捆绑——网络小说影视改编困境探析，赵光平，时代文学（上半月），2011 年第 8 期

112. 电子传媒时代文学的碎片化现象解读，门红丽，学术论坛，2011 年第 8 期

113. 后网络时代大学文学教育随想，李芳 朱丽娜 董丽，时代文学（下半月），2011 年第 8 期

114. 网络文学是一种休闲文学，王玲，安徽文学（下半月），2011 年第 8 期

115. 从穿越小说中女主"万能"形象塑造来看当今女性的期待，莫翠，文学界（理论版），2011 年第 8 期

116. 论网络文学的"自恋情结"，蔡朝辉，求索，2011 年第 8 期

117. 寄生、自生、延伸——全球华文网络文学探源，蒙星宇，名作欣赏，2011 年第 9 期

118. 网络文学与四大名著——从《近九成人喜欢网络文学》说开去，郝永，新闻爱好者，2011 年第 9 期

119. 网络传播与新民间文学的兴起，邵宁宁，文艺争鸣，2011 年第

9 期

120. 论和谐社会构建中的网络文学建设，邓楠 汤小红，湖南科技学院学报，2011 年第 9 期

121. 新媒介时代的文学——对文学边缘化现象的思考，韦纳斯，科教导刊（中旬刊），2011 年第 9 期

122. 从《老男孩》和《赢家》看中国网络电影的发展，李颖凯，安徽文学（下半月），2011 年第 9 期

123. 父权的偷换——论耽美小说的女性阉割情结，张博，文学界（理论版），2011 年第 9 期

124. 网络文学产生的时代背景分析，李志华，文学教育（下），2011 年第 9 期

125. 浅析网络文学的通俗化特征，赵雪明，北方文学（下半月），2011 年第 10 期

126. 网络文学：从书页到网页的博弈，欧阳友权，福建论坛（人文社会科学版），2011 年第 10 期

127. 中国转型期的网络文学对当代大学生的影响，魏学飞 单忠江，文学教育（上），2011 年第 10 期

128. 微小说：网络微博时代的新文学模式，杨虹磊，文学教育（上），2011 年第 10 期

129. 网络文学的价值取向及其自逆式消解，欧阳友权，高校理论战线，2011 年第 10 期

130. 网络与新世纪城市文学想象，徐从辉，中国现代文学研究丛刊，2011 年第 10 期

131. 网络文学：梦想与现实的背离，郑云海，时代文学（上半月），2011 年第 10 期

132. "茅盾文学奖"亟须应对当代中国文学的复杂处境，张颐武，探索与争鸣，2011 年第 10 期

133. 当代传播背景中的网络小说，赵晶晶，才智，2011 年第 11 期

134. 一部穿越戏引发的狂潮，予小南 黄杰，新闻天地（上半月），2011 年第 11 期

135. 新生代文学与传统文学能否共存，吕婷婷，商业文化（上半月），

2011 年第 11 期

  136. 浅谈对网络文学的认识，栾爱玲，时代文学（下半月），2011 年第 11 期

  137. 网络文学的社会文化价值，赖敏，新闻爱好者，2011 年第 12 期

  138. 网络文学的消费心理研究，高辉，编辑之友，2011 年第 12 期

  139. 评说彰显时尚美的网络文学，李正男，吉林农业，2011 年第 12 期

  140. 网络时代：诗的机遇与挑战，蒋登科，文艺研究，2011 年第 12 期

  141. 网络文学的体育社会建构：理论与案例，付宝艳 杨贵芳，经营管理者，2011 年第 13 期

  142. 试论网络文学对校园文化的影响和冲击，陈国华，学理论，2011 年第 14 期

  143.《武林外传》中的别样江湖，路开源，电影文学，2011 年第 14 期

  144. 漫谈历史小说，代德馨，群文天地，2011 年第 14 期

  145. 网络文学传播方式特点分析，鲁若曦 曾少武，大众文艺，2011 年第 14 期

  146. 从作家到写手：网络文学创作主体的角色置换，农为平，大众文艺，2011 年第 14 期

  147. 个体与欲望的审美张力——少君网络文学的"个体精神"，蒙星宇，名作欣赏，2011 年第 15 期

  148. "80 后"文学与网络的双向互动，江冰，文艺争鸣，2011 年第 16 期

  149. 文学网站的历史沿革，马季，文艺争鸣，2011 年第 16 期

  150.《红楼梦》的网络再创作与大众接受，顾争荣，电影评介，2011 年第 17 期

  151. 为网络文学诊脉，张丽华，写作，2011 年第 19 期

  152. 浅谈网络小说对中职学生的影响，邓奇志 赵炎炎，出国与就业（就业版），2011 年第 21 期

  153. 浅谈网络文学，王晨，科技信息，2011 年第 24 期

154. 网络文学，谁主沉浮，杜启洪，走向世界，2011 年第 28 期

155. "盗墓文学"兴起之源探索，马善梅，科技信息，2011 年第 28 期

156. 从《裸婚》看网络小说的发展，吴玲玲，青年记者，2011 年第 29 期

157. 异曲而同工——宋话本小说与网络小说比较谈，周仲强 孔灵，名作欣赏，2011 年第 30 期

158. 浅谈网络词语运用特征，郭艺丁，才智，2011 年第 36 期

159. 网络文学：魂归何处？——关于网络文学的几点思考，衡云云 衡艳芳，写作，2011 年第 Z1 期

160. 网络写作产业化的文学史意义，黄韬，写作，2011 年第 Z1 期

2012 年

1. 网络艺术中的无厘头，叔翼健，文艺评论，2012 年第 1 期

2. 形象研究：考察网络文学的一个新视角，徐熙，徐州师范大学学报（哲学社会科学版），2012 年第 1 期

3. 后现代地理学：数字时代文学批评的困境与策略，黎杨全，文艺争鸣，2012 年第 1 期

4. 浅析我国网络文学的产业化，代湖鹃，剑南文学（经典教苑），2012 年第 1 期

5. 试析网络文学写作与传播过程中的媒介互动，李鲲，美与时代（下），2012 年第 1 期

6. 论网络文学中被消解的作者，蔡爱国，求索，2012 年第 1 期

7. "网络文学"的探索与教学，章池，安徽师范大学学报（人文社会科学版），2012 年第 1 期

8. 从网络文学看当代传媒的文化信念，许丽，中州大学学报，2012 年第 1 期

9. 微博客文学发展现状检视，吴英文，黔南民族师范学院学报，2012 年第 1 期

10. 网络文学"作品与世界"关系辨析，张清君，内蒙古大学艺术学院学报，2012 年第 1 期

11. 网络文学的聚合与遴选模式新探，黄仲山，石家庄铁道大学学报（社会科学版），2012年第1期

12. 世俗化的正面与背面——大众文化对20世纪90年代以来文学的影响，杨艳伶，河北科技大学学报（社会科学版），2012年第1期

13. 网络文化现状与发展策略研究，张莹，理论参考，2012年第2期

14. 网络文学的祛魅与救赎，黄大军，湖北社会科学，2012年第2期

15. 网络写作：文学"常变"的道德与美学问题，周保欣，文艺研究，2012年第2期

16. 新媒介传播对传统文学的冲击，张晓华，新闻传播，2012年第2期

17. 提高网络文学创作的质量和水平——以湖北网络文学发展为例，王晓英，江汉论坛，2012年第2期

18. 浅析后现代主义文化现象下的网络文学，李再兴，现代营销（学苑版），2012年第2期

19. 网络文学的现状与发展前景探微，刘晓坤，太原城市职业技术学院学报，2012年第2期

20. 新浪网络都市言情小说的性态与情态之分析，程英姿，东南传播，2012年第2期

21. 新媒体影响下的文学新变，翟红，苏州科技学院学报（社会科学版），2012年第2期

22. 论网络小说阅读"把关人"体系的建构，曾少武，井冈山大学学报（社会科学版），2012年第2期

23. 后青春期：再论"80后"文学，江冰，天津师范大学学报（社会科学版），2012年第2期

24. 网络文学：世纪之交的写作革命（网络文学研究系列论文之一），杨炳忠，广西民族师范学院学报，2012年第2期

25. 论网络小说中农村题材的缺席，林淑玉，湛江师范学院学报，2012年第2期

26. 论古典诗词在网络文学中的"品牌效应"与实用价值，宋秋敏，中国韵文学刊，2012年第2期

27. 自我启蒙·多元并存·面向世界——为网络文学辩护，李钧，东

方论坛，2012年第2期

28. 网络文学批评的缺失及应对策略，王晓英，武汉纺织大学学报，2012年第2期

29. 网络文学走过"冰河"期，沈伯文，出版参考，2012年第2期

30. 产业化背景下的文学网站景观，禹建湘，中南大学学报（社会科学版），2012年第2期

31. 传媒时代新媒体文学批评，张畅，温州职业技术学院学报，2012年第2期

32. 浅谈网络作家的现状和未来，安烨，新闻世界，2012年第3期

33. 从"可爱淘"展望文化产业，河娜，大舞台，2012年第3期

34. 欲望叙事与当下网络言情小说，亓丽，宜春学院学报，2012年第3期

35. 国内原创文学网站公关模式探析，吴丹，市场研究，2012年第3期

36. 网络文学背景下的青少年自我同一性危机，程永佳，四川教育学院学报，2012年第3期

37. 文学的功能——兼答"文学终结论"，陈海燕，美与时代（下），2012年第3期

38. 《网络语言语法与语用研究》评介，高岩，求索，2012年第3期

39. 浅论网络文学产业化的利与弊，林丛，学术评论，2012年第3期

40. 不同寻常的第八届茅盾文学奖，胡平，小说评论，2012年第3期

41. 浅谈网络技术时代的文学传播与创作，程业，兰州教育学院学报，2012年第3期

42. 网络时代的穿越小说，王启，开封教育学院学报，2012年第3期

43. 浅谈网络小说语言运用的特点及缺陷，张岚，现代阅读（教育版），2012年第4期

44. 网络小说的意淫效应探源，刘诗宇，理论界，2012年第4期

45. 从女性主义视角看网络文学之《活得像个人样》，向燕，文学教育（中），2012年第4期

46. 网络文学创作中的读者介入类型分析，荀利波，乐山师范学院学报，2012年第4期

47. 浅谈网络传播对当代文学创作的影响，金燕，长春师范学院学报，2012年第4期

48. 小议网络文学的审美价值取向，付稚茵，北方文学（下半月），2012年第4期

49. 浅论消费文化语境下文学创作的媚俗倾向，许婧，安徽文学（下半月），2012年第4期

50. 浅论网络类型小说的发展现状，肖常纬，文学界（理论版），2012年第4期

51. 浅论穿越小说，许闻君，剑南文学（经典教苑），2012年第4期

52. 新媒体写作与文艺研究范式的转型，黄柏青，内蒙古社会科学（汉文版），2012年第4期

53. 网络文学治疗与大学生心理健康，吴新平，云梦学刊，2012年第4期

54. 评欧阳友权《数字媒介下的文艺转型》，杨向荣，云梦学刊，2012年第4期

55. 论网络社会文学活动要素的变与不变——兼与欧阳友权先生商榷，贺孝恩，唐山学院学报，2012年第4期

56. 多重视野下的《甄嬛传》，孙佳山，文艺理论与批评，2012年第4期

57. 论网络文化的后现代特征，谢永新，广西民族师范学院学报，2012年第4期

58. 网络文学特征论（网络文学研究系列论文之二），杨炳忠，广西民族师范学院学报，2012年第4期

59. 网络文学传播的伦理困惑与文以载道的传统伦理价值观导向，兰甲云，湖南大学学报（社会科学版），2012年第4期

60. 接受美学视阈下的网络穿越小说——以桐华《步步惊心》为例，龙柳萍，柳州师专学报，2012年第4期

61. 试论网络时代微博文学的特质，梁琳，华北水利水电学院学报（社科版），2012年第4期

62. 网络文学价值略论，鲁彩苹，河西学院学报，2012年第4期

63. 新媒体文学产业化进程的思考，张畅，温州职业技术学院学报，

2012 年第 4 期

64. 浅析网络小说繁盛时代的隐忧，陈忠坤，西昌学院学报（社会科学版），2012 年第 4 期

65. 网络小说新类型及分类标准初探，刘俐莉，云南电大学报，2012 年第 4 期

66. 网络文学崛起对当代文学的时尚化影响及改变，王丽华，前沿，2012 年第 5 期

67. 从传播学视角看网络小说改编影视剧的热播，朱怡璇，电影评介，2012 年第 5 期

68. 网络文学与传统文学再"结对"共促文学繁荣，钟楚，中国出版，2012 年第 5 期

69. 网络小白文的文学审美性缺失——以《星辰变》为例，刘汉森，群文天地，2012 年第 5 期

70. 类型文学：热词背后的诉求与隐忧，陈彦瑾，出版广角，2012 年第 5 期

71. 消费，还是消费：当下网络文学的影视剧改编，陈林侠，艺术评论，2012 年第 5 期

72. 网络叙事：超文本与意义的追寻，李道新，艺术评论，2012 年第 5 期

73. 互联网时代的跨媒介互动——谈网络文学的影视改编，路春艳，艺术评论，2012 年第 5 期

74. 去中心化与双向交流：网络科技对审美文化的重构，丁筑兰，学术论坛，2012 年第 5 期

75. 新世纪中国网络写作的产业化，王月，文艺研究，2012 年第 5 期

76. 网络时代文学的功能，陈海燕，长春理工大学学报（社会科学版），2012 年第 5 期

77. 网络时代，精英何为，邵燕君，探索与争鸣，2012 年第 5 期

78. 网络文学何以存在？，杨燕，文艺争鸣，2012 年第 5 期

79. 后现代媒介下的"祛魅"文学——网络文学的游戏性审美观，严军，社科纵横，2012 年第 5 期

80. 网络文学对青年工人价值观的影响，段华，时代文学（下半月），

2012年第5期

　　81. 论网络文学语言表达自由随性的艺术特征，邓锋，哈尔滨师范大学社会科学学报，2012年第5期

　　82. 网络文学影响论与价值论（网络文学研究系列论文之三），杨炳忠，广西民族师范学院学报，2012年第5期

　　83. 当代传媒语境下网络文学读者与创作的关系，关云波，曲靖师范学院学报，2012年第5期

　　84. 网络时代的诗性历史建构——流潋紫与《后宫·甄嬛传》，秦晓帆，名作欣赏，2012年第6期

　　85. 风雨兼程行进路——新时期我国体育文学的发展史鉴析，单宝德，前沿，2012年第6期

　　86. 网络文学商业化的潜在危机，张紫薇，经营管理者，2012年第6期

　　87. 网络文学类型化写作之殇，张露，创作与评论，2012年第6期

　　88. 网络小说影视剧改编现象之反思，罗磊，创作与评论，2012年第6期

　　89. 过度商业化对网络文学的精神影响，巫细华，创作与评论，2012年第6期

　　90. 文学网站的"马太效应"，刘超，创作与评论，2012年第6期

　　91. 网络小说的"注水"隐忧，刘湘宁，创作与评论，2012年第6期

　　92. 网络文学的"去草根化"质疑，张婷，创作与评论，2012年第6期

　　93. 伴随计算机产生的网络文学，田可伦，时代文学（下半月），2012年第6期

　　94. 新媒体文学：现状、问题与动向，欧阳友权，湘潭大学学报（哲学社会科学版），2012年第6期

　　95. 文学网站的现状和走势——基于五家著名文学网站的实证考察，吴华，湘潭大学学报（哲学社会科学版），2012年第6期

　　96. 网络文学产业化的文学征候，禹建湘，湘潭大学学报（哲学社会科学版），2012年第6期

　　97. 数字化出版对内容生产的逆向颠覆——以网络文学为例，谢丹华，

编辑学刊，2012 年第 6 期

98. 论"扁平时代"的文学精神，曾庆雨，云南民族大学学报（哲学社会科学版），2012 年第 6 期

99. "剧本荒"与网络改编热，康建兵，粤海风，2012 年第 6 期

100. 从"甄嬛体"热看网络文学对古典文学的靠近及其自身的缺失，康莉，牡丹江教育学院学报，2012 年第 6 期

101. 网络文学发展论（网络文学研究系列论文之四），杨炳忠，广西民族师范学院学报，2012 年第 6 期

102. 网络文学文化生态现状思考，赖敏，中华文化论坛，2012 年第 6 期

103. 优秀网络小说的成功之道——以《鬼吹灯》为例，王婷婷，黑河学院学报，2012 年第 6 期

104. 网络小说成瘾研究综述，张杏杏，商丘职业技术学院学报，2012 年第 6 期

105. 网络文学网站的发展现状与未来趋势——以起点中文网为例，易薇，出版参考，2012 年第 7 期

106. 网络文学发展状况研究，聂大地，科教文汇（上旬刊），2012 年第 7 期

107. 网络文学的生态视角研究，李金来，南阳师范学院学报，2012 年第 7 期

108. 网络文学：从青涩走向成熟——小说《蒙面之城》和《网逝》创作比较，刘叔明，南阳师范学院学报，2012 年第 7 期

109. 消费社会语境下的网络文学新视点，刘玲华，南阳师范学院学报，2012 年第 7 期

110. 论新媒体时代的文学形式流变，黄曼青，求索，2012 年第 7 期

111. 二十年目睹之网络文学发展及数字出版，王韶松，出版广角，2012 年第 8 期

112. 试论网络文学文体的继承与创新，韩庆剑，新闻传播，2012 年第 8 期

113. 网络文学的乌托邦情结，黄海蓉，长春师范学院学报，2012 年第 8 期

114. 从"类型"看网络文学的潮流，庄庸，博览群书，2012年第9期

115. 新世纪以来网络文学研究的成绩与问题分析，徐洪军，玉溪师范学院学报，2012年第10期

116. 浅谈网络文学的特点与文学的发展，任联齐，重庆科技学院学报（社会科学版），2012年第11期

117. 数字时代文学期刊的困境及其应对，蔡清辉，传媒，2012年第11期

118. 网络文学：商业写作中的自由折翼，宋玉书，文艺争鸣，2012年第11期

119. 网络文学的创作焦虑与文化反思，周根红，江南论坛，2012年第11期

120. 新世纪网络文学反思，鲍婷婷，安徽文学（下半月），2012年第11期

121. 网络文学的特点及诸多问题研究，姚景谦，中国报业，2012年第12期

122. 浅议我国网络文学的后现代主义发展，李志兵，中国报业，2012年第12期

123. 从网络文学研究到数字文学研究的范式转换，单小曦，学习与探索，2012年第12期

124. 混合形态的新型文学——浅析新世纪文学的三大特点，白烨，戏剧文学，2012年第12期

125. 试论数字文学对文学理论课程教学中"文本"概念革新的价值，聂春华，大学教育，2012年第13期

126. 网络文学对大学生的负面影响及其对策，王晓英，学校党建与思想教育，2012年第14期

127. 我国网络文学作品版权保护问题研究，康建辉，科技管理研究，2012年第14期

128. 论网络文学对传统文学审美意境的消解，郭倩，群文天地，2012年第15期

129. 网络文学引发的思考，南瑞华，中国教育技术装备，2012年第

16 期

130. 网络文学的特征浅析，于玲，中国报业，2012 年第 16 期

131. 一场现实主义的胜利——《搜索》编辑手记，张雪松，出版参考，2012 年第 18 期

132. 当代大学生网络小说阅读情况分析——以湖北汽车工业学院为例，李嘉慧，学理论，2012 年第 18 期

133. 名利场里的寂寞狂欢——浅析网络文学的存在态势，魏冬，学理论，2012 年第 18 期

134. 欲通则变——浅谈网络穿越小说的未来发展，王梅，语文建设，2012 年第 18 期

135. 网络文学对文学大众化的影响性，陈昙，科技创新与应用，2012 年第 19 期

136. 网络文学改编：新旧媒介的交锋与融合，尚丹，名作欣赏，2012 年第 20 期

137. 网络文学影视改编热现象探析，吴琰，名作欣赏，2012 年第 20 期

138. 网络流行小说初探，孙姝，语文建设，2012 年第 20 期

139. 浅析网络小说与影视艺术的"大联姻"之利弊，陈赢，大众文艺，2012 年第 20 期

140. 试论网络小说的电影改编，马衡，电影文学，2012 年第 24 期

141. 生活在别处——网络文学中的都市"小资"生活，李菁，群文天地，2012 年第 24 期

142. 网络文学和高职"大学语文"课程教学改革，徐晓芳，中国市场，2012 年第 26 期

143. 穿越剧热潮背后的文化探析，王丽丽，学理论，2012 年第 28 期

144. 浅议网络媒体的兴起与网络文学的发展，骆欣，新西部（下旬.理论版），2012 年第 Z2 期

2013 年

1. 西方网络文学的起源、发展与基本类型，国庆祝，学术交流，2013 年第 1 期

2. 网络文学审美问题研究，张政，大众文艺，2013 年 01 期

3. 新媒体艺术研究的理论设定与网络文学的研究视野，许鹏，中国人民大学学报，2013 年第 1 期

4. 卡斯特尔的网络空间理论与"超文本"文学表征，徐忆，求索，2013 年第 1 期

5. 网络文学的"她"世界，龙柳萍，广西教育学院学报，2013 年第 1 期

6. 风涌云起的网络文学，任小平，辽宁广播电视大学学报，2013 年第 1 期

7. 试论网络文学影视化改编的"文学性"策略，周平，郧阳师范高等专科学校学报，2013 年第 1 期

8. 主体间性视阈下的网络文学接受，龙柳萍，柳州师专学报，2013 年第 1 期

9. 论网络文学对经典文本的戏仿，赵悦青，山东行政学院学报，2013 年第 1 期

10. 网络文学对当代大学生的影响，陈涛，大众文艺，2013 年第 2 期

11. 网络超长篇：商业化催生的注水写作，聂庆璞，学习与探索，2013 年第 2 期

12. 网络文学不能承受之轻——中国网络文学质量与数量反差的思考，汪代明，学习与探索，2013 年第 2 期

13. 网络文学之商业机制辨识，曾繁亭，学习与探索，2013 年第 2 期

14. 网络类型小说：机缘和困局，欧阳友权，学习与探索，2013 年第 2 期

15. 新媒体冲击下文学的悖反式存在，禹建湘，中州学刊，2013 年第 2 期

16. 关于网络文学入史的问题，周志雄，浙江社会科学，2013 年第 2 期

17. 网络文学现象的思考，黄晶，剑南文学（经典教苑），2013 年第 2 期

18. 简论网络文学的自由性，沈宁，重庆电子工程职业学院学报，2013 年第 2 期

19. 网络文学的古典情怀，龙柳萍，广西教育学院学报，2013年第2期

20. 论网络文学作品著作权的保护，朱贝妮，漳州师范学院学报（哲学社会科学版），2013年第2期

21. 中国网络小说的影视剧改编研究，张伟巍，河南工程学院学报（社会科学版），2013年第2期

22. 中国涉藏网络文化发展的现状研究，王万宏，阿坝师范高等专科学校学报，2013年第2期

23. 传统文学出版企业开展网络文学出版业务路径探析，周百义，出版发行研究，2013年第3期

24. 制造快感：大众文化背景下的网络文学，徐晓利，剑南文学（经典教苑），2013年第3期

25. 当下网络文学的十个关键词，欧阳友权，求是学刊，2013年第3期

26. 文化身份与当代文学经典中"承认的政治"——以茅盾文学奖获奖者为例，朱晏，求是学刊，2013年第3期

27. 近二十年来中国网络文学的现代性观察，徐学鸿，唐山师范学院学报，2013年第3期

28. 网络文学作品在传播中的阅读模式，党红，湖北师范学院学报（哲学社会科学版），2013年第3期

29. 网络文学批评——建构属于自身的标准，李静，北华大学学报（社会科学版），2013年第3期

30. 情采斐然　巧夺人心——分析《第一次亲密接触》难以超越的原因，王晓旋，四川职业技术学院学报，2013年第3期

31. 新媒体与传统文学文本，曹龙，长治学院学报，2013年第3期

32. 网络架空历史小说的欲望叙事和接受心理，龙柳萍，河池学院学报，2013年第3期

33. 试论当下网络文学影视改编中的问题，周平，大连海事大学学报（社会科学版），2013年第3期

34. 网络文学对大学生写作的影响，宿建超，衡水学院学报，2013年第3期

35. 论网络小说叙事中的日常生活图景，李盛涛，中国文学研究，2013年第3期

36. 主体间性视角下网络文学的特征及意义浅析，时凤玲，大众文艺，2013年第4期

37. 论网络文学的民间性创作立场，杨汉瑜，西南民族大学学报（人文社会科学版），2013年第4期

38. 中外网络文学出版比较研究，周百义，湖北第二师范学院学报，2013年第4期

39. 网络文学的本体之思，李军学，未来与发展，2013年第4期

40. 网络文学出版业质量管理问题初探，王娥，东南传播，2013年第4期

41. 网络时代的一缕春风——网络文学的基本特征浅析，王玲，中国－东盟博览，2013年第4期

42. 论网络穿越小说的穿越性特征，欧造杰，当代文坛，2013年第4期

43. 论网络文学数字版权的保护，游昭逸，山东省农业管理干部学院学报，2013年第4期

44. 网络文学中的愿望—情感共同体——读者接受反应研究之一，康桥，南方文坛，2013年第4期

45. 网络言情小说的"虐恋"模式与消费主义文化的悖谬，李静，名作欣赏，2013年第5期

46. 浅析"微小说"的特质及其对当下网络文学的影响，李智，理论界，2013年第5期

47. 交互合作式网络文学写作教学模式的建构，肖丰，长春师范学院学报，2013年第5期

48. 网络文学写作：商业化诉求中的财富梦想与现实，周冰，当代文坛，2013年第5期

49. 小径分岔的花园——关于当代文学走向的一些随想，周立民，南方文坛，2013年第5期

50. 关于网络文学影视改编潮流的思考，冯云超，天中学刊，2013年第5期

51. 精英趣味与大众生产力——网络文学"非线性"特征的转变，许苗苗，海南师范大学学报（社会科学版），2013 年第 6 期

52. 网络文学写作主体的创作意识，肖丰，吉林广播电视大学学报，2013 年第 7 期

53. 网络小说的先锋性还能维系多久，李盛涛，重庆社会科学，2013 年第 7 期

54. 文学作品的生产机制与传播动力如何体现，周根红，重庆社会科学，2013 年第 7 期

55. 浅谈网络文学的审美特性，王晓英，理论月刊，2013 年第 8 期

56. "网络与文学变局"学术研讨会简讯，贺予飞，探索与争鸣，2013 年第 8 期

57. 网络文学电影改编热的原因研究——基于近十年案例的解读，刘念，东南传播，2013 年第 8 期

58. "女扮男装"：网络文学中的女权意识及其悖论，黎杨全，文艺争鸣，2013 年第 8 期

59. 网络文学研究误区述评，赖敏，中华文化论坛，2013 年第 8 期

60. 网络文学对文学期刊编辑的挑战，张文志，现代商业，2013 年第 9 期

61. 试论青少年网络文学阅读的特点，李媛，图书馆学研究，2013 年第 10 期

62. 网络文学：新世纪文学的裂变，底涛，语文建设，2013 年第 12 期

63. 网络文学：大众文学的网络书写与传播，王秀和，语文建设，2013 年第 12 期

64. 新媒体时代文学创作的困境与出路，毛汀，大众文艺，2013 年第 12 期

65. 关于大学生网络文学阅读状况的调查报告，蒋京恩，长春教育学院学报，2013 年第 13 期

66. 浅谈网络文学影视化的利弊，李倩，电影文学，2013 年第 14 期

67. 新媒介革命与当代文艺学研究的新道路——评欧阳友权的网络文学研究，郭文成，创作与评论，2013 年第 14 期

68. 数字化人文前沿的学理探索——欧阳友权网络文学研究述略，吴

英文，创作与评论，2013 年第 14 期

69. 积学于勤　弥尔自知，欧阳友权，创作与评论，2013 年第 14 期

70. 论网络文学与游戏之间的关系，熊选飞，赤峰学院学报（自然科学版），2013 年第 14 期

71. 新时期网络语言文化价值浅析，李靖，长春教育学院学报，2013 年第 14 期

72. 以萧鼎的小说《诛仙》看网络文学对青少年的德育作用，马兆娣，语文建设，2013 年第 15 期

73. 大学生阅读网络小说的接受心理探析，杨春平，语文建设，2013 年第 15 期

74.《文学蓝皮书》发布会在京举行，出版参考，2013 年第 15 期

75. 谈网络小说与文学作品推广，孟欣，中国校外教育，2013 年第 15 期

二、网络文学理论批评报纸文章存目

1997年网络文学报纸文章目录

作者	文章名	报纸名称	发表时间
黄鸣奋	换笔：电脑与文艺家的情感	计算机世界	1997年10月27日
黄鸣奋	电脑文艺：对理论、批评和史学的呼唤	文艺报	1997年11月11日

2000年网络文学报纸文章目录

作者	文章名	报纸名称	发表时间
梁惠娟	网络文学挑战传统文学	科技日报	2000年7月28日
黄集伟	文学：从杂志到网络	中国艺术报	2000年7月28日
孙瑞丽	网络文学不应该是另类	甘肃日报	2000年8月3日
黑可可	网络写手会不会成为传统作家？	文学报	2000年8月3日
梁惠娟	网络文学挑战传统文学	中国妇女报	2000年8月14日
王丰义	众说纷纭网络恋情	亚洲中心时报	2000年8月24日
邢晓芳	文学神圣感不应消失	文汇报	2000年9月4日
郭开森	网络版权不可无	光明日报	2000年9月6日
许苗苗	与网相生 网络文学的现状与发展	文艺报	2000年9月12日
卢政	网络文学发展之我见	网络世界	2000年9月25日
古华城	网络文学的尴尬	中国电力报	2000年10月1日
杨泽文	与网络相生的另类文学	中国财经报	2000年10月10日
刘翠平	网络文学的出版难题	中华读书报	2000年10月18日
阮帆 星河	网络有文化吗？	北京科技报	2000年10月20日
朱威廉	文学发展的肥沃土壤	人民日报海外版	2000年10月21日
王汶成	文学与网络传播	文艺报	2000年10月31日
王强	网络文学的兴起与发展	人民日报	2000年11月11日
赵艳	网络文学的新动因和新走向	文艺报	2000年12月5日

续表

作者	文章名	报纸名称	发表时间
宋炳辉	网络文化给文学带来什么	文汇报	2000年12月9日
子心	文学期刊 路在何方	西安日报	2000年12月14日
杨泽文	网络文学想说爱你不容易	中国财经报	2000年12月19日
易超波	网络写手不寂寞	中国质量报	2000年12月20日

2001年网络文学报纸文章目录

作者	文章名	报纸名称	发表时间
杨蕾	版权：不小觑网络文学作品	中国知识产权报	2001年1月5日
章红雨	文学图书缘何开始走旺？	中国新闻出版报	2001年1月10日
萧三郎	2000年流行文化汇总	中华合作时报	2001年1月12日
刘铮 小清	2000年中国书业大盘点	山西经济日报	2001年1月13日
宏宇	出版社网上"分羹"	中国新闻出版报	2001年1月19日
陈平原	"文学"是否需要重新命名	中国图书商报	2001年1月23日
阮慧勤	新千年小说怎么写	中国图书商报	2001年1月25日
臣芦	外套包裹的网络文学和网络文学的外套	中国质量报	2001年2月6日
鲁文忠	纯文学在窘迫中延展希望	文艺报	2001年2月13日
张颐武	让时间去说	中国电力报	2001年2月18日
杨泽文	点击网络文学	工人日报	2001年3月7日
姚贞	如何与网络文学亲密接触	中国新闻出版报	2001年3月9日
余慧明	网络文学出版风云又起	中国图书商报	2001年3月13日
蔡晨	文学青年眼中的网络文学	江苏经济报	2001年3月20日
杨泽文	平民写作的时代	湖北日报	2001年4月4日
圣泉	网络文学像寂寞的原野	北京科技报	2001年4月6日
eNews	网络文化不是延继？	发展导报	2001年4月17日
杨泽文	网络时代的大众写作	河北日报	2001年4月20日
咆哮	网络文学的七种武器	北京日报	2001年4月22日
李晓英	漫谈网络文学	中国新闻出版报	2001年4月23日
王瑾	网络文学自由观	中国文化报	2001年4月28日
盖尔	网络文学的快餐意味	北方经济时报	2001年5月18日
蒋述卓	城市文学：21世纪文学空间的新拓展	文艺报	2001年5月22日
杨泽文	网络时代的大众写作	团结报	2001年5月29日
路艳霞	网络文学出版起热浪	北京日报	2001年5月31日

续表

作者	文章名	报纸名称	发表时间
赵亦冬	从排行榜看图书市场走向	工人日报	2001年6月6日
陆梅	飞翔的文学梦	文学报	2001年6月14日
张圣华	能否把中学生拉入经典	中国教育报	2001年7月5日
肖云儒	中国当代文学承受四次冲击	陕西日报	2001年7月6日
谢有顺	通向网络文学的途中	文艺报	2001年7月24日
赵晋华	2001年上半年 文学书情	中华读书报	2001年7月25日
俞小石	白领趣味冲击文坛 理论不能固步自封	文学报	2001年8月2日
王毓钧	网络文学还能热多久	工人日报	2001年8月8日
张志雄	网络文学出版：喜悦中裹着忧愁	中华读书报	2001年8月8日
陈辽	文学的"定位"和新世纪文学的"位移"	文学报	2001年8月16日
鲁大智	文学网站 站起来还是倒下去	中华读书报	2001年8月22日
侯丽华	flying的灰锡时代	深圳商报	2001年8月25日
杨志芳	没落的网络文学	西藏日报	2001年9月2日
巫唐	小议"非职业化写作"	学习时报	2001年10月8日
刘宁 余冠仕	网络文学到底要革谁的命	中国教育报	2001年10月9日
傅恺	网络文学对纯文学的无声冲击	北京日报	2001年10月14日
许复	网络，让童心飞得更远	中华读书报	2001年10月24日
蔡晨	网络文学走向何方	法制日报	2001年10月26日
阮慧勤	网络与出版社共享与共赢	中国图书商报	2001年11月15日
山野	中德对话：文学与出版市场	北京日报	2001年11月25日
梁若冰	赵德发：网络文学的品位和格调不高	光明日报	2001年12月22日
刘春	新秀击败老将 拉力赛爆冷门	深圳商报	2001年12月29日

2002年网络文学报纸文章目录

作者	文章名	报纸名称	发表时间
任任	色到绝时乃无色	深圳商报	2002年1月20日
阿词	网络让文学年轻了	亚洲中心时报（汉）	2002年1月24日
蒋晞亮	市场大变脸 青春领风骚	中国图书商报	2002年1月29日
蒋述卓 王斌	都市文学研究现状鸟瞰	社会科学报	2002年2月7日
陈福民	文化变迁时代的异端力量	中国图书商报	2002年2月19日

续表

作者	文章名	报纸名称	发表时间
舒晋瑜	新的文学兴奋点何在？	工人日报	2002年2月22日
木子	网络文化适合社会发展规律	中华读书报	2002年3月13日
陈福民	文化变迁时代与网络文学	学习时报	2002年4月8日
周士琦	我看中学生语文水平	中国教育报	2002年6月11日
刘拥军 戴雷	大浪淘沙 谁领风骚（上）	中国图书商报	2002年7月16日
何志钧	摄影文学与网络文学	文艺报	2002年8月16日
王西敏	你凭什么叫自己妖精	中国图书商报	2002年8月22日
江正云	网络文学与文化经典	文艺报	2002年8月31日
舒晋瑜	"网络文学"与媒体叙事	中华读书报	2002年9月25日
王致诚	读网时代，文学落于网中央	中国文化报	2002年11月6日
马龙潜	网络文学：从转换到原创	中华读书报	2002年12月18日
雨意	摄影文学：一种新的可能	人民政协报	2002年12月24日

2003年网络文学报纸文章目录

作者	文章名	报纸名称	发表时间
王恺华	读《网络，你去向何处》	中国邮政报	2003年2月15日
欧阳友权	网络文学：技术乎？艺术乎？	中华读书报	2003年2月19日
孔明珠	"新概念"的好孩子	解放日报	2003年3月7日
闻学	大学校园里出现阅读新时尚	文学报	2003年3月7日
张夏	痞子蔡寂寞道白"夜玫瑰"	北京日报	2003年3月9日
安辛	布衣素面著风流	中国邮政报	2003年4月5日
鞠熙	网络图书还能读什么	中国图书商报	2003年4月11日
胡阳	谁来驯服网络时代的文学牛仔？	文艺报	2003年4月19日
张晖	网络文学不是游戏文学	中华读书报	2003年4月23日
朱朝晖	游戏冲动与文学的技术依赖	中华读书报	2003年5月21日
胡殷红	网络文学活跃	文艺报	2003年5月31日
陆梅林 董学文 金元浦 朱辉军 王兆胜	当代文学理论研究需要创新	文艺报	2003年5月31日
邱峰	网络文学的现状与思考	人民日报	2003年6月15日
张学昕	有限的网络与无限的文学	人民日报	2003年6月15日
蔡骏	蔡骏：恐惧只是一把尘土	中华读书报	2003年6月18日
欧阳友权	哪里才是网络文学的"软肋"？	中华读书报	2003年6月18日
孙宜君	传媒：当代文化的摇篮	河北日报	2003年6月20日

续表

作者	文章名	报纸名称	发表时间
王干	文学人口	北京日报	2003年7月13日
张晖	网络文学没有技术"原罪"	中华读书报	2003年7月16日
鲁小五	被分解的王小波	中国邮政报	2003年7月26日
石一宁	文学期刊如何应对文化体制改革？	文艺报	2003年8月7日
汪正球	醒得不是滋味	中国图书商报	2003年8月8日
孟繁华	中产阶级的"摩登"写作	中国图书商报	2003年8月29日
黄开发	网络民间文学浮出水面	中华读书报	2003年9月17日
李绍山	对网络文学现状及未来的思考	河北日报	2003年9月19日
姜平波 徐勇	大学生呼唤阅读指导	新华日报	2003年9月26日
梁刚	网络文化与社会发展	文艺报	2003年9月30日
欧阳友权	摄影与网络：图文时代的文学解魅	中国艺术报	2003年10月17日
杨光	网络文化的生存态势	北京日报	2003年10月19日
方伟	拿什么来拯救你 我的文学	文艺报	2003年10月28日
江筱湖	10年一剑 网络原创终成正果	中国图书商报	2003年11月21日
王坤宁	华夏社网络文学出版渐成规模	中国新闻出版报	2003年12月10日
姚雪	网络文学的2003	中华读书报	2003年12月17日
张翠侠	台湾书全方位登陆	中国图书商报	2003年12月26日

2004年网络文学报纸文章目录

作者	文章名	报纸名称	发表时间
张爱敬	对话那多：荒诞游戏《三国》"恐怖"制造暴笑	中华读书报	2004年1月21日
席立卓	网络文学在成长中	中国教育报	2004年2月6日
周玮	让文学远离"美女"标签	甘肃日报	2004年3月26日
姚雪	中国的手机小说谁来写	中华读书报	2004年4月21日
杨虎 周婧	畅销书网络运营三大优势	中国新闻出版报	2004年4月23日
查舜 郎伟	从西部看文坛	光明日报	2004年4月28日
陈福民	辨材须待七年期	中国社会科学院院报	2004年6月15日
杨华	首部手机短信小说未发先红	中国妇女报	2004年6月16日
张珏娟 邱雅欣	网络文学走向坦率	四川日报	2004年7月30日

续表

作者	文章名	报纸名称	发表时间
魏丰	4200 字 =18 万元	电脑报	2004 年 8 月 16 日
肖华 吴传震	网站吆喝着卖自己	南方周末	2004 年 9 月 2 日
小湖	手机平台大闹文学革命	中华工商时报	2004 年 9 月 8 日
陈雨点 徐冠一 王海燕	省首届网络出版节开幕	吉林日报	2004 年 9 月 10 日
舒晋瑜	当网络搭上出版的快车	中华读书报	2004 年 9 月 22 日
欧阳友权	学院派眼中的网络文学	中华读书报	2004 年 9 月 22 日
李卓钧 陈蓉	网络文学：互动与感性	人民日报	2004 年 9 月 25 日
张炯	新中国文学五十五年的成就和前瞻	文艺报	2004 年 9 月 30 日
欧阳友权	网络文学研究的前沿问题	文艺报	2004 年 9 月 30 日
舒晋瑜	当网络搭上出版的快车	兰州日报	2004 年 10 月 11 日
宋新成	评网络小说《给我一支烟》	吉林日报	2004 年 10 月 14 日
李涛	陕西作家是否面临断代	陕西日报	2004 年 10 月 24 日
傅小平	陈村：网络文学最好的时期已过去	文学报	2004 年 10 月 28 日
孟凌云	《水煮三国》售 100 万册之谜	吉林日报	2004 年 10 月 29 日
李清	网络作家受到民营书商的推崇	市场报	2004 年 10 月 29 日
孟繁华	网络文学：游戏狂欢还是"革命"？	中国教育报	2004 年 11 月 4 日
杨泽文	时尚与尴尬的网络文学	中国国土资源报	2004 年 11 月 4 日
赵淑平	网络文学价值评估的三个关键词	中华读书报	2004 年 11 月 10 日
吴小莉	2004：网络小说出版再度升温？	中国图书商报	2004 年 11 月 12 日
夏萍	短信文学从天涯来	海南日报	2004 年 11 月 14 日
赵淑平	"网络写手"何时比肩作家	中国妇女报	2004 年 11 月 18 日
高波	网络文学的"死穴"	文艺报	2004 年 11 月 23 日
舒晋瑜	网络文学走向规模化出版	中华读书报	2004 年 11 月 24 日
刘昶	出版机构缘何热衷评文学大奖？	中国图书商报	2004 年 11 月 26 日
曾衡林 刘星	手机小说：拓开一片文学新领地	湖南日报	2004 年 12 月 13 日
张小龙	网络文学不可一概批倒	中华读书报	2004 年 12 月 22 日
杨吉	网络是父，文学是母	21 世纪经济报道	2004 年 12 月 27 日
李锦文	手机短信文学翩然而至	云南日报	2004 年 12 月 29 日

2005 年网络文学报纸文章目录

作者	文章名	报纸名称	发表时间
刘昶	1995—2005 大众出版市场十年风云回眸（上）	中国图书商报	2005 年 1 月 7 日
宋美娅	网络文学正在成为一座桥梁	中国妇女报	2005 年 1 月 11 日
周文	网络文学研究的开拓者	文艺报	2005 年 1 月 13 日
刘磊	触目惊心的搜索结果	中国计算机报	2005 年 1 月 17 日
沈默克	网络出版、阅读、交流述略	中国图书商报	2005 年 1 月 21 日
周周 张翠侠	智者的时间游戏	中国图书商报	2005 年 1 月 21 日
杨葵	10 年畅销书岁月激情	中国图书商报	2005 年 1 月 21 日
张翠侠	10 年引进图书改变了我们什么？	中国图书商报	2005 年 1 月 21 日
舒晋瑜	千里烟：网络写手必须无公害	中华读书报	2005 年 1 月 22 日
戴铮	日本出现博客出版社	中华读书报	2005 年 1 月 22 日
郑立华	"动大拇指，当大作家"	中国商报	2005 年 2 月 1 日
马相武	短信文学的文化意义	光明日报	2005 年 2 月 4 日
方伟	关注文学特定的精神价值	中国文化报	2005 年 2 月 5 日
戴铮	2005 年日本书业谁领风骚	中华读书报	2005 年 2 月 16 日
杨经建 吴志凌	2004 年文学理论和批评状况要览	光明日报	2005 年 2 月 18 日
舒晋瑜	游戏小说会是下一座出版金矿吗？	中华读书报	2005 年 2 月 23 日
崔琪	网络语言滥用会使作文不伦不类	北京日报	2005 年 2 月 23 日
无作者	从带宽增加看时尚变化	人民邮电	2005 年 2 月 23 日
舒晋瑜	追寻青春文学的网络出身	中华读书报	2005 年 2 月 23 日
胡殷红	文学界评议短信文学	人民日报	2005 年 2 月 25 日
金兆钧	网络歌手是神话还是策划？	湖北日报	2005 年 2 月 26 日
舒晋瑜	网络出版：书界别样风景	福建日报	2005 年 2 月 28 日
王力	传统出版争抢网络文学	经济参考报	2005 年 2 月 28 日
邓章应	汉字加字母后缀	语言文字周报	2005 年 3 月 2 日
白纸	网络文学的弱势	温州日报	2005 年 3 月 20 日
乔日澜	高中生：该怎样选择课外阅读	大连日报	2005 年 3 月 21 日
武翩翩	老牌文学期刊《芳草》改版 全国首家网络文学选刊问世	文艺报	2005 年 3 月 22 日
舒晋瑜	网络读书频道的原创战	中华读书报	2005 年 3 月 23 日
叶斐	盛大拓展"甜蜜事业"	中国企业报	2005 年 4 月 5 日

续表

作者	文章名	报纸名称	发表时间
王宏宇	《蜘蛛之寻》称雄网络文学大赛	中国计算机报	2005年4月6日
刘昶	图书贩卖的本质是内容	中国图书商报	2005年4月8日
欧阳友权	网络文学的伦理学问题	文艺报	2005年4月12日
李晓红	当手机爱上文学	文艺报	2005年4月12日
刘川鄂	呼唤有胆有识有良知的批评家	文艺报	2005年4月14日
蒋巍	作协大楼里的网络写手	中华读书报	2005年4月20日
舒晋瑜	超长篇奇幻小说即将大爆发	中华读书报	2005年4月20日
王作栋	网络文化思考	宜昌日报	2005年4月21日
刘绪义	网络文学研究的学理悖论	文艺报	2005年4月26日
欧阳友权	网络文学：何时赢得艺术尊重	中国教育报	2005年5月12日
张昱	网络上的文学，还是文学在网络上？	中国文化报	2005年5月25日
早报李琴	先锋对话：中国没有城市文学	东方早报	2005年6月5日
张浩文	网络文学的死穴	文艺报	2005年6月16日
李敬泽	找一颗钉子把世界挂上去	中国文化报	2005年6月27日
朱永华 文沁春 周玉琼	网络文学：新时代的宠儿	湖南日报	2005年6月28日
黄集伟	青春小说突围青春	中华读书报	2005年6月29日
何勇海	三大瓶颈阻碍数字出版业发展	中国经济导报	2005年7月7日
周德梅	关于网络文学	人民公安报	2005年7月8日
洪智明 赖虹菲	网络文学在深圳狂欢	深圳特区报	2005年7月25日
陈福民	2005：网络文学何去何从	中国社会科学院院报	2005年8月4日
罗四鸰	"博客文学"成出版新热点	文学报	2005年9月1日
杜鸿	网络小说宜昌印象	宜昌日报	2005年9月1日
罗四鸰	引起关注的"博客文学"	四川日报	2005年9月9日
闵云霄 周泓洁	叶辛：我希望获诺贝尔文学奖	贵州政协报	2005年9月22日
曹健	博客出版能否再掀网络文学出版热	中华新闻报	2005年10月12日
俞雍思	网络语言欲冲击汉语规范?	中国教育报	2005年10月21日
李宁	短信文学：给文学注入新活力	中国图书商报	2005年10月28日
郭岩	网络文学缘何不大气	吉林日报	2005年11月17日
马良 江耘	七年之痒 博客之后谁引领网络文学	中华新闻报	2005年11月23日

续表

作者	文章名	报纸名称	发表时间
吴婷	一个文学网站的传奇写手也能成为百万富翁	中国图书商报	2005年12月2日
晓丁	聚焦市场经济下文艺新现象	文学报	2005年12月8日
黄金兰	短信文学火得起来吗?	工人日报	2005年12月10日
张胜男	互联网上飞扬的插图	中国新闻出版报	2005年12月12日
梁瑛	金庸、二月河与记者"谈史论道"	深圳商报	2005年12月18日
孙伟科	前进中的中南大学文艺学学科	文艺报	2005年12月22日

2006年网络文学报纸文章目录

作者	文章名	报纸名称	发表时间
本报编辑部	为了文学的和谐发展 新年献辞	文艺报	2006年1月3日
吕继东	当文学遭遇网络	苏州日报	2006年1月4日
梁小民	小吃店与凯恩斯	文汇报	2006年1月7日
姜锦铭	网络文学:"第一次亲密接触"后还能走多远?	新华每日电讯	2006年1月14日
蓝调悠客	商业时代,文学在网络中突围	民营经济报	2006年2月7日
彭鲜红	小心,不要成为"在线瘾君子"——网络文学的特征应引起阅读者警醒	中国教育报	2006年2月16日
范晨	萧鼎 热爱传统文化的老实人	中国邮政报	2006年2月18日
梁小民	让金钱对你俯首称臣	中国邮政报	2006年2月25日
何志钧	数字化时代的文艺学建构	文艺报	2006年2月28日
周志军	文学网站收购风潮再起 TOM悄然入股幻剑书盟	中国文化报	2006年3月10日
赵亦冬	21世纪文学的网上生存	工人日报	2006年3月11日
韩晗	博客出版,谁的蛋糕?	中国图书商报	2006年4月4日
方伟	文学资本在信息文化中的话语权力	光明日报	2006年4月7日
张贺敏	2006:文学期刊走出"少数人的园地"	深圳商报	2006年4月15日
庄桂成 陈国恩	文学的审美泛化	人民日报	2006年4月20日
言未	网络文学发展与出版峰会召开	中国文化报	2006年4月21日

续表

作者	文章名	报纸名称	发表时间
胡劲华	资本化文学网站	财经时报	2006年4月24日
晓新	博客出书成风，是耶？非耶？	中华新闻报	2006年4月26日
邰子桐	虚构的现实和现实的虚构 评"玄幻小说"	吉林日报	2006年4月27日
胡鹏林	文学祛魅的反思性批判	文艺报	2006年4月27日
思无邪	《飘邈之旅》：开创网络小说"修真"派	中国图书商报	2006年5月16日
周志军	"起点"被指侵权——网络版权再起纷争	中国文化报	2006年5月19日
钟荣华	第四届浙江作家节在我市开幕 张健汤恒蔡奇等出席开幕式 "台州风骨"采风活动同时举行	台州日报	2006年5月21日
任华南	网络文学：在写手、网络和市场间走钢丝	太原日报	2006年5月29日
傅小平	与生活同行的人文之旅 第四届浙江作家节综述	文学报	2006年6月1日
路艳霞	新浪第三届原创文学大奖赛昨落幕	北京日报	2006年6月6日
双城	特立独行燕垒生	中国图书商报	2006年6月13日
傅小平	生活 副刊 博客——浙江作家节探寻文学之变	四川日报	2006年6月16日
赖晓岚	网络文学：不止于青春和时尚	中国图书商报	2006年6月27日
熊唤军	《芳草》杂志改版 打造武汉文化品牌 在国内首创文学"女评委"大奖	湖北日报	2006年6月28日
秦宇慧	喧哗下的潜流 回眸网络文学史	中国图书商报	2006年7月4日
余三定	新视角·新构架·新知识	文艺报	2006年7月8日
蒲荔子 邓仲谋	文学期刊"四小名旦"辉煌背后有辛酸	南方日报	2006年7月16日
虹飞	副刊三题	中国新闻出版报	2006年7月24日
谢迪南	年度文情报告显示 长篇小说出现危机	中国图书商报	2006年8月8日
张兴成	电子传媒时代的文学境遇	人民日报	2006年8月10日
任晶晶	文学经典需要通俗化吗？	文艺报	2006年8月10日
杜骏飞	从来就没有什么网络作家	广州日报	2006年8月15日

续表

作者	文章名	报纸名称	发表时间
周春英	网络文学的艺术特征	文艺报	2006年10月14日
郑立华	手机让博客更加草根	中国商报	2006年10月24日
嘉亮 传新	第四届中国国际网络文化博览会在京开幕	大众科技报	2006年10月26日
河	宁财神抢滩儿童文学市场	中国图书商报	2006年10月31日
卞梦洁	宁财神：核心是"真、善、美"	第一财经日报	2006年11月3日
高仲宾	盛大起点中文网日最高浏览量突破1亿	中国经营报	2006年11月6日
邹昱琴	盘点终端销售 再看博客出书	中国图书商报	2006年11月10日
却咏梅	营造和谐健康网络文化环境——第四届中国国际网络文化博览会侧记	中国教育报	2006年11月27日
吴向阳 陈丹蓉	网络出书：当梦想照进现实	深圳特区报	2006年12月2日
王先霈	在思考和实践中找准我国文化和文学发展的方位	文艺报	2006年12月5日
付小悦	"文学应该有能力温暖世界"访中国作家协会主席铁凝	光明日报	2006年12月11日
铁凝	文学应该有能力温暖世界	人民日报	2006年12月13日
宫苏艺	来自首次"文情双月评论坛"的声音 为当今文学洗个脸	光明日报	2006年12月23日
陈丹	一份杂志和它的文化触角	文艺报	2006年12月26日
姚正华	青年作家网络写手各得其奖	深圳商报	2006年12月26日
姚正华	网络作家希望获得认同	深圳商报	2006年12月27日
廖庆升	法治是网络健康发展的根本保障	通信信息报	2006年12月27日

2007年网络文学报纸文章目录

作者	文章名	报纸名称	发表时间
陈奇佳	网络文学：不可忽视的力量	人民日报	2007年1月5日
王海椿	网络掀起一场全民文学运动	文学报	2007年1月11日
罗国芳	网络文学：洪水猛兽还是众人狂欢	中国改革报	2007年1月13日
韵晓	网络文学的价值不可小视	中国改革报	2007年1月13日
陈鹏	网络小说：点击神话挑战传统文学权威	新华日报	2007年1月15日

续表

作者	文章名	报纸名称	发表时间
袁跃兴	技术对"诗意"的入侵	中国文化报	2007年1月16日
王晓峰	当下文学里头的三国鼎立	辽宁日报	2007年1月17日
王鹏	网络原创作品出版研讨会召开	中国文化报	2007年1月19日
孙丽萍	文学网站成"新宠" 网络时代凸显阅读饥渴	人民日报	2007年1月19日
闵大洪	夯管理"基石"筑发展"大厦"	中国新闻出版报	2007年1月22日
孙丁玲	网络小说,网络盛宴VS文学尊严	中华新闻报	2007年1月24日
罗国芳	关注网络文学	人民日报	2007年1月26日
江筱湖	网络时代出版社如何网住写手	中国图书商报	2007年1月26日
索寒雪	真正好的作品一定会被广大网友发掘出来 与大网站合作效果好	中国经营报	2007年1月29日
舒晋瑜	网络原创大赛出版转型探秘	中华读书报	2007年1月31日
孟菁苇	网络文学有些尴尬	中国消费者报	2007年2月2日
陈鹏	"网络小说"正在疯狂挑战我们的传统文学	经济参考报	2007年2月2日
晓白	"网络小说"挑战传统文学	中国改革报	2007年2月3日
舒仁	杭州作协成立全国首个"类型文学创作委员会"	文学报	2007年2月8日
孙丽萍	文坛频发尴尬事,"精神贵族"变"惹火"明星?	新华每日电讯	2007年2月11日
晋雅芬	国新出版物发行数据调查中心成立首个专业委员会 发行数据认证向网络出版延伸	中国新闻出版报	2007年2月12日
李明宇	网络作家想"脱网"	中国劳动保障报	2007年2月14日
施晨露 姜小玲	学制要2年 学费要2万 课程四大块 网络写手回炉进修惹争议	解放日报	2007年2月28日
武翩翩	传统文学期刊如何应对网络的挑战	文艺报	2007年3月1日
黄里	网络作家打开文坛另一片天	四川日报	2007年3月9日
欧阳友权	引导网络文学健康发展	文艺报	2007年3月24日
张魁兴	名著"换脸"与文化羞辱	中国改革报	2007年3月24日
郑欣淼	且行且思	光明日报	2007年3月25日
曾春光	网络写手热的冷思考	光明日报	2007年4月8日
武翩翩	青年文学队伍建设受到高度关注	文艺报	2007年4月10日
李汝辉	济南年轻人热捧"文化书"	中国新闻出版报	2007年4月12日

续表

作者	文章名	报纸名称	发表时间
裴立新等	构建和谐社会的文学使命——出席中国作协七届二次全委会部分作家专访摘要（下）	南通日报	2007年4月13日
杨竞	网络文学能否取代传统文学？	辽宁日报	2007年4月16日
刘广远	文学原本不能"全民皆诗人"	中国教育报	2007年4月19日
傅小平	江苏作家毕飞宇在沪演讲世态人情是文学的拐杖 称网络文学为"一场梦"，险些引发激烈争论	文学报	2007年4月19日
道咏	首届生态环境保护神州万里行在京启动	大众科技报	2007年4月24日
杨谷	让群众喜闻乐见的网络文化作品不断涌现——光明网负责人谈"网友文学大赛"	光明日报	2007年4月29日
张弘	网络创作和阅读：从尝新鲜到成习惯	大连日报	2007年5月8日
袁征	首个网络作家研修班开课 网络文学与传统文学面对面	中国消费者报	2007年5月14日
龚丹韵	网络作家班：文学进入数码时代？	解放日报	2007年5月15日
胡荣强	《黄河文学》西部期刊影响全国	中国新闻出版报	2007年5月28日
曾衡林	湖南作家网成立两周年	湖南日报	2007年6月1日
江筱湖	八招成就网络小说网下畅销	中国图书商报	2007年6月5日
谢培红	网络文学又有盛事	科技日报	2007年6月5日
杨一苗	当文学遭遇网络：掀起一场革命？	经理日报	2007年6月9日
知综	移动梦网与梦网书城携手 原创文学手机PK大赛启动 将设版权顾问负责作品推荐和版权审核	中国新闻出版报	2007年6月11日
姜小玲	先锋文学要和当下写作沟通	解放日报	2007年6月11日
北京师范大学北京文化发展研究院北京市未成年人网络阅读状况课题组	网络阅读：北京市未成年人阅读的一把双刃剑	中华读书报	2007年6月13日

续表

作者	文章名	报纸名称	发表时间
武陵生	开放的网络环境更须坚守文学的使命	中国艺术报	2007年6月15日
黄里	四个"文坛"为难文学?	四川日报	2007年6月15日
张贺	功利写作渐成主流,专家呼吁——网络文学不是"提款机"	人民日报	2007年6月19日
张经武	文学与传媒共舞	中国文化报	2007年6月19日
小韩	从中国读者教养谈当前的阅读危机	中国图书商报	2007年6月19日
江筱湖 孔毅	原创文学网站赢利模式探讨 从发布平台到版权"经纪人"	中国图书商报	2007年6月22日
张隽	网络文学真要火了	中华读书报	2007年6月27日
周志军	网络文学市场渐成规模	今日信息报	2007年7月2日
路艳霞	一线网络文学写手年收入百万	北京日报	2007年7月3日
张鑫焱	Web2.0网站已呈现五种态势	通信信息报	2007年7月4日
罗晓汀	"文学裸替"与作家自我修养	亚太经济时报	2007年7月7日
和颖	网络文学渐成出版主流?	中国新闻出版报	2007年7月10日
钱密林	网络文学的尴尬与未来	中华新闻报	2007年7月11日
姚音	我国去年网络出版销售收入超130亿元	上海证券报	2007年7月20日
和颖	网络文学已渐成出版"主流"	今日信息报	2007年7月23日
韩璟	标题太噱头 描写多猛料 网络文学"泛黄"须激浊扬清	解放日报	2007年7月23日
张经武	文学的技术化倾向	中国文化报	2007年7月24日
王波 魏晓薇	锵锵五人碰撞华文出版阅读	中国新闻出版报	2007年7月24日
韵晓	网络文学商业化步伐加快	中国改革报	2007年7月28日
姜小玲 施晨露	作家出版社以百万高价签下四本"穿越小说"类型化网络文学成书市"救世主"?	解放日报	2007年7月30日
陈亮	原创网络文学借手机勃兴 近十万草根写手笔耕互联网,移动终端推波助澜扩大传播	南方日报	2007年7月31日
赵明宇	纵论上半年中国文学 网络文学处于"三无"状态	中华新闻报	2007年8月1日
张贺 姚音	网络出版:四大特点热起来 相关法规将颁布	中华新闻报	2007年8月1日

续表

作者	文章名	报纸名称	发表时间
闻文	文学现状的文化解读	光明日报	2007年8月3日
老格	真正意义上的文学的幸存者——"黑蓝文丛"读后	中华读书报	2007年8月8日
吕君	"充电"增知识 实践长本领 这个暑假 学生过得很精彩	嘉兴日报	2007年8月16日
江筱湖	九州仍在，三人行不再	中国图书商报	2007年8月17日
杨谷	用时代精品抢占网络文学阵地	光明日报	2007年8月19日
小令	中国网络文学将遭全面整肃	电脑报	2007年8月20日
路艳霞	传统出版为避风险押宝知名作家；网络写手不计其数但好作品少 出版社原创网站都有"稿愁"	北京日报	2007年8月21日
彭致	出版社：资源渐流失 网站：难寻赢利点 网络嫁接出版 其乐融融乎	中国新闻出版报	2007年8月22日
路艳霞	名写手少 佳作难找 出版社和原创网站都有"稿愁"	中华新闻报	2007年8月29日
彭致	网络嫁接出版 能否其乐融融	中华新闻报	2007年8月29日
许民彤	谨防"垃圾文化"趣味	中国教育报	2007年9月1日
彭宁	"湘西这个地方不得了啊！"全国著名作家"神秘湘西行"文学讲座侧记	团结报	2007年9月3日
十五	三方搭建"无线版权签约平台"	中国图书商报	2007年9月7日
孙和晴	绍兴举办大学生网络文学征文活动	文艺报	2007年9月11日
陈竞	政府清扫网络"黄毒"40部淫秽色情网络小说禁止传播	文学报	2007年9月13日
管晶晶	从BBS到播客：网络世界里怎样轻舞飞扬？	科技日报	2007年9月15日
杜勇 郑庆福 梁东红	非法转载他人作品获利 福建警方侦破全国首例网络文学作品侵权案	人民公安报	2007年9月19日
熊彦清	起点网、MSN、网易"三结义"两个读书频道正式上线	中华读书报	2007年9月19日
江筱湖	网络文学实体版确认遇尴尬	中国图书商报	2007年9月21日
王颖	由《诛仙》想到了网络文学	文艺报	2007年9月29日

续表

作者	文章名	报纸名称	发表时间
文波	媒体时代的文学现状 近期文学热点话题综述	中国社会科学院院报	2007年10月23日
彭亚非	网络写作：速朽的文作与潜在的生机	中国社会科学院院报	2007年10月23日
吴小雁	当网络出版成为一种产业	中国改革报	2007年10月27日
陈定家	加强网络文学研究和引导——"媒介文化与网络文学研讨会"纪要	文艺报	2007年10月30日
丁杨	陈村：网络影响文学的未来	中华读书报	2007年10月31日
北京师范大学北京文化发展研究院"北京市未成年人网络阅读状况课题组"	网络阅读：未成年人阅读的一把双刃剑	中国新闻出版报	2007年11月2日
张贺敏	深圳确定27个改革开放文学重点选题，广邀全国作家签约创作 为改革开放树碑立传	深圳商报	2007年11月2日
黎宏河	市场优化助推网博会升级——来自第五届网博会的市场观察	中国文化报	2007年11月5日
明江	江苏作协：注重作家梯队建设	文艺报	2007年11月14日
熊远帆	秋天 我们收获果实	湖南日报	2007年11月16日
韩浩月	追捧路遥贾平凹是对文学的致敬	中国新闻出版报	2007年11月22日
张伟楠	打造中国式新爱情电影《庐山恋2》网络剧本征集在沪启动	中国电影报	2007年11月22日
韩浩月	传统文学仍受尊重	石家庄日报	2007年11月27日
王近夏 赵婧	在诗歌中吸取力量 记活跃在我市的民间诗人	珠海特区报	2007年12月2日
蒲荔子 段太彬	携新著《在云上》走进广州各大高校 林清玄：我的作品不是"心灵鸡汤"	南方日报	2007年12月4日
江筱湖	网络文学登堂入室"走进"现代文学馆 首届中国网络文学发展研讨峰会召开	中国图书商报	2007年12月4日
李朝全	重估中国当代文学创作成就	中华读书报	2007年12月5日

续表

作者	文章名	报纸名称	发表时间
舒晋瑜	网络文学 大步行进中需要调整 新成立的"中国网络文学促进委员会"确定五项工作	中华读书报	2007年12月5日
孙海悦	"镜花云影"四大系列网络文学小说将登场 接力社搭建网络原创青春文学出版平台	中国新闻出版报	2007年12月5日
武翩翩	首届中国网络文学发展研讨峰会召开	文艺报	2007年12月6日
程丽仙	专家在京研讨网络文学发展	中国文化报	2007年12月7日
杨文	网络文学来了！	人民日报海外版	2007年12月13日
张小莉	加强网站建设 繁荣网络文学 收集舆情快讯 "网络德安"展示新魅力	九江日报	2007年12月15日
薛明 贾大雷	现在，写作已经不再是职业作家的专利了，网络的便捷化可以使每个人都成为一个草根写手。平民写作：网络帮忙，想写就写	哈尔滨日报	2007年12月23日
李媛	电子书的三个推手	中国经营报	2007年12月24日
王坤宁	首批13部作品签约 网文大赛成出版社选稿平台	中国新闻出版报	2007年12月25日
赵秋丽 李青	因为平易而受追捧 因为低俗而受非议 网络写手：如何走出功利之困	光明日报	2007年12月25日
文莉莎	网络文学与传统出版接轨 严肃作家集体无缘畅销榜	第一财经日报	2007年12月27日

2008年网络文学报纸文章目录

作者	文章名	报纸名称	发表时间
江筱湖	2007年度小说细分市场趋势评点	中国图书商报	2008年1月1日
葛红兵 许道军	"80后"作家获主流文坛认可	中华读书报	2008年1月2日
彭雪	多渠道开拓作者营销	中国图书商报	2008年1月8日
任志茜	阅读30年从阅读经典到文化消费	中国图书商报	2008年1月8日

续表

作者	文章名	报纸名称	发表时间
许小羚	军事文学中的电视化网络化	光明日报	2008年1月12日
李雅宁	接力社成立项目组专攻网络文学	中国图书商报	2008年1月25日
李雅宁	出版社与网站合作渐趋成熟	中国图书商报	2008年2月15日
陈熙涵	描述当代青年进入古代与历史风云人物发生扣人心弦故事 穿越小说成青春文学"头牌"	文汇报	2008年3月6日
贺绍俊	立足于对话与互动的历史场景	中国新闻出版报	2008年3月14日
马季	小景象里生长大气象	文艺报	2008年3月18日
欧阳友权 陈定家	数字媒介影响下的文学转型	浙江日报	2008年3月24日
舒晋瑜	网络文学到底咋回事儿——主流文坛很想弄明白	中华读书报	2008年3月26日
孟隋	网络催生新民间文学	中国教育报	2008年3月29日
刘阳	网络文学的兴起不容忽视 中国作协将吸收网络作家	人民日报	2008年3月31日
苏宁	新媒介将引发深刻变革	四川日报	2008年4月2日
李凌俊	文学不能缺席反映重大事件	文学报	2008年4月3日
舒晋瑜	搜狐首届原创文学大赛期盼多方共赢 原创主题是职场生涯和婚姻家庭	中华读书报	2008年4月9日
沈汝发	作协"掌门人"谈文坛热点	经济参考报	2008年4月14日
冯军	网络文学可能重组中国文学格局——关于读屏时代写作与出版的对话	中国新闻出版报	2008年4月18日
白烨	网络文学的成长簿记——读马季的《读屏时代的写作：网络文学十年史》	中国艺术报	2008年4月22日
禹建湘	网络文学学科建设的现实与可能	文艺报	2008年4月22日
贺绍俊	做网络文学秉笔直书的"史官"读马季《网络文学10年史》	文艺报	2008年4月24日
葛红兵	新媒体时代文学的四种趋向	文学报	2008年4月24日
胡殷红	中国作协七届三次全委会引起文学界关注	文艺报	2008年4月29日

续表

作者	文章名	报纸名称	发表时间
胡艳婷 李積	国内首本类型文学读本（MOOK）在杭揭开神秘"面纱" 倾力打造杭州创意文化产业	杭州日报	2008年5月1日
陈定家	把网络文学推向学术前沿	文艺报	2008年5月6日
赵宪章 陈望衡 马龙潜 陶东风 罗成琰 黄曼君 阎真 王岳川	网络文学新视野丛书评论	文艺报	2008年5月8日
高茹琨	中国珍珠产业媒体合作战略联盟成立	中国黄金报	2008年5月9日
李林荣	新世纪文学新在哪里	文艺报	2008年5月15日
郑国周	传统文学视野中的网络文学	贵州日报	2008年5月23日
王豫屏	报纸副刊在互联网环境下的发展	贵州民族报	2008年6月2日
黄坚	盛大开辟网络文学新"起点"	解放日报	2008年6月9日
江筱湖	年选虽好，如何过年？	中国图书商报	2008年6月17日
季关泉	浙江省作协制订五年文学发展蓝图	文艺报	2008年6月17日
白烨	在理解、扶持中自省、自强	光明日报	2008年6月20日
金莹	起点中文网作家峰会在沪举行	文学报	2008年6月26日
石剑峰	网络文学：从梦想走向掘金之路	东方早报	2008年7月1日
马季	网络类型小说拓宽新世纪文学之路	中国新闻出版报	2008年7月4日
刘蓓蓓 马春茂	收购三家原创文学网站 盛大进军文学领域	中国新闻出版报	2008年7月7日
张见悦	侯小强：原新浪副主编出任盛大文学CEO	中国新闻出版报	2008年7月8日
郑猛	盛大"掘金"网络文学	中国税务报	2008年7月9日
田夫	内容为王：盛大要靠文学赚钱	中国文化报	2008年7月11日
钟海	起点中文颁奖《回到明朝当王爷》成赢家	中国新闻出版报	2008年7月14日
汪蔚	文学在商业化外壳里怒放	中国计算机报	2008年7月14日
马季	"新概念"：为青春文学领航	中国文化报	2008年7月15日

续表

作者	文章名	报纸名称	发表时间
文艺	第六届中国国际网络文化博览会将办 网络文化大步迈向主流文化	工人日报	2008年7月18日
陈建平	全国首例网络文学作品侵权案开审	福建日报	2008年7月19日
吴小雁	网络文学 掘金还是圆梦	中国改革报	2008年7月19日
刘永泽 於可训 贺绍俊 白烨 杨宏海 彭学明 毛正天	落实科学发展观 促进文艺大发展大繁荣	中国艺术报	2008年7月22日
张颐武	网络文学与纸面文学	中华读书报	2008年7月23日
解玺璋	爱文学，更爱网络	中华读书报	2008年7月23日
舒晋瑜	伴网络文学走过10年	中华读书报	2008年7月23日
艾庄子	十年，网络文学改变了什么？	中华读书报	2008年7月23日
浩月	网络文学：走过纯真年代	工人日报	2008年7月25日
田野	盛大文学：挖掘文学的2.0价值	第一财经日报	2008年8月1日
任遂虎	介质系统赋予网络文学独特价值	光明日报	2008年8月3日
景颢	中国当代文学：现状与出路 单正平教授当代文学创作一席谈	平凉日报	2008年8月4日
石勇 李莹 张金华	吕永超加入中国作协	黄石日报	2008年8月5日
黄小驹 焦雯	铁凝、王蒙妙论中国当代文学	中国文化报	2008年8月7日
武翩翩	铁凝王蒙在2008北京国际新闻中心接受媒体采访	文艺报	2008年8月7日
曾露	网络青春文学：乱花渐欲迷人眼	中国信息报	2008年8月8日
李雪昆	铁凝王蒙接受媒体采访 BIMC聚焦"当代中国文学"	中国新闻出版报	2008年8月11日
舒晋瑜	老总们诉苦：网络冲击之下，文学出版不好搞了 分庭抗礼，还是自投罗"网"？	中华读书报	2008年8月20日
张海志 肖悦	多元化输出方式展现广阔市场前景——网络文学以"原创力量"绽放异彩	中国知识产权报	2008年8月22日
王杨	各地作协以改革创新精神 为青年作家成长创造条件	文艺报	2008年9月4日

续表

作者	文章名	报纸名称	发表时间
冻凤秋	借网络聆听年轻的声音——省作协副主席郑彦英谈作家"网络对决"	河南日报	2008年9月11日
彭致	起点中文启动小说竞赛 30位作协主席网上打擂	中国新闻出版报	2008年9月16日
古清生	对中国文学进行一次网络式梳理	中华读书报	2008年9月17日
蒙莉莉	整合出版优势资源三大趋势	中国新闻出版报	2008年9月17日
陈熙涵	小说《山楂树之恋》《那一曲军校恋歌》引发热议 眼泪：检验文学的唯一标准？	文汇报	2008年9月19日
李舫	"作协主席"赛小说 众多网友判高下 当代作家亲近"当红"网络	人民日报	2008年9月22日
冯磊	是两代人的对视还是体制内外的争执	工人日报	2008年9月23日
张志忠	喧嚣时代的悲情倾诉	中华读书报	2008年9月24日
王郁	传统文学对接网络文学 1+1＞2？	科技日报	2008年9月24日
彭致	红袖添香搭台 业内热议——消费时代言情小说出版大势	中国新闻出版报	2008年9月25日
孟海鹰	传统文学网络时代拥抱谁	人民日报	2008年9月25日
刘仁 张楠	30位作协主席网上亮相，作品接受网民评论 传统文学与网络的一次亲密接触	中国知识产权报	2008年9月26日
王地	文学没有传统与网络之分 作协主席集体"闪婚"网络的标本意义	检察日报	2008年9月26日
严葭淇	作协主席网擂：传统文学的网络试水礼？	华夏时报	2008年9月27日
蒲荔子 吴敏	网络文学和传统文学的双重冲击？30位作协主席网上PK之后……	南方日报	2008年9月28日
裴蕾	降温：网络文学"落地"减速	四川日报	2008年10月5日
马相武	把握类型文学的发生脉络与发展趋势	中国艺术报	2008年10月7日

续表

作者	文章名	报纸名称	发表时间
陈阳春	类型化时代的文学生产	中国艺术报	2008年10月7日
张英 李响 漆菲	奖金向诺贝尔看齐 主席PK未结账 "全球大赛"又声张	南方周末	2008年10月9日
张英 漆菲	"我的希望落空了"	南方周末	2008年10月9日
路艳霞	网络小说首印降低一半	北京日报	2008年10月11日
王莹	文学与热闹无关	中国教育报	2008年10月11日
邹本堃	第二届全球华语言情小说大赛启动 网络言情小说期待精品	中国消费者报	2008年10月17日
雯娜	借力新浪读书频道 "文学豫军"忐忑冲浪	中国新闻出版报	2008年10月23日
杨宏海	立足本土？摇推动创新	中国艺术报	2008年10月24日
邢虹	茅盾文学奖入选作品首次网上连载 传统文学打开网络大门	南京日报	2008年10月26日
白炜	二〇〇八中国国际版权博览会开幕 世界知识产权组织版权创意金奖揭晓	中国文化报	2008年10月29日
范昱	爱读爱看网获"优秀运营商网站奖"	大众科技报	2008年11月2日
夏俊	小说向左转还是向右转 与茅盾文学奖获得者、评委聊中国文学	解放日报	2008年11月4日
江筱湖	网上选文如何避开陷阱	中国图书商报	2008年11月4日
王坤宁	"网络文学十年盘点"活动启动	中国新闻出版报	2008年11月5日
覃丹 裴蕾	严肃文学集体"试网" 四川作家半推半就	四川日报	2008年11月5日
路艳霞	中国期刊数字化市场高峰论坛昨透露 网络文学期刊不再一枝独秀	北京日报	2008年11月8日
谭旭东	电子媒介与文学经典的当代危机	学习时报	2008年11月10日
端木复 唐露鸣	大众审美能力今非昔比 当代文艺创作需要助推 文艺繁荣需要美学变革和制度创新	解放日报	2008年11月11日
欣闻	浙江举办文学创作高级研修班	文艺报	2008年11月15日
陈定家	网络文学的身份危机与发展前景	中国社会科学院报	2008年11月18日

续表

作者	文章名	报纸名称	发表时间
欧阳友权 谭志会	寻找网络文学的发展规律	文艺报	2008年11月18日
欧阳友权 张娴	网络文学的学理形态建设	中国社会科学院报	2008年11月18日
周百义	大众出版30年 畅销书概念影响大众出版形态	中国图书商报	2008年11月18日
胡嫚	网络文学的盗版之痛——《云霄阁书库》网络文学侵权案一审宣判	中国知识产权报	2008年11月19日
陈辉	文学豫军高调"冲浪"	河南日报	2008年11月21日
王光明 银艳琳	网络文学激励年轻人的文学热情	深圳商报	2008年11月24日
银艳琳 马璇	育才让校园成为作家学者起航的港湾	深圳特区报	2008年11月27日
吴学安	牵手互联网,为传统文学打开一扇窗	中国知识产权报	2008年11月28日
莫言	网络文学是个好现象	人民日报	2008年12月1日
李宏伟	专家研讨网络文学的现状与未来	光明日报	2008年12月5日
彭致	拓展线下资源 红袖添香网走进校园	中国新闻出版报	2008年12月5日
吴妍	网络文学借力资本势头迅猛	中国图书商报	2008年12月5日
熊元义	第二届媒介文化与网络文学高层论坛举行	文艺报	2008年12月6日
林那北	"不动声色地表达"	中国新闻出版报	2008年12月8日
陈燕	网络文学十年该怎样盘点	中国文化报	2008年12月9日
李想	网络文学十年走来:写手冲出"山寨"主流开始"招安"	中国新闻出版报	2008年12月9日
李刚	宁报集团宁夏出版社获新闻出版总署许可 互联网出版服务不再是宁夏空白	宁夏日报	2008年12月17日
牛玉秋	农村题材小说30年	中国艺术报	2008年12月19日
杜秀平 武杉	文博会动漫专家阐释动漫新机会	北京商报	2008年12月22日

续表

作者	文章名	报纸名称	发表时间
潘贤强	寻找文学艺术产业化的成功之路——评袁勇麟新著《文学艺术产业》	中华新闻报	2008年12月24日
段菁菁	口水纷纷又一年,文坛乱中求变	新华每日电讯	2008年12月25日
郑良	全国首例网络文学侵权案终审判决	新华每日电讯	2008年12月25日
郑良	拿别人作品上网挣钱获刑	经济参考报	2008年12月26日

2009年网络文学报纸文章目录

作者	文章名	报纸名称	发表时间
蒲荔子 王丰收 李建春	网络文学十年,从垃圾文学到市场传奇	南方日报	2009年1月4日
韩浩月	2009:文化降温,娱乐升温?	中国财经报	2009年1月8日
邢宇皓	屡次违规者将停止接入服务 触犯法律者移交公安机关 北京全面整治互联网低俗出版物泛滥	光明日报	2009年1月14日
路艳霞	互联网低俗出版物全面整治开始 整治主要对象是商业网站、搜索引擎、游戏网站、动漫网站	北京日报	2009年1月15日
赵金	我市开展整治互联网低俗之风专项行动	周口日报	2009年1月16日
张涛甫	文化产业研究领域的新视野——评《文学艺术产业》	福建日报	2009年1月19日
陈晓晟	曝光整改治标不治本 互联网严打须出重拳	通信信息报	2009年1月21日
谭群钊	版权是"抗寒"利器	中国新闻出版报	2009年1月22日
辛桦	专项清理整治不是一阵风 将有系列行动跟进	中国改革报	2009年1月22日
刘方远	盛大文学、读吧网夺"星"背后:网络文学模式之争	21世纪经济报道	2009年2月5日
小文	《网络文学发展史》出版	中国文化报	2009年2月10日
卢薇	网络写手的非典型生活	21世纪经济报道	2009年2月12日

续表

作者	文章名	报纸名称	发表时间
韩浩月	评论家为何集体失语网络文学	工人日报	2009年2月13日
杨海霞 张文秀	全区网络执法百日行动电视电话会议召开 我市相关部门负责人在分会场参会	鄂尔多斯日报	2009年2月18日
武翩翩	"潜心创作，不辜负人民的期待"中国作协七届四次全委会会议侧记	文艺报	2009年2月21日
孙海悦	刘墉对话"90后"作家魏天一 年轻作家要为自己为时代说话	中国新闻出版报	2009年2月23日
么志洁	内蒙古继续深化互联网低俗之风行动 全区网络执法百日行动拉开序幕	人民邮电	2009年2月24日
舒晋瑜	网络文学十年：进步挺大，毛病挺多，充满幻想，注重原创/字数惊人，却言之无物，文字流于商业化	中华读书报	2009年2月25日
贺彩凤 马宏	全区网络执法"百日行动"开始	鄂尔多斯日报	2009年2月25日
陈竞	中国作协七届四次全委会上，与会者热议——网络文学带来新的挑战	文学报	2009年2月26日
程武	原创网络文学版权保护刻不容缓 盛大文学声言起诉Google	中华工商时报	2009年2月27日
陈熙涵 袁俊	上海出台数字出版引导目录 包括五大方面二十一个类别，是社会多元投资指南	文汇报	2009年2月28日
姜小玲	充分发挥张江国家数字出版基地辐射和带动作用 推动传统出版产业战略转型	解放日报	2009年2月28日
舒晋瑜	原创网络文学版权保护刻不容缓 盛大文学拟起诉Google	中华读书报	2009年3月4日
林咏晴	网络文学盗版成风 打造共赢模式成破局关键	通信信息报	2009年3月4日

续表

作者	文章名	报纸名称	发表时间
李淼	原创网络文学深受盗版之害 搜索引擎是否难辞其咎	中国新闻出版报	2009年3月4日
辛苑薇	网络文学盗版流失40亿 盛大诉谷歌求解	21世纪经济报道	2009年3月5日
林良敏	《夜玫瑰》女编导胡玥：谢晋领我入影坛	中国电影报	2009年3月12日
王艳	网络小说成为纸媒出版的"救市"英雄	社会科学报	2009年3月12日
刘铭志	上海推出优惠政策鼓励数字出版业发展	中国高新技术产业导报	2009年3月16日
胡嫚 刘仁	知名网文《星辰变》续作引发版权争议——擅自出续作是否构成侵权	中国知识产权报	2009年3月18日
江胜信	网络文学 警惕四类"陷阱"	文汇报	2009年3月20日
胡静 张丹丹	2009网络消费流行趋势	消费日报	2009年3月20日
黄小驹	网络写手进了"厅堂"？	中国文化报	2009年3月25日
周婷	盛大文学重金购买网络文学版权 推动版权交易为核心的产业链	中国证券报	2009年3月30日
张智江	盛大三大业务并驾齐驱 打造网络文学帝国须过版权关	通信信息报	2009年4月1日
范昕	应对生存危机反思"变脸" 文学期刊力保原创回归本真	文汇报	2009年4月2日
江筱湖 白烨 陈福民 林虎 毕建伟 王赫男	2008最具出版价值原创文学网站 实力阵容展演	中国图书商报	2009年4月3日
刘平	迈入文论之门	文艺报	2009年4月4日
李淼	当文学梦想照进商业现实 原创文学网站十年回眸	中国新闻出版报	2009年4月9日
文宜 思泓	审美与传媒共构文化生活主导	中国文化报	2009年4月15日
舒晋瑜	再次与新浪网读书频道签约 文学豫军率先实现集体网络生存	中华读书报	2009年4月15日
马季	网络文学的现实意义	人民日报	2009年4月16日
许苗苗	网络文学：现状及问题	文艺报	2009年4月16日

续表

作者	文章名	报纸名称	发表时间
杨力叶	中国儿童文学步入史无前例的"分化期"	桂林日报	2009年4月17日
窦新颖	热门网络小说欲进军好莱坞——网络文学掀起版权市场掘金热	中国知识产权报	2009年4月17日
冯欣	网络阅读、阅读器、手机阅读、全媒体出版不断涌现,群雄逐鹿后——谁来描绘阅读的将来	中国教育报	2009年4月23日
张莹 曹璇	网络文学明星:与成功"不期而遇"	中国新闻出版报	2009年4月23日
王颖	江湖夜雨十年灯 2008年网络文学扫描	文艺报	2009年4月28日
吴越	作协降低门槛吸纳网络写手的做法引发文学批评界争议 是顺势而为,还是弄巧成拙?	文汇报	2009年5月5日
江胜信	传统文学与网络文学到底走近了还是走远了?"文情报告"透露——文学分化愈演愈烈	文汇报	2009年5月14日
陈竞	近期出版的《南方文坛》推出一组批评文章,对走过十年的中国网络文学进行客观分析和深入剖析——网络文学:繁荣背后的问题与反思	文学报	2009年5月14日
胡军	《中国文情报告(2008-2009)》出版	文艺报	2009年5月16日
苏讯	中国网络文学研讨会在无锡召开	文学报	2009年5月21日
李淼	汉王科技董事长刘迎建:正版内容资源仍是电纸书发展关键	中国新闻出版报	2009年5月21日
蒲荔子 王丽	广东第四次青年创作座谈会召开,省作协已招十多名网络作家会员 写博客当版主也可申请入作协	南方日报	2009年5月24日

续表

作者	文章名	报纸名称	发表时间
张梦然	时空奥德赛 从电影中看时间旅行的矛盾与可能	科技日报	2009年5月26日
潘笑天	每天点击数亿次 写手收入过百万 中国网络文学如火如荼发展迅猛	人民日报海外版	2009年6月2日
李蕾	中国当代文学研究会副会长白烨：对网络文学的发展应予以充分关注	光明日报	2009年6月4日
李蕾	《长篇小说选刊》编辑部主任马季：当代文学新路出现在"网络"与"传统"融合后	光明日报	2009年6月4日
赖睿	年轻人为啥爱看网络小说	人民日报海外版	2009年6月5日
杨鸥	专业作家眼里的网络文学	人民日报海外版	2009年6月6日
黄旭	《天机》蔡骏：人心是最大的悬疑	电脑报	2009年6月8日
尹晓宇	网络文学的烦心事儿	人民日报海外版	2009年6月9日
陈建功	网络文学之我见	人民日报海外版	2009年6月10日
傅小平	学界热议青春写手办杂志现象——有市场，更需规范和引导	文学报	2009年6月11日
程晓龙 李淼	童之磊：十年磨一剑	中国新闻出版报	2009年6月11日
杨鸥	中国作协：培育网络文学苗壮成长	人民日报海外版	2009年6月11日
杨鸥	网络，改变的不仅仅是阅读——写在《怎样看待网络文学》系列报道告一段落时	人民日报海外版	2009年6月12日
李好宇	网络文学是废品还是主流？	电脑报	2009年6月15日
刘秀娟	网络四作家作品研讨会在京召开	文艺报	2009年6月16日
许民彤	别忘了网络文学的不足	新疆日报（汉）	2009年6月17日
肖复兴	也来说说网络文学	人民日报海外版	2009年6月18日
张建松 肖春飞	网络文学触"电"，会讲故事是真本事	新华每日电讯	2009年6月18日
舒晋瑜	网络文学：多么惊人的产量！	中华读书报	2009年6月24日

续表

作者	文章名	报纸名称	发表时间
张建松 肖春飞	网络文学与电影"联姻"将带来什么	中国改革报	2009年6月24日
裴蕾	新平台上依然坚持负责任的写作——传统作家的网络之旅（中）	四川日报	2009年6月24日
裴蕾	是尾声，更是开始——传统作家的网络之旅（下）	四川日报	2009年6月25日
李淼	新一代网络作家将想象力推到极限	中国新闻出版报	2009年6月25日
吴君	网络文学要靠兼容并蓄消除"审美疲劳"	中国知识产权报	2009年6月26日
杨雅莲	中国作协公布新会员名单 会员总数达8930人 金庸、当年明月等名列其中	中国新闻出版报	2009年6月26日
张健	作协新增会员名单公布，金庸、当年明月在列——中国作协，敞开的不只是大门	人民日报	2009年6月26日
胡军	中国作协积极关注网络文学"网络文学10年盘点"活动落幕	文艺报	2009年6月27日
吴丛丛	红透半边天的网络文学	光明日报	2009年6月28日
黄旭	阿来：网络文学的概念是生造的！	电脑报	2009年6月29日
李淼	10年催生10万作者5000万读者 网络文学产业渐成规模	中国新闻出版报	2009年6月30日
杨雅莲	新浪读书开启校园写作财富计划 网络文学火热催生新职业	中国新闻出版报	2009年7月7日
侯小强	网络创造的想象世界	中国新闻出版报	2009年7月9日
岛石 谢迪南	传统文学和网络文学：联姻还是分野？	中国图书商报	2009年7月28日
"起点四作家作品研讨会"发言摘要	网络文学：一种新的文学在崛起	文艺报	2009年7月30日
郭艺	触摸手机文学市场爆发点	解放日报	2009年8月1日
蔡萌	今夏哪些图书"热"	中国文化报	2009年8月3日
雷新 荣莹	网络文学：裂变中成长	人民政协报	2009年8月4日

续表

作者	文章名	报纸名称	发表时间
范昕	近十年来我国网络文学规模日趋庞大 "野路子" 能否越走越正	文汇报	2009年8月7日
廖君 唐中科 刘娟	网络文学风生水起,高校能视而不见?	新华每日电讯	2009年8月11日
马云飞	文化传统已转移文学创作该当何为?	辽宁日报	2009年8月12日
杨海鹏 李淼 曹璇	网络时代的别样阅读和另类营销	中国新闻出版报	2009年8月13日
许晓青 仇逸	上海网络文学出版约占国内九成市场	经济参考报	2009年8月14日
杨利景	网络文学 "疯长" 之后	人民日报	2009年8月14日
陈竞	"当代文学中的城市叙事" 研讨会在沪举行,评论家热议——当下城市文学:"看不见" 的城市	文学报	2009年8月20日
付小悦	中国作协研讨当前文学发展状况	光明日报	2009年8月21日
董晨 陈阳洋	不经意间全媒体时代迎面而来——同步,改变我们的阅与读	新华日报	2009年8月21日
曹璇	网络文学正当红	中国新闻出版报	2009年8月27日
吴华清 王量迪	媒介技术变革下的艺术新形态	中国新闻出版报	2009年8月27日
裴蕾	"80后" 网络作家入作协	四川日报	2009年9月2日
王坤宁 孙海悦 章红雨 杨雅莲 杨冰	第十六届图博会亮点频显	中国新闻出版报	2009年9月7日
刘蓓蓓	中国作协高调牵手新浪网,传统作家作品上线,网络作家进鲁院研修 作协阳光普照网络文学阵地	中国新闻出版报	2009年9月9日
尹一捷	网络文学的商业游戏	计算机世界	2009年9月14日
邵燕君	在新格局下新文学机制的生成	文艺报	2009年9月15日
马晓毅	韩国文学现状:两极分化的冲击	光明日报	2009年9月15日

续表

作者	文章名	报纸名称	发表时间
厉林	北京阅读记 深读女性阅读者	中国经营报	2009年9月21日
潘启雯	那些与时代相伴的流行阅读——共和国60年阅读史话	学习时报	2009年9月21日
陈小碧 杨位俭 王光东	当代文学六十年关键词	中国社会科学报	2009年9月22日
李群飞 舒芳静 陈振凯	手机阅读成时尚 看书不带书 读报不买报	人民日报海外版	2009年9月23日
李淼	玄幻小说何以"领跑"网络文学	中国新闻出版报	2009年9月24日
裴蕾	回顾60年文学创作与文学批评，各路专家在蓉呼吁——"请正视当代文学的价值"	四川日报	2009年9月29日
夏烈	网络文学首先是个文化问题	中华读书报	2009年9月30日
姜小玲	网络游戏、网络文学、网络视听出版等在全国范围已具明显优势	解放日报	2009年10月9日
杨雅莲 郑钰	全球写作大展评委张颐武：网络文学大爆炸来临	中国新闻出版报	2009年10月13日
洪治纲	信息伦理与当代文学批评的困境	中国社会科学报	2009年10月13日
王研	传统作家找到新出路？	辽宁日报	2009年10月14日
袁东来 姚星宇	知名作家与媒体记者面对面	九江日报	2009年10月14日
欧阳友权	新媒体与当代文学现场	文艺报	2009年10月15日
袁跃兴	网络阅读的趣味与困惑	北京日报	2009年10月19日
赖名芳	新闻出版总署突出六重点提高监控查处能力	中国新闻出版报	2009年10月21日
吴苡婷	张江构筑数字出版前沿高地	上海科技报	2009年10月21日
朱磊	全国重拳打击网络淫秽色情和低俗文学作品关闭20家网站 遏制低俗网络文学蔓延传播	法制日报	2009年10月23日
朱怡	传统作家亲密接触时尚网络文学 张笑天作品《沉沦与觉醒》获一等奖	长春日报	2009年10月23日
刘珊	我国整治网络文学低俗内容	中国知识产权报	2009年10月28日
白炜	整治网络文学低俗内容再出手	中国文化报	2009年10月28日

续表

作者	文章名	报纸名称	发表时间
邹韧	挖掘网络文学版权资源"中国网络文学节"启动	中国新闻出版报	2009年10月29日
杨雅莲	出版人评论家共议作者与网站共赢	中国新闻出版报	2009年10月30日
余胜海	作家余秋雨的16年的财富苦旅	经理日报	2009年11月3日
珊瑚	网络文学推动西安文化产业发展	中国文化报	2009年11月20日
杨凯	不关风化体,纵好也徒然	人民日报海外版	2009年11月26日
洪治纲	网络文学的基本伦理与审美趣味	文艺报	2009年11月26日
水美	世事洞明皆文章——孔瑞平作品研讨会侧记	山西日报	2009年11月30日
杨明	被夸大的谷歌侵权门	民主与法制时报	2009年11月30日
李淼	莫言进北大漫谈网络文学	中国新闻出版报	2009年12月3日
惠正一	方正、张江联手 数字出版旗舰企业落户上海	第一财经日报	2009年12月10日
陈熙涵	"方正"和"张江"注资二点八五亿组建有限公司 国内数字出版"旗舰"落户上海	文汇报	2009年12月10日
刘芃	"上海IT青年十大新锐"评选揭晓	上海科技报	2009年12月16日
孟繁华	构建都市文化经验新样态	文艺报	2009年12月17日
尹晓宇	"手机阅读"悄然升温	人民日报海外版	2009年12月18日
陆云红	网络明星写手聚集北大,与京城评论界面对面交流 网络文学也能出经典	深圳特区报	2009年12月20日
赖名芳	2009"扫黄打非"大事回眸	中国新闻出版报	2009年12月21日
谭旭东	呼唤文学理论批评的文化建构力	太原日报	2009年12月21日
孙定	互联网正滑向后免费时代	计算机世界	2009年12月21日
徐楠	一个民营"找书队"的生存之惑	北京商报	2009年12月21日
曾飞云 付文武 陈典宏	春秋几度文学情 冷月边关"榕树下"——透视军内网络文学的先行者"军网榕树下"网站的发展壮大	解放军报	2009年12月22日

续表

作者	文章名	报纸名称	发表时间
诸葛漪	用综艺化路线展现当下网络文学面貌 网络"大神"写手侃粉丝经济	解放日报	2009年12月23日
谢迪南	盘点2009民营文艺类图书市场 类型小说滑坡·引进版争烈	中国图书商报	2009年12月25日
李子木 张哲	2009年中国十个最具人气作者	中国新闻出版报	2009年12月25日
张涛	在全球化语境中实现中国文学"走出去"——中美、中德、中法文学论坛散记	文艺报	2009年12月26日
陈福民	什么不是"网络文学"	文艺报	2009年12月26日
舒晋瑜	2009：网络文学@招安之年 没有革命，只见合流	中华读书报	2009年12月30日
魏晓文	陕西文学艺术研究所成立	文学报	2009年12月31日
陈定家	中国文学研究：转型与创新是关键词	中国社会科学报	2009年12月31日

2010年网络文学报纸文章目录

作者	文章名	报纸名称	发表时间
江筱湖 李雅宁 宁静 金雅	'09大众出版 细分市场盘点	中国图书商报	2010年1月1日
蔡葩	清秋子：网络文学中的"厚重者"	海南日报	2010年1月4日
阎海东	文化产业版图正在形成	中国图书商报	2010年1月5日
宝琦	薛炎文：期待中国出版业形成大中小兼备的格局	中华读书报	2010年1月6日
方圆	第五次网络专项治理结束 版权执法令网络内容管理更高效	中国新闻出版报	2010年1月7日
黄海	2010北京图书订货会 勾勒书业新格局	中国文化报	2010年1月13日
杨光祖	怀念英雄的时代——评网络小说《最后一颗子弹留给我终结版》	文艺报	2010年1月13日
黄宗星	周承强获"中国首届十佳军旅诗人奖"	战士报	2010年1月14日

续表

作者	文章名	报纸名称	发表时间
周悦 孙昉	陕西省社会科学院举行文学艺术研究所揭牌仪式	中国社会科学报	2010年1月14日
原建猛	张军：勇夺国际武侠小说大奖的山西作家	发展导报	2010年1月15日
周南	图书数字化再遇维权风暴 谷歌去留	中国劳动保障报	2010年1月15日
马季	2009年网络文学综述	光明日报	2010年1月21日
周志雄	网络媒介与当代文学的版图	社会科学报	2010年1月21日
胡宝琪	浦东数字出版集约化促产业上规模	中国知识产权报	2010年1月22日
孙海悦	红袖添香首开网络文学"按质定价"先河 深度市场化取代初级商品化	中国新闻出版报	2010年1月25日
王杨	网络文学作家深入剖析作品提升创作水准	文艺报	2010年1月27日
游闽键	如何理解反垄断法中的滥用市场支配地位——由上海市高级人民法院一例反垄断判决谈起	中国知识产权报	2010年1月27日
姚圣晗	建设网络文学的诗学	文艺报	2010年1月27日
王研	本报大型系列策划"重估中国当代文学价值"之五 网络文学能不能进入文学史？	辽宁日报	2010年1月28日
李淼 廖小珊	网络文学进入"精耕时代"	中国新闻出版报	2010年1月28日
金朝力	网络文学平台效应正在凸显	北京商报	2010年2月3日
梁小云	阅读群体呈现两大新特点 网络文学商机浮现	通信信息报	2010年2月3日
胡兆燕	手机小说，是文化快餐还是文学革新	中国财经报	2010年2月4日
黄小驹	2009年全国文化市场十大案件公布	中国文化报	2010年2月5日
江筱湖	谋原创文学品质接轨市场	中国图书商报	2010年2月5日
张贺	跨越"数字鸿沟"的合作 网络作家走进鲁迅文学院	人民日报	2010年2月5日
郭国昌	网络文学呼唤文学批评	人民日报	2010年2月5日

续表

作者	文章名	报纸名称	发表时间
刘瑜	控制5家著名文学网站,注册用户逾8500万 盛大或成网络文学"寡头"	深圳商报	2010年2月26日
周洪立	网络文学面临两大问题	文艺报	2010年2月26日
陈熹	千姿百态 欣欣向荣——全省网络文化大发展大繁荣座谈会述要	湖北日报	2010年2月27日
周南焱	网站可推荐作品参评鲁迅文学奖 网络文学首获官方评奖资格	北京日报	2010年3月2日
万润龙 林曼	鲁迅文学奖"投石"网络文学	文汇报	2010年3月7日
朱四倍	网络文学离"鲁迅文学奖"有多远?	工人日报	2010年3月9日
吴倩	损失过千亿,网络盗版惊煞人——访全国政协委员、中国作家协会副主席张抗抗	工人日报	2010年3月9日
刘蓓蓓	第六届新浪原创文学大赛揭晓 资深编剧全程参与评选 挖掘文学影视双重潜力	中国新闻出版报	2010年3月10日
辛苑薇	版权挑战:不仅是法律问题	21世纪经济报道	2010年3月15日
姜瑜	网络视频版权之争的背后	上海金融报	2010年3月16日
雷达	纯文学的永恒在哪里?	人民日报	2010年3月16日
廖小珊	网络文学有望产生传世之作	中国新闻出版报	2010年3月18日
周洪立	网络维权 前途是光明的	中国新闻出版报	2010年3月18日
诸葛漪 姜小玲	鲁迅文学奖评选虽已敞开大门 "轻阅读"到真文学距离还有多少 网络文学 登堂之后能否入室	解放日报	2010年3月19日
言冰	我们需要什么样的文学奖	华夏时报	2010年3月20日
刘慧	文学奖变革	浙江日报	2010年3月24日
匡丽娜	中国作协第七届九次主席团会暨七届五次全委会今日举行 当代名家聚重庆 带来清雅文化风	重庆日报	2010年3月29日
赵紫馨 夏洪玲 纪文伶 刘咏戈 卢圆媛 罗恒	40余位著名作家重庆赴会,由衷感叹"唱读讲传"魅力:红色文化给重庆人天然自豪感	重庆商报	2010年3月30日

续表

作者	文章名	报纸名称	发表时间
夏洪玲	作协女当家：网络文学颠覆传统话语霸权 铁凝在渝畅谈网络文学对传统文学的影响及作家的责任、维权、作用等问题	重庆商报	2010年3月31日
夏琪	汉王有意牵手平媒，无纸报纸指日可待	中华读书报	2010年3月31日
凡晓芝	汉王 Wi——Fi 实现电纸书上看报纸	计算机世界	2010年4月5日
欧阳友权	治学"富矿"与学术"深井"	中国社会科学报	2010年4月6日
易凌珊	手机阅读渐成3G主流应用文学作品引爆火热需求	通信信息报	2010年4月7日
陈熙涵	上海首次召开青年作家创作会议 知名作家与"80后""90后"写作群体抱团取暖	文汇报	2010年4月8日
郑丽虹	葛红兵：应把文学奖看做对文学创作的鼓励	深圳特区报	2010年4月9日
姜小玲	上海举行网络文学青年论坛展开争论——网络文学，为了什么而写作	解放日报	2010年4月10日
马信芳	跟风盛行缺乏创新的现状令人忧虑 网络文学何去何从引发争论	深圳特区报	2010年4月12日
江冰	80后文学的文学史意义	中国社会科学报	2010年4月13日
杨立青	文化分裂与文学奖的困境	深圳特区报	2010年4月14日
金朝力	频繁收购网络文学 市场份额占据九成 盛大文学"一家独大"遭垄断质疑	北京商报	2010年4月15日
金莹	上海网络文学青年论坛举行，与会者热议——网络文学：速度战，体力活，青春饭？	文学报	2010年4月15日
李姗姗	我的五宗"最"	重庆日报	2010年4月15日
刘萍 梁燕	网络文学何去何从——由网络文学"垃圾论"引发的思考	河北日报	2010年4月16日
许维萍	作家范小青接受独家专访回应本报"重估"行动	辽宁日报	2010年4月16日

续表

作者	文章名	报纸名称	发表时间
李珑	文化名人谈"读书与城市文明"——让阅读成为每个人的生活方式	烟台日报	2010年4月21日
孙丽萍	千字2分钱,月写10万字,游走于商业规则的"怪圈"网络文学,走向繁荣还是速朽	人民日报	2010年4月22日
高伟 刘晋 柳昊杰 邵壮 李珑 李德强	"读书与城市文明"座谈会发言摘要	烟台日报	2010年4月23日
何丁妮	网络文学走向繁荣还是走向速朽	西部时报	2010年4月23日
姜小玲 诸葛漪	"尊重有阅读习惯的人"——全球不同城市的人士汇聚上海世博论坛共话阅读	解放日报	2010年4月24日
刘悠扬	第20届中国图书交易博览会昨在成都开幕,数字出版成最大亮点 民营书业书博会上唱主角	深圳商报	2010年4月25日
许维萍	本报"重估"持续受到广泛关注	辽宁日报	2010年4月26日
毛莉	看日本俳句如何在海外推广	中国文化报	2010年4月27日
刘秀娟	网络给予女性写作更广阔空间	文艺报	2010年4月28日
初景波	图书市场乱象让人忧	中国文化报	2010年4月29日
程丽仙	女性撑起网络文学半边天	中国文化报	2010年4月30日
屈辰晨	产业链主导者未必是硬件制造商	证券时报	2010年5月4日
杨扬	新世纪中国文学的新变化——杨扬教授在华东政法大学的演讲	解放日报	2010年5月4日
任晓宁	数字阅读渐成中国阅读新潮	中国新闻出版报	2010年5月5日
廖小珊	网络文学到底是垃圾还是金矿	中国新闻出版报	2010年5月6日
罗翠兰 张庆	网络文学出版:喜耶?忧耶?	江西日报	2010年5月7日
袁婷	80后文学:喧嚣之后一缕云烟?	民主与法制时报	2010年5月10日
王干	文学期刊何以再度边缘化	人民日报	2010年5月11日

续表

作者	文章名	报纸名称	发表时间
李蕾	搅动文学一池春水——网络文学创作现状探看	光明日报	2010年5月11日
陈熙涵	当文学梦被财富梦覆盖，网络小说写作变异成"不假思索"的超高速码字——日码7万字，残了手指？残了脑子？	文汇报	2010年5月12日
张福财	福建文学期刊 亟待突出重围 专家建议大动作改版、突出时代特色	中国新闻出版报	2010年5月13日
杨利景	当代文学为何饱受非议	辽宁日报	2010年5月14日
孟蔚红	寂地：有了舞台就展示美好	成都日报	2010年5月17日
陈彬	网络文学 悠着点	科技日报	2010年5月17日
王钱蓉 熊伟	网络公司为何前仆后继进军出版？	中国图书商报	2010年5月18日
李子俊	从"1000字1分钱"的微薄稿酬，到年收入数十万甚至百万元 网络写手的致富路径	南京日报	2010年5月18日
王钱蓉 熊伟	网游和出版结合会带来什么？	中国图书商报	2010年5月18日
赵婷 廖小珊	沟通出版产业链上下游 提供按次付费和包月付费模式 中国移动"深耕"手机阅读市场	中国新闻出版报	2010年5月18日
童庆炳	冲破文学理论的自闭状态	社会科学报	2010年5月20日
冉茂金	1008篇（部）作品参评第五届鲁迅文学奖	中国艺术报	2010年5月21日
李蕾	专家为网络文学发展把脉	光明日报	2010年5月21日
马云飞	网络文学99.99%是垃圾？	辽宁日报	2010年5月21日
王杨	第五届鲁迅文学奖第一次新闻发布会在京召开	文艺报	2010年5月21日
朱烨洋	鲁迅文学奖初评 网络作品仅占3%	中国新闻出版报	2010年5月21日
周南焱	鲁迅文学奖参评网络作品仅占3% 主办方透露：以后将考虑单设网络文学奖项	北京日报	2010年5月21日
赵忱	"网络文学研讨会"在京召开 文坛英豪集中会诊网络文学	中国文化报	2010年5月22日

续表

作者	文章名	报纸名称	发表时间
雷新	鲁迅文学奖首次将网络文学纳入评选范围	人民政协报	2010年5月22日
汤俏	网络文学产业化忧思	中国文化报	2010年5月24日
徐楠	从网络文学到网络游戏 盛大文学能否打通跨界盈利通道？	北京商报	2010年5月24日
鹏亦	第五届鲁迅文学奖1008篇（部）参评作品5月19日起公示《共和国之恋》等三部中山作品入围 这是我市作品入选这一国家级文学奖零的突破	中山日报	2010年5月24日
舒晋瑜	遥想少君当年，网络初架了……	中华读书报	2010年5月26日
	"网络文学研讨会"发言摘要	文艺报	2010年5月26日
李蕾	为网络文学繁荣创造良好环境——访中国作协党组书记、副主席李冰	光明日报	2010年5月26日
陈佳冉	文学创作何必分"传统"和"网络"	光明日报	2010年5月28日
陈祥蕉 江莉	网络文学最高奖是奥斯卡而不是诺贝尔	南方日报	2010年5月30日
张蕾	数字时代如何维护音乐版权	音乐周报	2010年6月2日
郜元宝	灵魂的玩法——从郭敬明《爵迹》谈起	文学报	2010年6月3日
廖小珊	"悦读纪"重金包装网络文学 "超女"文学选秀意在快速"圈"资源	中国新闻出版报	2010年6月3日
诸葛漪	别给网络文学贴标签	解放日报	2010年6月6日
徐楠	网络文学出版管理办法2011年出台 避免色情、低俗、暴力内容 网络文学将戴上"紧箍咒"	北京商报	2010年6月7日
王坤宁	中国出版集团公司发力按需印刷 "中版闪印王"集成式按需印刷系统提升我国出版业水平	中国新闻出版报	2010年6月9日

续表

作者	文章名	报纸名称	发表时间
杨雅莲	盛大文学首席版权官周洪立：版权保护不力使网络文学年损失40亿元	中国新闻出版报	2010年6月10日
王学良	中国科幻"已不得不背水一战"？"科幻本来是极具浪漫主义色彩的，但我们现在不得不考虑很多很现实的问题"	新华每日电讯	2010年6月11日
刘颖 杨健	打造创意之城，路在何方	解放日报	2010年6月14日
姜姝	狙击色情 打响百万网络小说"保护战"	中国电脑教育报	2010年6月14日
吴越	"禁令"当前，网络文学依旧很"淡定"	文汇报	2010年6月17日
赵婷	网络书探的快意人生	中国新闻出版报	2010年6月17日
李冰	网络文学开辟文学更广阔舞台	中国新闻出版报	2010年6月18日
罗小卫	iPad入华先会内容商方正系隐现谈判桌	华夏时报	2010年6月19日
许苗苗	纸媒化是网络文学的发展还是消亡	文艺报	2010年6月23日
吴辰光	全球拓展与模式创新并进 完美时空深耕海外市场	北京商报	2010年6月23日
舒晋瑜	网络十年：真正意义上的诗词复兴？	中华读书报	2010年6月23日
舒晋瑜	陈村：文学生态在恶化，网络比写作更好玩 从陈村到陈村长，从小说家到活动家，网络文学教父对读书报倾诉	中华读书报	2010年6月23日
王夏斐	引进名人 发现新人 创作人才形成梯队 杭州作家5年发表文学作品9000多万字	杭州日报	2010年6月27日
何方 宋尾	文艺精品：观众和获奖，一个都不能少	重庆日报	2010年7月1日
杨利景	如何评价当代文学	人民日报	2010年7月2日
顾文豪	汪涌豪谈当代"古诗文"创作	东方早报	2010年7月4日
向南	电子书和传统出版商纠纷待解	证券时报	2010年7月5日
刘绪义	网络文学的研究现状	汕尾日报	2010年7月5日

续表

作者	文章名	报纸名称	发表时间
谭旭东	调整文学批评的视角	人民日报	2010年7月6日
程武	中国网络文学引爆维权第一案	中华工商时报	2010年7月13日
吴辰光	起点中文网遭作家起诉不正当竞争 引爆中国网络文学第一案	北京商报	2010年7月13日
李淼	"山寨"还是原创,中国网络文学维权第一案受关注 网文作者王辉诉起点中文网不正当竞争	中国新闻出版报	2010年7月15日
李雪昆	第26次互联网发展状况统计报告发布 我国网民规模超4亿视频用户止跌回升	中国新闻出版报	2010年7月16日
张意轩 刘桐羽	《第26次中国互联网发展状况统计报告》发布 我国网民达4.2亿 手机网民2.77亿	人民日报海外版	2010年7月16日
马子雷	CNNIC在京发布统计报告称中国网民突破4亿	中国文化报	2010年7月17日
徐楠	德国书商中国"留学记"	北京商报	2010年7月19日
刘世杰	由网络文学第一案引发的思考	北京商报	2010年7月19日
李敬	还网络文坛一个干净空间	计算机世界	2010年7月19日
信任	中国有声读物市场调查:市场呈现博弈乱局 出版商大多观望	中国图书商报	2010年7月20日
唐刚	手机网民规模达2.77亿 网络文学借3G迅速成长	通信信息报	2010年7月21日
王觅	鲁迅文学院网络文学编辑培训班开班	文艺报	2010年7月21日
张晓航	我国互联网普及率持续上升 互联网商务化"化"出新速度	中国质量报	2010年7月23日
李曦曦	网络小说改编影视剧再掀热潮 二轮"试水"能否抚平十年之殇	人民日报海外版	2010年7月23日
史芳	《第26次中国互联网发展状况统计报告》显示 移动互联网带来阅读方式改变	中国经济导报	2010年7月24日
许含宇	两岸大学生舌战榕城	福州日报	2010年7月24日

续表

作者	文章名	报纸名称	发表时间
中国互联网络中心	《第26次中国互联网络发展状况统计报告》发布	中国电脑教育报	2010年7月26日
林娟	谈爱情 说网络 评教师 海辩赛走过九年 两岸学子越辩越近	福建日报	2010年7月26日
尹一捷	被神化的电子阅读	计算机世界	2010年7月26日
郭棣	被误读的"大众文化"	音乐生活报	2010年7月26日
王研	四大原因加速文学边缘化	辽宁日报	2010年7月26日
余岸木	彰显时代特点 展现民族风采——著名土家族女作家、《民族文学》期刊主编叶梅访谈	贵阳日报	2010年7月27日
侯小强	与国际潮流对接 与产业发展同步	中国新闻出版报	2010年7月27日
程晓龙 李淼	精耕细作数字出版的试验田——访上海市新闻出版局局长焦扬	中国新闻出版报	2010年7月27日
王觅	"这伟大的人间奇迹令我们震撼"	文艺报	2010年7月28日
罗添 张绪旺	国际域名监管疏失 .com域名成色情、假药网站温床	北京商报	2010年7月28日
张才刚	数字时代文学研究的几个基本问题	光明日报	2010年8月1日
刘仁	知名网络作者叫板第一网络文学网站 网络文学又见李鬼,"山寨书"再度搅局?	中国知识产权报	2010年8月6日
郑丽虹	中国作协网络文学调研组来深调研 深圳网络文学活跃备受瞩目	深圳特区报	2010年8月7日
周婷	网络文学 繁荣之下的隐忧	中国证券报	2010年8月7日
钟华生 胡元 钟荣波	中国作协来深调研深圳网络文学现状,关注网络维权 如何抵制网络文学盗版?	深圳商报	2010年8月8日
杨雅莲	与影视公司互动 强调小说与影视不同 图书巧借影视东风造势	中国新闻出版报	2010年8月9日
蒲荔子 林世斌	广东网络作家数量全国第一 省作协办网络作家培训班	南方日报	2010年8月10日

续表

作者	文章名	报纸名称	发表时间
施战军	一个文学史难题与三个现状层面	文艺报	2010年8月11日
甫跃辉	海上的俗世传奇——评孙颙新作《拍卖师阿独》	文学报	2010年8月12日
周志军	原创文学网站加入"剑网行动"《官途》等作品率先向盗版宣战	中国文化报	2010年8月13日
汪炜	申城数字出版业风光乍现——2010上海书展见闻	上海科技报	2010年8月13日
陈熙涵	OPOB与上海版权服务中心签订合作框架协议 共同致力数字版权保护	文汇报	2010年8月13日
魏武挥	盛大锦书：娱乐围城的一块砖	21世纪经济报道	2010年8月13日
朱文利	数字出版与传统出版会和平共存 对话盛大文学CEO侯小强	电脑报	2010年8月16日
熊雯琳	内容网站在布局数年之后迎来了淘金的曙光 网站圆梦	电脑报	2010年8月16日
秋轩	文学影响力的多样形态	文艺报	2010年8月16日
王舒怀	日前，盛大文学电子书产品"锦书"——"Bambook"正式开始内测——国产电子书产业凸现版权困局	人民日报	2010年8月17日
孟菁苇	网络文学催生网络写手	中国消费者报	2010年8月18日
王如晨	盛大电子书低价争议背后 中国电子书隐现内容缺失	第一财经日报	2010年8月18日
陈竞	"数字网络环境下的版权保护"高峰论坛举行，与会者呼吁——建立活跃的正版市场	文学报	2010年8月19日
马信芳	2010上海书展"数字出版"论坛聚焦多方观点，有专家称电子书寿命也就三五年	深圳特区报	2010年8月19日
王研	让教育为文学留一点血脉	辽宁日报	2010年8月23日
蒲荔子	广东省作协主席廖红球表示广东将加大力度扶持青年作家推精品力作 重奖在知名刊物发表作品的作家	南方日报	2010年8月25日

续表

作者	文章名	报纸名称	发表时间
孙丽萍	高票房话剧：上海"80后"导演创造	新华每日电讯	2010年8月27日
夏烈	类型文学：一个新概念和一种杰出的传统	文艺报	2010年8月27日
邱瑞贤 赵琳琳	"打假斗士"方舟子 遭辣椒水铁锤袭击	广州日报	2010年8月30日
李立	盛大冒险Bambook	中国经营报	2010年8月30日
马季	网络文学遭遇"版权困境"	人民日报海外版	2010年9月6日
钟华生	首届"广东省青年文学奖"昨日颁奖,深圳膺七奖领跑全省 深圳青年作家群崛起	深圳商报	2010年9月7日
刘燕 李梦颖	《2009年东莞文学艺术系列丛书》出版 东莞文学艺术的首次整装亮相	东莞日报	2010年9月7日
史春媛 高菲	吉林省数字出版基地成立	吉林日报	2010年9月7日
郑丽虹	首届广东青年文学奖我市作家七部作品获奖 深圳青年作家群华丽亮相	深圳特区报	2010年9月7日
张丽华	千万级用户规模天翼阅读基地在浙江建成	杭州日报	2010年9月9日
陈静	中国电信推出电子阅读业务	中国证券报	2010年9月9日
佟醒	"天翼阅读"基地在浙江建成 携手500家出版单位 打造千万级用户规模	人民邮电	2010年9月9日
马莹	数字出版基地热建产业拉动效应待估	中国图书商报	2010年9月10日
明慧	网络文学为何频遭盗版之困	中国改革报	2010年9月11日
韩浩月	破冰之后 能否"大门敞开"	深圳商报	2010年9月13日
刘慧 谢愉	网络小说寂寞独唱 鲁迅文学奖候选作品出炉引争议	浙江日报	2010年9月14日
王钱蓉	中国畅销书作家叫苦：我们拿到的数字版权收入几乎为零	中国图书商报	2010年9月14日
余祖江	中电信推天翼阅读应用开启数字阅读新时代	通信信息报	2010年9月15日

续表

作者	文章名	报纸名称	发表时间
姜小玲	两岸出版人携手应对数字出版带来的机遇和挑战 打破合作"藩篱"推广华夏文明	解放日报	2010年9月17日
詹丹	"文学城市"争议中被忽视的多数	文汇报	2010年9月17日
陈凤军	入围只是良好开端,"唯一"并不代表"第一",要获鲁迅文学奖 网络文学作品还需过"三关"	沈阳日报	2010年9月19日
汤浔芳	2009年沸腾之年	计算机世界	2010年9月20日
谭旭东	调整文学批评的视角	太原日报	2010年9月20日
陈定家	网络文学的学理反思	中国社会科学报	2010年9月21日
于帆	网络文学:从"破冰"到"融冰"尚待时日	中国文化报	2010年9月22日
王鹏	南京暨苏中片青年作家在扬交流文学创作 培养"80后"与网络作家	扬州日报	2010年9月28日
舒晋瑜	论剑:OPOB电子书高峰论坛探讨中国阅读器命运	中华读书报	2010年9月29日
胡平	文学观念问题是根本问题	文艺报	2010年10月1日
胡平	别迷失于"感官总动员"	人民日报	2010年10月8日
周长远	76144部队官兵国庆长假"充电"忙	战士报	2010年10月8日
王阿东	电子阅读鹿死谁手?(下)	计算机世界	2010年10月11日
李扬	方舟子 只问是非 不计利害	文汇报	2010年10月12日
廖四平 黎敏	抵制"三俗"之风系列谈之八 立足现实生活 坚守文学品格	中国艺术报	2010年10月12日
李鸿雁	文学理想的时代诉求	文艺报	2010年10月18日
李淼	淘花网数字产品日均销售额突破5万元	中国新闻出版报	2010年10月19日
张伊	首发权&首选权 创新OR无奈 如何在规划作家资源战中胜出	中国图书商报	2010年10月19日

续表

作者	文章名	报纸名称	发表时间
穆肃	专家作者聚首"新世纪十年·东莞文学的现状与前瞻"高端论坛,认为东莞文学进入全新历史起点	东莞日报	2010年10月19日
王佳欣	民营书业的数字出版:观望不如行动	中国文化报	2010年10月21日
张健	越写越长是时代的病症——访第五届鲁迅文学奖评奖办公室主任胡平	人民日报	2010年10月21日
李魏	30人获鲁迅文学奖 山东无缘奖项 青岛三人入围终出局 自创"羊羔体"的官员得奖惹争议	青岛日报	2010年10月22日
王洋	涨稿费能否推动文学创作力	中华工商时报	2010年10月22日
李蕾	内容丰富 优中选优 网络文学铩羽而归 文学翻译类首次空缺 30部作品获第五届鲁迅文学奖	光明日报	2010年10月23日
周婷	网络文学:开放成就更大发展	中国证券报	2010年10月23日
韩浩月	"保持纯粹"不能提高 鲁迅文学奖含金量	深圳商报	2010年10月26日
桃桃	关于第五届鲁迅文学奖的四个话题	中国文化报	2010年10月26日
张健 王立言	从鲁迅文学奖管窥当代文学	人民日报	2010年10月26日
雷新	文学奖里的"迷"	人民政协报	2010年10月26日
鲁大智	首届中国写作者大会重提网络文学精神	中华读书报	2010年10月27日
谢正宜 宋浩	作家富豪榜前10位数字版权收入之和不到20万元 数字出版动了作家们的"奶酪"	中国文化报	2010年10月28日
刘书艳	一个靠"羊羔体"引起热议的"诗人"官员作家使鲁迅文学奖得到空前关注	中华工商时报	2010年10月29日
潘启雯	沙里淘金:"传媒大亨"并不温文尔雅	中国图书商报	2010年11月2日
于帆	第五届鲁迅文学奖将在绍兴颁奖	中国文化报	2010年11月3日

续表

作者	文章名	报纸名称	发表时间
任娓娓	第五届鲁迅文学奖颁奖典礼新闻发布会昨日宣布 颁奖典礼本月9日在绍举行	绍兴日报	2010年11月3日
李淼	盛大全面布局电子书产业 不排除由付费阅读转向免费阅读，通过广告等方式赢利	中国新闻出版报	2010年11月3日
李子木	网络文学大赛串接商业链：商业运作为网络小说镀金	中国新闻出版报	2010年11月4日
周国勇 李颖	当代文学依然需要鲁迅精神的引领——中国作协党组成员、书记处书记、新闻发言人陈崎嵘访谈	绍兴日报	2010年11月8日
刘秀娟	电子书市场迅速扩张传统出版业承受挤压	文艺报	2010年11月8日
	文学艺术的盛会 鲁迅故乡的骄傲	绍兴日报	2010年11月9日
张永清	重视网络文学的理论提升	中国社会科学报	2010年11月9日
王磊	网络文学盗版规模年约五十亿元 正版收入仅为盗版的五十分之一	文汇报	2010年11月9日
张绪旺	文学、网游、视频三大业务面临挑战 陈天桥缔造娱乐帝国尚需时日	北京商报	2010年11月10日
葛熔金	"'羊羔体'对车延高是个教训"	东方早报	2010年11月10日
廖鸿翔	首批电子书牌照下发规范内容版权或引发行业变局	通信信息报	2010年11月10日
傅晨琦 叶辉	见证收获与沉思——第五届鲁迅文学奖典礼扫描	光明日报	2010年11月11日
吕禹	"鲁迅精神与网络文学"高峰论坛形成共识 设立独立的网络文学奖	绍兴日报	2010年11月11日
于帆	鲁迅文学奖：争议多，亮点也多	中国文化报	2010年11月14日
李好宇	盛大炮轰：百度不死网络文学必死	电脑报	2010年11月15日

续表

作者	文章名	报纸名称	发表时间
贾振铎 钟悦涛	与人民共命运的人民作家——纪念赵树理逝世40周年座谈会辑录	山西日报	2010年11月15日
	网络文学让文学大众化还是低俗化	辽宁日报	2010年11月15日
冻凤秋	中原厚土孕育优秀作家群——访河南省文联副主席、作协主席李佩甫	河南日报	2010年11月16日
张绪旺	"直播贴"亿万点击量破局网络创作	北京商报	2010年11月17日
廖庆升	百度遭盛大炮轰 沉默应对或适得其反	通信信息报	2010年11月17日
于帆	网络文学需要更多尊重和发展空间——中国网络类型文学高峰论坛侧记	中国文化报	2010年11月18日
李淼 任晓宁	用户分享模式遭质疑"盗版"成产业心腹之患 百度文库"戳痛"数字出版神经	中国新闻出版报	2010年11月18日
李宏伟	白烨（中国社会科学院文学研究所研究员）：加强新媒体文学批评	光明日报	2010年11月20日
刘婷婷	网络文学难撑主流市场 付费下载看重阅读品质 电子书产业开打"内容"战	中华工商时报	2010年11月22日
黄鸣奋	艺术与科技走向融合的六十年	中国文化报	2010年11月22日
王平	网络文学，两岸读者细细品	人民日报海外版	2010年11月22日
邹韧	网络文学节搭建市场化运作专业平台	中国新闻出版报	2010年11月22日
舒晋瑜	张颐武：未来的作家将越来越少，写手越来越多	中华读书报	2010年11月24日
王坤宁	网络文学：新兴产业的喜与忧	中国新闻出版报	2010年11月24日
舒晋瑜	十年前网络文学的标兵，如今对它却只剩下失望 宁肯：网络文学已倒退为地摊文学	中华读书报	2010年11月24日

续表

作者	文章名	报纸名称	发表时间
刘霄	鲁迅文学奖会设网络文学奖项吗？	中华读书报	2010年11月24日
傅晨琦 胡国洪 岳纳珊	"两栖动物"车延高 一个人和大家去生气是不明智的	金华日报	2010年11月25日
张绪旺	盛大炮轰盗版逼迫对手"就范"百度将终结线上免费阅读	北京商报	2010年11月26日
赵和平	浙江作家后继有人	文艺报	2010年11月26日
贾梦雨 朱秀霞	70余位专家学者聚会南京研讨当代文学——"直面问题，以引起疗救的注意"	新华日报	2010年11月26日
刘娟 李烁 肖春飞	盛大诉百度：原创文学PK"免费盗版"	新华每日电讯	2010年11月26日
喻乐	只见富豪，不见文学？——"2010年度中国作家富豪排行榜"解析	湘潭日报	2010年11月28日
李烁 刘娟	百度文库的付费下载已步入"尝试"阶段 百度出招，或将与盛大"短兵相接"	新华每日电讯	2010年11月28日
文清	电子书向社交分享靠拢	电脑报	2010年11月29日
周寿英	自由分享被指鼓励盗版侵权 百度遭群攻辩称合法运营	中国计算机报	2010年11月29日
廖文	莎士比亚戏剧：由"俗"到雅的启示——"群众文化论"之二	光明日报	2010年11月30日
马相武	网络文学，赛博空间的草根呼吸——大众文化视野中网络文学的包容性发展	中国艺术报	2010年11月30日
曾航	营收仅增1%盛大怎么了？	21世纪经济报道	2010年12月1日
诸葛漪	"热心"读者忙共享 盗版速度大跃进"人肉打字机"让网络文学乐不起来	解放日报	2010年12月9日
韩士德	谁动了我的网络文学版权？	科技日报	2010年12月9日
陈伊萌	被指三俗 盛大连夜删文扫黄 旗下网站起点中文网等被曝涉黄 盛大称低俗内容部分来自外挂私服 已及时清理	东方早报	2010年12月10日

续表

作者	文章名	报纸名称	发表时间
周婷	资本驱动网游牵手影视	中国证券报	2010年12月10日
陆晓辉	谋划未来 电子书龙头企业打造全产业链	中国高新技术产业导报	2010年12月13日
刘悠扬	《天涯社区闲闲书话十年文萃》出版,出版策划人及主编接受本报记者专访 凝聚网络读书论坛的光荣与梦想	深圳商报	2010年12月13日
李玉	数字时代再问版权制度	中国社会科学报	2010年12月16日
刘仁	文档分享平台提供"免费午餐"遭权利人联合声讨——百度文库"上传自由"触众怒	中国知识产权报	2010年12月17日
徐冠一	现代价值观和快意恩仇——访《赵氏孤儿》编剧高璇	吉林日报	2010年12月21日
舒晋瑜	2010:网络文学的主旋律化	中华读书报	2010年12月22日
王觅	共忆难忘时光 再享家的温暖 鲁迅文学院举行中青年作家高级研讨班办学研讨会	文艺报	2010年12月24日
王纯菲	生活不能缺少文学	文艺报	2010年12月27日
刘瑜	未来十年,手机阅读的黄金时代	深圳商报	2010年12月28日
朱又可	"文学发出的可能是别扭的、保守的声音"专访中国作家协会主席铁凝	南方周末	2010年12月30日
吴娜	由"大"到"强"阔步前进	光明日报	2010年12月31日
吴晓东	娱乐热词背后的"给力"思索	工人日报	2010年12月31日

2011年网络文学报纸文章目录

作者	文章名	报纸名称	发表时间
朱力南	文学:传统与网络如何亲密"接触"两岸学者作家对话网络文学发展	福建日报	2011年1月4日
马季	新闻出版总署将网络文学纳入中国出版政府奖评选范围	光明日报	2011年1月25日

续表

作者	文章名	报纸名称	发表时间
吕莎	网络写作：意义超越任何一次文学革命——访中国作协网络文学专家马季	中国社会科学报	2011年1月25日
刘霄	文学大力士们的时代：史上最彻底的经典背离 中法作家聚论网络文学是与非	中华读书报	2011年1月26日
陈定家	2010网络文学：一场江湖"暗战"	中国文化报	2011年1月26日
陈丽容	网络容器纳百态 新兴草根文学亮点多	通信信息报	2011年2月23日
李淼	搜狐开展网络付费阅读业务 与读书、听书等频道共筑网络文学产业链	中国新闻出版报	2011年2月25日
张抗抗	坚决遏制对网络文学作品的侵权	中国艺术报	2011年3月9日
杨桂华	坚决遏制网络文学作品侵权行为——与全国政协委员张抗抗面对面	北方时报	2011年3月10日
刘慧	茅盾文学奖 橄榄枝抛向网络文学	乌鲁木齐晚报（汉）	2011年3月11日
王颖	主流化、内部规范与新发展——2010年网络文学综述	文艺报	2011年3月14日
姜小玲	茅盾文学奖继鲁迅文学奖后也向网络敞开大门 网络文学离领奖台还有多远	解放日报	2011年3月16日
贺绍俊	新世纪文学的"宁馨儿"——参加深圳网络文学评奖有感	深圳特区报	2011年3月16日
桫椤	站在历史的高度审视网络文学	文艺报	2011年3月18日
李淼	网络文学网站"宣战"不良信息	中国新闻出版报	2011年3月23日
赵玙	茅盾文学奖评选首度"实名" 网络文学落地成书纳入评奖标准	光明日报	2011年3月23日
王觅	鲁迅文学院第四期网络文学作家培训班开班	文艺报	2011年4月8日
高昌	网络文学需要"整枝"人	中国文化报	2011年4月15日
马季	网络文学：中国当代文学第二次起航	人民日报	2011年4月19日

续表

作者	文章名	报纸名称	发表时间
贺绍俊	网络文学之美基于想象力	中国社会科学报	2011年5月10日
欧阳友权	网络文学的影响	文艺报	2011年5月16日
李清	网络文学何必眼馋茅奖	深圳商报	2011年5月18日
魏丽敏	网络上的"文学革命"——读刘克敌的《网络文学新论》	中国社会科学报	2011年5月24日
曾航	盛大文学亏损上市 网络文学业务仅占总营收26%,令人意外	21世纪经济报道	2011年5月26日
李清	网络文学何必去觊觎茅奖名头	中国图书商报	2011年5月27日
赵玙	胡平回应"茅奖"入围作品质疑：初步审核不涉及文本内容 对网络文学不存在偏见	光明日报	2011年5月28日
李平	网络文学 受追捧的启示	中国新闻出版报	2011年5月31日
叶菁	网络文学注水盛行 撬动读者钱包尚需精品化	通信信息报	2011年6月1日
丁莉娅	中国主流文坛对网络文学"明迎暗拒"？	中国财经报	2011年6月2日
杨媚	两届"深圳原创网络文学拉力赛"金奖获得者宋唯唯——用古典气韵勾勒市井画卷	深圳特区报	2011年6月13日
周仲谋	网络文学机制与长篇小说的嬗变	文艺报	2011年6月20日
舒晋瑜	七部网络文学作品竞争茅盾奖 评奖条例再次修改,史上最大评审团将首次实行评委实名制	中华读书报	2011年6月29日
邓贤	网络文学对传统写作的挑战	中国艺术报	2011年7月15日
舒晋瑜 傅宗	网络文学作品竞争茅盾奖仍然是一个姿态？	镇江日报	2011年7月15日
冯正荣	"流水线作业"与"工厂化生产"——网络文学是否还有他路可走？	文学报	2011年7月21日
王先霈 王蔚岚	挖掘文学与商业关联的内在价值——评《网络文学产业论》	文艺报	2011年8月1日
刘宝亮	中国网络文学小说用户已达1.43亿 网络文学小说还无法承担起文学走出边缘化的重任	中国经济导报	2011年8月11日
杨青	网络文学冲击茅奖注定失败	深圳商报	2011年8月11日

续表

作者	文章名	报纸名称	发表时间
杨雅莲	传统文学与网络文学"结对交友"走得近才能走得远	中国新闻出版报	2011年8月12日
张敬伟	体制不改,网络文学很难得奖	深圳商报	2011年8月15日
陈杰	网络文学遭遇茅盾文学奖"苛责"参选作品全部出局 专家建议发展自有评奖体系	北京商报	2011年8月15日
杨青	网络文学冲击茅奖有戏吗?	中国文化报	2011年8月15日
孙仲	茅奖别再让网络文学"打酱油"	深圳商报	2011年8月15日
姜小玲	首次"试水"第八届茅盾文学奖折戟沉沙 网络文学离领奖台有多远	解放日报	2011年8月23日
黄鸣奋	网络文学时代需培育"多元素养"	中国社会科学报	2011年8月23日
秦烨	网络文学的价值	文艺报	2011年8月24日
蒋朔	"手打党"横行,冲击网络文学正版市场	中国知识产权报	2011年8月26日
杜昊	网络文学的出路在哪里?	文学报	2011年9月8日
刘彬	网络文学何时告别"快写快丢"	光明日报	2011年9月15日
曾攀	网络文学也要推陈以出新	文艺报	2011年9月16日
吴学安	网络文学:只网络"不文学"必陷审美疲劳	新华每日电讯	2011年9月16日
杨旭 王适文	网络文学→畅销小说→热播影视剧 版权经纪人让作品"无处不在"	人民日报	2011年9月19日
周应合	天水网络文学的兴起	天水日报	2011年9月19日
单小曦	网络文学发展的新空间	人民日报	2011年9月23日
欧阳友权	网络文学,离茅盾文学奖有多远?	光明日报	2011年9月26日
陈静	网络文学有"市"也有"价"	经济日报	2011年9月29日
张魁兴	繁荣网络文学需评论护航	文学报	2011年10月13日
孟刚	与鲁迅文学奖、茅盾文学奖擦肩而过 网络文学作品:想说爱你不容易	中国消费者报	2011年10月14日

续表

作者	文章名	报纸名称	发表时间
尹春芳	构建网络文学与传统出版的良性循环	深圳特区报	2011年10月17日
张成	网络文学改编也要担起审美责任 ——访海润影视集团文学部总监孙允亭	中国艺术报	2011年10月21日
于奥	用热爱写作的心讲好故事 ——热播剧《步步惊心》原著作者桐华谈网络文学创作	中国艺术报	2011年10月21日
方微	改编剧火爆助推网络文学 良莠不齐恐后劲不足	通信信息报	2011年10月26日
李国斌 张广权 喻乐	1.95亿文学网民，催生了网络文学的一片红火，然而各文学网每天字数以亿计的更新中，却难觅好作品——70万网络写手为何鲜有好作品	湖南日报	2011年11月5日
杜浩	网络文学的出路在哪里？	北京日报	2011年11月10日
杨枫 李栋 周景红	解读"卫士情怀"魅力网络文学	解放军报	2011年11月13日
雷彬	网络文学成影视改编宝藏 蓬勃背后存鱼龙混杂隐忧	通信信息报	2011年11月16日
杜浩	高学历人群热衷网络文学，喜耶？忧耶？	工人日报	2011年11月21日
秦雯	网络文学重排文坛座次 乏批评女性化是两大软肋	中华工商时报	2011年11月21日
柳田	作代会上海代表团热烈讨论聚焦网络文学 文学创作能否重回"生态平衡"	解放日报	2011年11月23日
何勇海	谁来助力网络文学	团结报	2011年11月26日
舒晋瑜	邱华栋谈发育低下、量多质劣的所谓"网络文学"	中华读书报	2011年11月30日
崇文	网络文学，在理解中逐渐融入主流	人民公安报	2011年12月9日
蒙虎	网络文学的价值	人民公安报	2011年12月9日
袁跃兴	传统文学该向网络文学学些什么	中国教育报	2011年12月14日

续表

作者	文章名	报纸名称	发表时间
路艳霞	网络文学世界惊现"金钱游戏",捧热一本书砸钱少则1元,多则数十万元 读者"打赏"出手大方	北京日报	2011年12月15日
单小曦	提升中国"网络文学"的质量	文艺报	2011年12月19日
叶菁	网络文学探索开发衍生产品 互动效应有望开启个性化消费	通信信息报	2011年12月21日
邵燕君	网络文学将成文学主流?	北京日报	2011年12月22日
袁跃兴	传统文学与网络文学	团结报	2011年12月24日
徐肖楠	网络文学如何作为文学	文艺报	2011年12月26日
王国平	影视"恋上"网络文学,这桩"姻缘"靠谱吗?	光明日报	2011年12月28日

2012年网络文学报纸文章目录

作者	文章名	报纸名称	发表时间
王维家	网络新文体:值得关注的网络文学现象	学习时报	2012年1月2日
周慧虹	网络小说"触电"的隐忧	文学报	2012年1月5日
欧阳友权	治学为师 做人为范	文艺报	2012年1月6日
侯丽华	阅读回归务实	深圳	2012年1月6日
汤浔芳 张勇	侯小强:聚拢最有创意的人	21世纪经济报道	2013年1月7日
骆倩雯	张秀平:应抓紧申报国家数字出版基地	北京日报	2012年1月14日
庄庸	2011:网络文学的"V型年"	文艺报	2012年1月16日
王颖	承继和发展中的网络文学——2011年度网络文学综述	文艺报	2012年1月16日
齐柳明	我国网民规模突破5亿 手机网民3.56亿	光明日报	2012年1月17日
王荣	中国网民规模突破5亿	中国证券报	2012年1月17日
彭训文	网络文学,加把劲	人民日报	2012年1月19日
胡春萌	九把刀:冒险不止于青春那些年	天津日报	2012年1月20日
欧阳友权	海量神话与精神短板并存——2011年新媒体文学创作概观	光明日报	2012年1月31日

续表

作者	文章名	报纸名称	发表时间
舒晋瑜	官场与穿越，影视改编与同生共融：2012年网络文学走向初探	中华读书报	2012年2月1日
陈杰	当红作家求速度 新手求收入 网络文学代写"隐形产业链"调查	北京	2012年2月3日
雷达	冷静求实的学术演练	文艺报	2012年2月6日
秦玉	"进去"与"出来"不是简单的行为艺术	大连日报	2012年2月7日
宋庄	2012的网络文学初探	工人日报	2012年2月20日
周舒艺	网络文学：期待大浪淘沙	人民日报	2012年2月22日
朴素	网络文学与互联网时代	人民日报	2012年2月22日
任晓宁 梁晓龙 张越 吴巧云	数字时代的别样书香	中国新闻出版报	2012年3月1日
魏晓薇	深圳推出建设文化强市举措，提出发展新目标2015年形成"十分钟文化圈"	中国新闻出版报	2012年3月1日
杜辉	传统出版 如何面对网络语言	中国图书	2012年3月6日
张俊卿	感悟生活出诗意 凝情笔端做文章——访我市作家协会会员赵海勃	格尔木日报	2012年3月13日
孙达佳	问天科技：漫步"云"端成就梦想	太原日报	2012年3月14日
石剑峰	2012，各方角力中国电子书	东方早报	2012年3月15日
陈杰	文化消费，有多少盗版可以胡来	北京	2012年3月16日
王先霈	文学批评的有效性漫议	文艺报	2012年3月16日
欧阳友权	网络文学研究的理论突围	文艺报	2012年3月16日
潘丽丹	数字时代文学发展的新启示——评考斯基马的《数字文学》	中国社会科学报	2012年3月23日
韩业庭	网络文学：依然在路上	光明日报	2012年3月23日
金莹	青年评论家为何难"冒头"？	文学报	2012年4月5日
信海光	网络文学不能玩残作家	深圳	2012年4月6日
陆建德	新语境下，如何读狄更斯	人民日报	2012年4月10日
吴艳	加强网络文学的"在线批评"	文艺报	2012年4月11日
宋平	国民阅读：多元需求，多元选择	中华读书报	2012年4月11日

续表

作者	文章名	报纸名称	发表时间
李冰	在中国作协八届二次全委会上的报告（2012年4月10日）	文艺报	2012年4月13日
花蕾	网络文坛，镇江写手的那一席之地	镇江日报	2012年4月20日
黄平	把小说挂在三国史这颗钉子上	东方早报	2012年4月22日
中国现代文学馆	2011年中国文学发展状况	人民日报	2012年4月23日
南帆	我们这个时代的文学生活	人民政协报	2012年4月23日
周志军	网络文化发展的稳定性与可持续性有待于加快融合提升原创加强管理	中国文化报	2012年4月27日
马季	传统文学作家与网络文学作家新平台上对话	人民日报海外版	2012年5月1日
黄平 怡梦	与当代青年在"穿越"中相遇	中国艺术报	2012年5月2日
李魏	丢失的岂止是阅读氛围——全民读书月启动之际的思考	青岛日报	2012年5月3日
廖红球	时在中春 阳和方起	文艺报	2012年5月7日
赵长天	上海青年作者的机遇和挑战	文汇报	2012年5月11日
徐春发	《甄嬛传》不能做青年"职场宝典"	文汇报	2012年5月14日
张立美	别苛责花瓶式的作家	深圳	2012年5月15日
舒晋瑜	许子东：检讨"为了忘却的记忆"	中华读书报	2012年5月16日
熊建	中国动漫 能让猪上树吗？	人民日报海外版	2012年5月16日
李婧	中韩原创内容故事比赛评选在京举行——给你一个好故事你能撬动什么？	中国文化报	2012年5月19日
朱烨洋	新媒体·新科技·新文学论坛 共话新媒体环境下文学发展前景	中国新闻出版报	2012年5月21日
钟华生	深圳优秀文学图书集中亮相	深圳	2012年5月22日
李敬泽	文学评论要有新的生机与活力	中国艺术报	2012年5月23日
刘洋 王鲁坤	文明的碎片——粗鄙文化之伤	检察日报	2012年5月25日
钟润生	中国报纸副刊研究会会长丁振海接受深圳特区报记者专访 报纸办副刊应有"大文化"概念	深圳特区报	2012年5月26日

续表

作者	文章名	报纸名称	发表时间
朱耘	产业刚刚起步,即陷入"群雄乱战"——热战电子书:多渠道营销攻略	中国经营报	2012年5月28日
韩浩月	从无到有的网络书评体系如何建立	联合时报	2012年6月1日
尚陵彬	《乌龙山剿匪记》作者水运宪 新时期文学需要重新思考	宁夏日报	2012年6月1日
毛俊玉	聚焦故事驱动大会——创意产业生财源于"好故事"	中国文化报	2012年6月2日
陈星星	北京人民艺术剧院院长张和平6月4日做客《文化讲坛》让艺术更具人气	人民日报	2012年6月5日
杨剑龙	新媒体时代的文学创作与阅读	文汇报	2012年6月11日
单小曦	数字文学研究:回应数字时代的文学实践	中国社会科学报	2012年6月15日
张意轩	阅读进入"云"时代	人民日报海外版	2012年6月20日
罗勇	加强文学批评阵地建设	文艺报	2012年6月20日
陈金霞	网络小说,能否YY得少一些?	文学报	2012年6月21日
刘复生	蒋子丹长篇小说《囚界无边》重新解放小说	文艺报	2012年6月22日
於可训	文艺批评中存在的几个问题	中国艺术报	2012年6月22日
周豫 郭珊	让"专业"和"大众"握手 全媒体时代文学评论新走向		2012年6月24日
于德清	文学杂志不应以耻辱的方式生存	深圳特区报	2012年6月26日
赵秀忠	视野开阔 亲切生动——《文艺科学发展论》读后	光明日报	2012年6月26日
颜新武	繁荣影视文化尤需重视原创	长沙晚报	2012年6月26日
王卫平	当下文学批评的估价、处境与缺失	文艺报	2012年6月27日
易明	浅俗化敲响数字阅读警钟	中国艺术报	2012年6月29日
刘仁 姜旭	版权产业成为中国经济新的增长点	中国知识产权报	2012年6月29日
王国平	网络文学亟待确立批评"指标体系"	光明日报	2012年7月3日

续表

作者	文章名	报纸名称	发表时间
金涛	网络文学的挑战和征候	中国艺术报	2012年7月4日
冯宇	"微时代"给文化研究提出挑战	中国社会科学报	2012年7月6日
郝雨	"微"阅读泛滥文学何为？	深圳特区报	2012年7月11日
任晓宁	网络文学生态调查：十年疯狂生长，且待大浪淘沙	中国新闻出版报	2012年7月12日
任晓宁 朱春霞	解读网络文学生态链	中国新闻出版报	2012年7月12日
乔申颖	数字时代版权经济三大考验	经济日报	2012年7月12日
马季	跨文化语境中的中国网络文学	文艺报	2012年7月16日
邵燕君	网络文学：如何定位与研究	人民日报	2012年7月17日
范昕	网上小说可按读者意愿"速配"，过度商业化驱动小说类型化，业内人士指出——网络文学催生海量文字垃圾	文汇报	2012年7月17日
刘颋	雷达：天真又较真的批评家	文艺报	2012年7月18日
龚丹韵	新一代文青炼金术？——网络写手浮沉录（上）	解放日报	2012年7月23日
方微	网络文学用户规模意外下降 过度商业化致作品质量失衡	通信信息报	2012年7月25日
王研	网络语言盛行，文学怎么办	辽宁日报	2012年7月31日
侯小强	中国数字出版的优势和挑战	中国图书	2012年8月3日
程瀚	上半年生态城新增企业135家 完成全年招商任务68% 提高招商"门槛"紧盯优质企业	滨海时报	2012年8月6日
陈丽霞	电视剧对国人影响大 文艺批评应是常态"管理"途径	联合时报	2012年8月7日
梁彬	《紫宅》与网络文学	文艺报	2012年8月8日
许光耀	上海书展倾力营造"书香中国"全面展示图书、音像电子、数字出版等领域最新成果	解放日报	2012年8月9日
王颖	亟需建立网络文学评价体系	文艺报	2012年8月13日
刘天颖	面对"网言网语"如何守住文化的根基	承德日报	2012年8月13日
舒晋瑜	网络文学也有主旋律 菜刀姓李进入作协大楼	中华读书报	2012年8月15日
袁晞	蓝皮书，记录文学的发展	人民日报	2012年8月16日

续表

作者	文章名	报纸名称	发表时间
孙丽萍	"微博时代的文学"三人谈	新华每日电讯	2012年8月17日
郑讴	当代文学发展应立足人民——对话文学评论家张炯	中国社会科学报	2012年8月22日
张懿	野蛮生长撞墙,网络文学求变	文汇报	2012年8月22日
张俏	骁骑校:网络文学的现实境界	中国经营报	2012年8月27日
李蕾 梁美辰	满园春色惹人醉——十年来我国文艺精品创作述评	光明日报	2012年8月29日
杨扬	文学高产与文学新生态	解放日报	2012年9月7日
张抗抗	新活力——近十年文化现象一瞥	中国社会科学报	2012年9月7日
车兰兰	出版大佬的"二次转身"	北京	2012年9月7日
张兴德	网络时代与"字母词"的兴起——百名学者状告"词典"事件的讨论读后	学习时报	2012年9月10日
李苑	百位网络文学作家联名呼吁:搜索引擎应积极保护著作权人合法权益	光明日报	2012年9月11日
实习生孙奇茹	360搜狗屏蔽盗版网站	北京日报	2012年9月11日
杜羽	六十余作家获百万数字出版版税	光明日报	2012年9月14日
欧阳友权	近十年网络文学的六大热点	中国艺术报	2012年9月17日
王觅	数字出版实现健康发展任重道远	文艺报	2012年9月17日
徐瑞哲	沪上软件业企业逾4000家 却缺少真正重量级龙头 谁成"百亿户",奖励两千万 上海出台新政重奖软件和集成电路从业者	解放日报	2012年9月18日
舒晋瑜	庆邦:不爱网络文学,反对长篇崇拜	中华读书报	2012年9月19日
马季	网络与新文学空间的拓展	文学报	2012年9月20日
葛红兵	批评:如何直面时代新变?	文学报	2012年9月20日
陈祥蕉	新媒体,广东文艺新机遇?		2012年10月7日
宇澜	文艺社数字出版:从源头找解决方案	中国图书	2012年10月9日
姚小平	从《中国文学精论》聊起——一个暑日下午的中西语文谈	中华读书报	2012年10月10日

续表

作者	文章名	报纸名称	发表时间
季晓莉	请呵护"繁景们"的驱动力	中国经济导报	2012年10月11日
汪政	批评如何抵达现场	中华读书报	2012年10月17日
徐洪军	网络文学研究热中有忧	中国社会科学报	2012年10月19日
李伟长	网络文学的模式之痛	深圳特区报	2012年10月22日
涂铭 南婷	百度被判赔 中国数字版权保护迎来"春天"？——作家维权联盟诉百度文库侵权案调查	西部法制报	2012年10月23日
李冰	在中国现代文学馆第二批客座研究员聘任仪式上的讲话	文艺报	2012年10月24日
殷国安	为何有人花钱买诺奖	检察日报	2012年10月24日
刘新林 傅小平	温儒敏：把国民"文学生活"纳入研究视野	文学报	2012年10月25日
张燕玲	有担当的文学批评才是真的批评	文学报	2012年10月25日
周志军	"腾讯书院"关注"后诺奖时代"华语文学创作	中国文化报	2012年10月26日
冯飞	版权运营，让网络小说"红袖添香"——访北京红袖添香科技发展有限公司影视出版部总监丁丽萍	中国知识产权报	2012年10月26日
李苑	盛大联手四家搜索引擎保护著作权人合法权益	光明日报	2012年10月27日
张颐武	《全球华语小说大系》编选感言 重塑中国文学的想象力		2012年10月28日
朱烨洋	稀有的东西给稀有的人——海岩、蒋方舟谈后诺奖时代的中国文学	中国新闻出版报	2012年10月31日
刘颋	在自信开放中提升中国想象力 "文化自觉与中国想象力"学术论坛在京举行	文艺报	2012年10月31日
张绪旺	百度示好盛大 谷歌关停音乐 360低调拓展 搜索"战争"趋向温和	北京	2012年10月31日
孟祥海	"今天，我阅读了吗"	中国新闻出版报	2012年11月1日
姜伯静	《大家》复刊路在何方	中国新闻出版报	2012年11月1日
李永明	中小地方专业社怎样树立品牌	中国新闻出版报	2012年11月6日

续表

作者	文章名	报纸名称	发表时间
闻言	做时代的真情记录者	文艺报	2012年11月7日
曹学娜	当产业化成为网络文化发展的主导	四川日报	2012年11月7日
张抗抗	新活力：文化现象一瞥	人民政协报	2012年11月12日
闻艺	大型文艺专题片《为时代放歌》中国文艺十年辉煌的生动记录	文艺报	2012年11月12日
张绪旺	互联网搜索"战争"趋向温和	中国高新技术产业导报	2012年11月12日
王珊珊	数字化冲击与应对	福建日报	2012年11月12日
白烨	混合形态的新型文学——浅析新世纪文学的三大特点	文汇报	2012年11月13日
雷涛	善抓机遇建设西部文学强省	陕西日报	2012年11月14日
鲁大智	何谓"中国想象力"？	中华读书报	2012年11月14日
周慧虹	影视与网络文学应互利共赢	文学报	2012年11月15日
陈杰	专访中文在线董事长童之磊 数字出版需组建自己的产业大联盟	北京	2012年11月23日
常勤毅 高国兴	如何看待戏说经典文化现象	光明日报	2012年11月24日
张敬伟	网络作家改善了中国文学生态	新华每日电讯	2012年11月27日
王传涛	挣钱的网络作品难担文学大任	法制日报	2012年11月27日
怡梦 马相武	来自民间的"微"力	中国艺术报	2012年11月28日
邢霞	重建现代中国文学史的学术规范	社会科学报	2012年11月29日
韩松刚	"在场"的文学批评——评汪政、晓华评论集《我们如何抵达现场》	文艺报	2012年11月30日
许民彤	网络文学需要品质的突破	太原日报	2012年12月3日
全国文坛知名人士	慢下来才能出精品 走出去也要请进来	梅州日报	2012年12月4日
李莹 罗卉	第十一届全国文学院院长联席会议闭幕 下届联席会议将于明年在重庆举行	梅州日报	2012年12月6日
陈杰	侯小强：得内容者得天下	北京	2012年12月6日

续表

作者	文章名	报纸名称	发表时间
鲁梦昕 王恒	网络小说"物美价廉"频频"触电"喜忧参半	人民日报海外版	2012年12月7日
杜浩	作家应该从生活的小圈子走向社会	中国图书	2012年12月7日
朱耘	别给网络文学"灌水"	中国经营报	2012年12月10日
李苑	网络小说改编影视剧 新浪潮悄然来袭	光明日报	2012年12月10日
汪静赫	写手的胜利？那些从文青变成的文商	中国企业报	2012年12月11日
祝乃娟	躲避现实的网络文学 过度追捧网络小说是社会沉沦的反映	21世纪经济报道	2012年12月12日
高凯	网络文学影视改编：沙里淘金的困境	文学报	2012年12月13日
曹华飞	文化产业发展需要领军人物	光明日报	2012年12月14日
禹建湘	网络文学研究进入成熟期——评《网络文学词典》	中国艺术报	2012年12月14日
童光丽 陈亚丽 彭世贵	我州2012年文学创作成绩喜人 创作发表出版作品1600余篇 继续在全国和省内获奖 在"重点作品扶持项目"上有新斩获 网络作家继续活跃文坛	团结报	2012年12月14日
郭珊	文化惠民，为百姓幸福加码		2012年12月19日
徐刚	纯文学杂志"触网"能否赢得新生	中华读书报	2012年12月19日
张绪旺	亚马逊Kindle欲入华捞金 电纸书救市能力存疑	北京	2012年12月19日
韩松刚	求真、超然之态的批评——汪政、晓华评论集《我们如何抵达现场》读后	文学报	2012年12月20日
黄晓娜 彭红霞 统筹 田铁流	名社名刊名编云集惠州畅谈中国文学新动向 文学创作要有泥土气息根的味道	惠州日报	2012年12月22日
马季	网络文学：一头是神话 一头是现实	人民日报海外版	2012年12月25日
路艳霞	路遥身后20年热捧共冷落同在	北京日报	2012年12月27日

续表

作者	文章名	报纸名称	发表时间
刘守序	文化，曾经抚摸过2012	金融时报	2012年12月28日
王学海	文艺批评：耕耘在果实与杂草交迭的田野里	中国艺术报	2012年12月31日

2013年网络文学报纸文章目录

作者	文章名	报纸名称	发表时间
王宁	中国市场经济之路与制度重建	东方早报	2013年1月8日
贺予飞	《网络文学词典》面世促进网络文学研究	中国社会科学报	2013年1月11日
张清俐	关注普通读者对文学的"接受"情况"文学生活"进入文学研究领域	中国社会科学报	2013年1月11日
吴园园	图书的另类生意经	北京	2013年1月11日
李北辰	2012市场盘点"消费文学"唱主角	华夏时报	2013年1月14日
王立元	网络文学反盗版：形势好转	中国文化报	2013年1月14日
李建彬	数字音乐 收费时代服务成为关键	北京	2013年1月18日
卢扬	网络文学需摆脱类型化创作	北京	2013年1月18日
李婧	童之磊：让人人都有书房	中国文化报	2013年1月19日
马季	期待破网而出，原创仍需发力——2012年网络文学综述	光明日报	2013年1月22日
程路	讴歌西部生活 践行西部精神——在路遥文学奖启动仪式暨专家座谈会上的讲话	西部时报	2013年1月22日
王立元 谭琳	网络文学改编影视剧 把好女儿嫁给好人家	中国文化报	2013年1月28日
王颖	2012年网络文学：狂欢下的隐忧	文艺报	2013年1月28日
许苗苗	创新性的缺失与话题性的增长	文艺报	2013年1月28日
陈若葵	网络时代 不要让孩子远离"书香"	中国妇女报	2013年1月31日
李镇	仰视青春 见证风华	光明日报	2013年1月31日
周慧虹	"自出版"时代需顺势而为	中国文化报	2013年2月4日

续表

作者	文章名	报纸名称	发表时间
贺绍俊	2012年文学理论：发现新的理论动向 更新文学批评话语	文艺报	2013年2月4日
周百义	传统出版仍大有可为	中华读书报	2013年2月6日
王国平	构建起情感共同体——评电视剧《妈祖》	文艺报	2013年2月8日
张小寒	幸福年里喜乐多——春节文化活动扫描	威海日报	2013年2月16日
肖湘女	一张作家稿费清单引发的思考	北京	2013年2月22日
苏兵	文艺深军唱响时代强音——专访深圳市文联主席、党组书记罗烈杰	深圳	2013年2月26日
曹华飞	作协吸纳年轻人也要保证含金量	光明日报	2013年2月28日
李韶辉	专业经纪人离中国作家还有多远	中国改革报	2013年3月1日
李冰	青年作家的历史责任	文艺报	2013年3月4日
何建明	建立健康的网络文学环境	光明日报	2013年3月10日
张孔娟	全国人大代表、著名作家凌解放呼吁——亟须解决文化原创动力不足的问题 文化发展既面临机遇又面临挑战	中国经济时报	2013年3月11日
袁学骏	珍视传统 面向未来 创造文艺理论新成果	中国艺术报	2013年3月11日
李鲆	侯小强：数字出版与传统同归	中国图书	2013年3月15日
李鲆	数字出版是一场超乎想象力的革命	中国图书	2013年3月15日
刘英	稻子和稗子或许就是网络文学生态圈	中国图书	2013年3月15日
曾业尚	"快餐式"阅读弊多利少	战士报	2013年3月16日
马长军	网络文学无关主流	中华读书报	2013年3月20日
林政伟	网络文学渐成影视改编主力 门槛低鱼龙混杂存隐忧	通信信息报	2013年3月20日
韩浩月	贾平凹新书电子版热销意味着什么？	中华读书报	2013年3月20日
信海光	网络文学产业化困境	21世纪经济报道	2013年3月20日

续表

作者	文章名	报纸名称	发表时间
姜明 庞峰伟	老马扬蹄四万天，金戈蘸墨唱悲欢。丹心淬砺南山骨，巨笔擎天再少年——马识途 我没有终身成就，只有终身遗憾	四川日报	2013年3月22日
安欣	网络文学版权日益成为资本吸金石？	中国图书	2013年3月26日
张书乐	"摸不着的商品"成文化消费新趋势	中国文化报	2013年3月29日
王学海	文艺批评：耕耘在果实与杂草交迭的田野里	太原日报	2013年4月1日
魏蔚	"卖书者"当当转型途中后院起火 主攻百货平台 岂料图书业务被围攻	北京	2013年4月3日
谭乃文	作者如何运用法律保护版权	民主与法制时报	2013年4月8日
晏杰雄	网络时代的中国大学文学教育	文艺报	2013年4月8日
苏墨 申敏夏	网络小说成影视剧活水	工人日报	2013年4月8日
钟润生	中国首届类型文学双年奖颁出奖项，记者专访发起人、文艺评论家夏烈——类型文学和纯文学 不是二元对立	深圳特区报	2013年4月10日
于爱成	作家如何承担责任与使命	文艺报	2013年4月10日
卉红	南派三叔封笔可堪称道	文学报	2013年4月11日
于洋 金亮 沈蓓	网络空间，每个人都有圆梦机会	人民日报	2013年4月11日
张忱	网络文学 游走在妖魔化与神化之间	经济日报	2013年4月13日
兰世秋 李若行	网络文学作者多，就称得上"文学之城"吗？盛大文学公布第二届"文学之城"十城榜单，重庆位列第六	重庆日报	2013年4月14日
钟琳 袁歆玥 梁小丽	盛大文学斥巨资成立编剧公司 网络作家将变"金牌编剧"？		2013年4月16日
李凡	消费变化：付费从不可思议到欣然接受	中国新闻出版报	2013年4月18日

续表

作者	文章名	报纸名称	发表时间
许民彤	网络文学"打榜","打"的是自己	中国文化报	2013年4月19日
许民彤	"打榜"的网络文学还有前途吗	河北日报	2013年4月19日
刘莎莎	悬疑文学：这把火还能烧多久 相关出版人指出，目前国内的悬疑小说还停留在靠题材吸引读者眼球的层面	深圳特区报	2013年4月22日
李苑	编剧公司能培养出"神笔"吗？	光明日报	2013年4月22日
路艳霞	当当和京东近日持续三天向读者打起"0元电子书"招牌 免费，能否打破电子书僵局？	北京日报	2013年4月22日
张奎志	文学批评的自我意识与实践功用	文艺报	2013年4月22日
诸葛漪	当当、京东万种电子书免费下载限时促销引争议 先招徕读者还是先养活作者	解放日报	2013年4月25日
路艳霞	网络文学15年后的"蜕变"	北京日报	2013年4月25日
魏建亮	文学批评不能"不作为"	中国社会科学报	2013年4月26日
许民彤	"打榜"的网络文学还有没有前途	团结报	2013年4月27日
李萍 何嫄	市作协举行第六次会员大会 胡军生当选市作协主席	常州日报	2013年4月28日
郭珊 刘扬	《人民文学》主编、文艺评论家施战军 好的文学对每个生命都充满体恤		2013年4月28日
韩浩月	阅读量该怎么算	江西日报	2013年5月3日
王坤宁	这是一个故事驱动产业的时代——专访法兰克福书展主席尤根·博斯	中国新闻出版报	2013年5月6日
吴秋雅 杜桦	赵薇导演处女作的成功与不足——观《致我们终将逝去的青春》	中国艺术报	2013年5月6日

续表

作者	文章名	报纸名称	发表时间
赵玙	《中国文情报告》（2012—2013）发布	光明日报	2013年5月9日
武翩翩	网络文学遭遇"降温"	文艺报	2013年5月13日
王雨佳	电子书市场是如何扭曲的	中国经营报	2013年5月13日
邱振刚	不必一味唱衰网络改编	中国艺术报	2013年5月13日
崔立秋	知名网络作家河北研讨网络文学现状与前景——网络文学如何突破瓶颈	河北日报	2013年5月15日
黄远	起点中文网新高层亮相 欲用新福利计划留住作者	第一财经日报	2013年5月15日
黄远	起点风波平息 网络文学"大国争霸赛"开打	第一财经日报	2013年5月16日
阴祖峰	第九届文博会主推"文化+科技"为文化插上数字的翅膀 哈尔滨文化融合科技项目放异彩	哈尔滨日报	2013年5月19日
穆肃 丁燕	市文联举办"东莞市文艺批评的现状与前瞻"高端沙龙 东莞文学批评和文学创作有良好互动	东莞日报	2013年5月21日
钟琳 黎金鑫	广东网络文学研讨会在京召开 评论家也应介入网络文学评论	南方日报	2013年5月21日
高昌	网络文学需要提升品格和高度——广东网络文学作品研讨会综述	中国文化报	2013年5月24日
李立	起点中文网创始团队跳槽腾讯，战火从游戏烧向文学"桥哥"的牌面与"小马哥"的棋局	中国经营报	2013年5月27日
任晓宁	盛大新起点	中国新闻出版报	2013年5月30日
刘佳 黄远	盛大"砸场子"阻腾讯涉网络文学 起点离职团队与腾讯合作文学网站上线	第一财经日报	2013年5月31日
陈福民	商业动机下的网络文学写作	人民日报	2013年5月31日
明海英	网络文学与传统文学可相互借鉴 需要以大文学观对待网络文学	中国社会科学报	2013年6月3日

续表

作者	文章名	报纸名称	发表时间
朱四倍	看与不看，网络文学还是网络文学	中国图书	2013年6月4日
曲忠芳	国内手机阅读市场迎来变革	北京	2013年6月5日
赵玉	文化消费潜力亟待释放	经济日报	2013年6月5日
许民彤	我们的阅读为什么开卷不再有益？	北京日报	2013年6月6日
庄庸	从《凤求凰》看网络文学的发展	文艺报	2013年6月7日
金涛	80后批评家，他们为何姗姗来迟？	中国艺术报	2013年6月7日
许民彤	盛大腾讯之争能否带来网络文学创新？	中国民族报	2013年6月7日
杨早	网络文学的文化转型——以《山海经密码》为例	文艺报	2013年6月7日
刘旭颖	"质检利剑"直指伪劣儿童用品	国际	2013年6月9日
关戈	腾讯叫板盛大，网络文学新格局可期？	中国艺术报	2013年6月10日
程鹏	好内容可以"一女八嫁"——专访时代出版董事长王亚非	证券时报	2013年6月13日
谢思鹏	网络文学是数字阅读的主流	中国图书	2013年6月14日
王媛	山西文学事业：十年辉煌路凝聚正能量	山西经济日报	2013年6月15日
侯玮红	俄罗斯新一代作家登上文坛	光明日报	2013年6月17日
张倩	百度旗下多酷文学网上线 网络文学或迎市场变局	通信信息报	2013年6月19日
尹晓宇	网络文学将迎混战时代	人民日报海外版	2013年6月21日
高少华 丁汀	大数据分析技术能救中国电影吗	新华每日电讯	2013年6月24日
朱四倍	如何让作协与网络作家"联姻"走得更远	中国图书	2013年6月25日
高少华 丁汀	大数据预测票房电影迎来"订制时代"？	中国贸易报	2013年6月25日
舒晋瑜	网络文学进入类型创作时代	中华读书报	2013年6月26日
泽霖	名著"死活读不下去"折射文化断层	中国财经报	2013年6月27日
何勇海	如何看待"死活读不下去排行榜"	文学报	2013年6月27日

续表

作者	文章名	报纸名称	发表时间
何勇海	岂能将"死活读不下去排行榜"当笑话看	中国新闻出版报	2013年6月27日
许苗苗	网络文学"打榜"之我见	文艺报	2013年6月28日
熊希 敖祥菲	腾讯百度新浪齐齐进军网络文学 盛大一枝独秀局面被打破,网络写手议价空间或有更大提升	重庆	2013年6月28日
陈祥蕉	第九届广东鲁迅文学艺术奖（文学类）颁奖 网络作品首摘主流文学奖项	人民日报	2013年6月29日
陈杰	透视网络文学的"夺神"泡沫	北京	2013年7月3日
韦夏怡	网络文学暗战升级 高盛淡马锡1.1亿美元"输血"盛大文学	经济参考报	2013年7月10日
徐婷 张晓斌	腾讯搅局网络文学生意 盛大文学融资争作家	华夏时报	2013年7月15日
怡梦	网络文学需要什么样的专业批评?	中国艺术报	2013年7月15日
韩轩	网络作家：天天码字"伤不起"	工人日报	2013年7月15日
李立	不可避免的网络文学大战	中国经营报	2013年7月15日
陈崎嵘	呼吁建立网络文学评价体系	人民日报	2013年7月19日
舒晋瑜	创世反攻起点：网络文学产业有望重新洗牌	中华读书报	2013年7月24日
彭宽	别总在"钱眼"里关注网络文学	中国艺术报	2013年7月24日
王雅菡	写手猝死 残酷规则 包庇买榜 盈利堪忧 网络文学 黑梦工厂	新金融观察	2013年7月29日
陈永东	微信与微博正在抄谁的后路?	中国服饰报	2013年8月2日
天下归元	网络文学的审美切入点	文艺报	2013年8月2日
储霏	网络空间的纯文学阵地?	中国艺术报	2013年8月12日
周慧虹	优秀网络写作生态谁当推手	山西日报	2013年8月14日
洪治纲	信息时代,批评何为?	文学报	2013年8月15日
任晓宁	网络文学不能"注水"——访潇湘书院（天津）文化发展有限公司总经理鲍伟康	中国新闻出版报	2013年8月15日
金莹	网络书评：无序竞争中的群雄并起	文学报	2013年8月15日

续表

作者	文章名	报纸名称	发表时间
陈杰	铁杆粉丝痴迷"大神"作品豪掷百万"打赏"偶像 揭秘网络文学的粉丝经济学	北京	2013年8月16日
李鲆	编辑这门艺术正在消逝吗？	中国出版传媒	2013年8月16日
李冬生	手机阅读成未来趋势 网络文学再掀波澜运营商发力手机阅读市场	郑州日报	2013年8月16日
钱好	网络文学缘何来实体出版"轧闹猛"	文汇报	2013年8月18日
潘启雯 金霞	名家背景和声音引众多粉丝"竞折腰"	中国出版传媒	2013年8月20日
周立文 张玉玲 韩业庭	那缕缕照亮中华大地的阳光——老百姓怎样看当前的文化建设	光明日报	2013年8月20日
李墨波	类型文学需向经典化迈进	太原日报	2013年8月26日
康桥	网络文学批评标准刍议	光明日报	2013年9月3日
汤洁 李勇 刘学峰	线下活动提升网络论坛品质	中国新闻出版报	2013年9月3日
鲁大智	中国作协副主席陈崎嵘：网络文学要以人民而不是人民币为中心	中华读书报	2013年9月4日
马志刚	关注消费市场的趋势性变化	经济日报	2013年9月6日
杜昊文	经典作品的人文影响远胜于流行文化	中国出版传媒	2013年9月10日
刘方远	移动阅读变现 腾讯"QQ阅读中心"探路	21世纪经济报道	2013年9月11日
刘巽达	宫崎骏引退，我们不必叹息	光明日报	2013年9月11日
张焱	当大作家遇到互联网——莫言、阿来、苏童、刘震云签约网络文学	光明日报	2013年9月12日
李立	资金开路，内容争夺升级"腾讯文学"挂牌 网络文学江湖骤变	中国经营报	2013年9月16日
桫椤	形式之魅：网络文学的新贡献	光明日报	2013年9月17日

续表

作者	文章名	报纸名称	发表时间
教育部《中国都市化进程年度报告》课题组	《中国都市化进程报告2013》：解读中国城市发展十大焦点问题	中国社会科学报	2013年9月18日
于春美	盛大试水地产	中国房地产报	2013年9月23日
石剑峰	王安忆：希望作家群体年轻化	东方早报	2013年9月24日
饶翔	"一年中的美好季节正在临近"——专家论当下青年文学创作	光明日报	2013年9月24日
黎杨全	警惕网络文学的"网游化"趋势	光明日报	2013年9月24日
首席吴越	不辜负上海给予我们的文学资源——访再次当选的上海市作家协会主席王安忆	文汇报	2013年9月24日
李晓晨	青创会作家代表畅谈当下文学创作——青年作家要有大情怀，写出人性温暖，传递积极力量	文艺报	2013年9月25日
王觅	读者的反馈是一份鼓励	文艺报	2013年9月25日
李冰	在全国青年作家创作会议上的讲话（2013年9月24日）	文艺报	2013年9月25日
陈崎嵘	网络文学评价体系亟待建立	太原日报	2013年9月30日
邢虹	"把脉'三多三少'繁荣南京文艺"系列报道之一 立足当代，塑造崭新"文艺范"	南京日报	2013年10月3日
张薇	岁月催人，网络作家15年走出第4代	光明日报	2013年10月4日
白烨	网络时代阅读量与付费数成了衡量作者高下、作品好坏的一个基本标尺 文学批评不应缺位	人民日报海外版	2013年10月8日
童之磊	一张产业地图读懂中国数字出版	中国新闻出版报	2013年10月10日
吴长青	试论网络文学批评的困境	光明日报	2013年10月15日
雷辉 黄智颖 胡钰衍	卢展工率考察组来粤考察 发挥社会文化组织作用，促进文化发展繁荣	商报	2013年10月16日
赵槿	网络文学风生水起为哪般	经济日报	2013年10月16日

续表

作者	文章名	报纸名称	发表时间
牛学智	"网络文学"语境中的"七零后"文学价值观忧思——来自2013年"全国青创会"现场的判断	中国艺术报	2013年10月16日
郑洁	打赏制,又一网络经济?	中国文化报	2013年10月19日
何勇海	"网络作协"让"野百合"也有春天	中国出版传媒	2013年10月22日
晋雅芬	一期数字杂志可以长销两年作者	中国新闻出版报	2013年10月22日
冯奥	四对策探寻文艺出版发展	中国出版传媒	2013年10月22日
桫椤	文学性是作家唯一的性别	文艺报	2013年10月25日
李洋	《使用文字作品支付报酬办法》(修订征求意见稿)昨日听取各界意见 稿酬标准"一刀切"难服众	北京日报	2013年10月25日
钱好	新媒体正在成为文学的"变形剂"	文汇报	2013年10月27日
郭九苓	在对的年代文化自会茁壮成长	中国教育报	2013年10月28日
马季	网络文学审美特征考察	光明日报	2013年10月29日
陈香	中文在线:数字出版商业模式要"落地"	中华读书报	2013年10月30日
何勇海	网络文学需要一个"娘家"	中国新闻出版报	2013年10月31日
许民彤	开卷未必有益之忧	山西日报	2013年11月1日
张岱	从"小时代效应"看产业延伸	中国出版传媒	2013年11月1日
王国平	王祥、马季等表示:网络文学大学要有公益性	光明日报	2013年11月1日
李婧	中国首家网络文学大学成立 莫言亲授第一课 网络文学从工业化走向职业化	中国文化报	2013年11月2日
何勇海	网络文学需要一个"娘家"	工人日报	2013年11月4日
宋平	青春小说缘何长生不老 纯爱特质让人心悸	中华读书报	2013年11月6日
陈焰萍	网络文学参差不齐亟需规范	通信信息报	2013年11月6日
何勇海	网络作家需要一个"娘家"	中华读书报	2013年11月6日
朱晓剑	还能继续和大众亲密接触吗?"收编"后的网络文学	海南日报	2013年11月7日

续表

作者	文章名	报纸名称	发表时间
楚卿	传统作家能否给网络作家当老师？	中国艺术报	2013年11月11日
王煜霞 谭羊萍	立足本职 积极进取 民进南宁市青秀区综合支部"创星争旗"硕果累累	南宁日报	2013年11月12日
张贺	网络文学，不妨少点商业味	西部时报	2013年11月12日
杜浩	迎接网络文学的春天	河北日报	2013年11月15日
张怡梵	中国网络文学研究的理论误区——文学后现代主义	山西青年报	2013年11月17日
黄尚恩	批评家要有关注现实的热情与自觉	文艺报	2013年11月22日
沈仲亮	别搞"学院派"	经济日报	2013年11月23日
怡梦	网络文学，为何"短篇"成"瘸腿"	中国艺术报	2013年11月25日
韩浩月	噱头：短篇"高价零售"	深圳	2013年11月27日
任晓宁	小米小说：一手精品，一手大众	中国新闻出版报	2013年11月28日
苏琴	短篇小说"网络零售"切莫只重形式	中国财经报	2013年11月28日
马季	网络文学如何"升级"？	人民日报海外版	2013年11月29日
杜浩	阅读忠告：对网络小说要当心	深圳	2013年12月6日
苏墨 王励晴	从纯文学到大众文化，中国梦薪火相传——专访文化学者、北京大学教授张颐武	工人日报	2013年12月9日
张柠	网络小说的文学性和新标准	文艺报	2013年12月11日
蒋璐	微文化是多维的——"微时代微文化"学术研讨会侧记	中国文化报	2013年12月13日
李争粉	电子阅读：个性化定制内容将成趋势	中国高新技术产业导报	2013年12月16日
王尧	网络文学研究面临四大难题	中国艺术报	2013年12月18日
马季	网络文学亟需专业研究	中国艺术报	2013年12月18日
陈奇佳	网络文学批评当从产业角度入手	中国艺术报	2013年12月18日
邵燕君	网络文学是作者与读者的共同作品	中国艺术报	2013年12月18日

三、网络文学研究博士硕士论文题录

［存目字段格式：序号．责任者：题名，院校名，提交年份］

（一）网络文学博士论文题录

1. 谢家浩：网络文学研究，苏州大学，2002 年
2. 姜英：网络文学的价值，四川大学，2003 年
3. 欧阳友权：网络文学本体研究，四川大学，2004 年
4. 单晓溪：现代传媒语境中的文学存在方式研究，四川大学，2006 年
5. 谭华孚：媒介嬗变中的文学新生态——20 世纪 90 年代以来的数字媒体汉语写作研究，福建师范大学，2007 年
6. 张晓卉：网络诗歌论纲，苏州大学，2007 年
7. 顾宁：网络社会环境下的当下中国文学研究，辽宁大学，2009 年
8. 蒙星宇：北美华文网络文学二十年研究（1988—2008），暨南大学，2010 年
9. 杨拓：电子媒介文学研究，江西师范大学，2011 年
10. 崔宰溶：中国网络文学研究的困境与突破，北京大学，2011 年
11. 周利荣：传播媒介发展与文学文体演变研究，陕西师范大学，2012 年
12. 王月：希利斯·米勒文学言语行为理论研究，山东大学，2012 年
13. 林雯：论北美华文网络文学的第一个十年，福建师范大学，2012 年
14. 袁琳：中国数字图书消费市场研究，上海大学，2012 年
15. 陈晓洁：媒介环境学视阈下文学与媒介之关系研究，山东大学，2012 年
16. 管晓莉："经典化写作"向"市场化写作"的"历史蜕变"，吉林大学，2013 年

（二）网络文学硕士论文题录

1. 易宇：网络文学论，西南师范大学，2001 年

2. 张华：网络文学初论，山东师范大学，2001 年

3. 雷艳林：网络文学的怪诞特征初探，湖南师范大学，2001 年

4. 李莉：网络文学大众性初探，湖南师范大学，2002 年

5. 黄海蓉："网络文学热"的调查与分析——本雅明"技术复制时代的艺术作品"理论应用初探，厦门大学，2002 年

6. 于明秀：缪斯和比特的相遇——网络、网络文学与网络诗歌，首都师范大学，2002 年

7. 蔡登秋：论网络时代的文学阅读，福建师范大学，2002 年

8. 林三洲：文化视阈中的网络文学，华中师范大学，2002 年

9. 汪超英：绽放在互联网上的奇葩——网络文学的现状及其走向，华中师范大学，2002 年

10. 夏兴通：网络传播时代的文学变革——网络文学及其文体研究，华中师范大学，2003 年

11. 储冬叶：试论中文原创网络文学，安徽大学，2003 年

12. 贾玲：论网络文学，四川大学，2004 年

13. 吴苑：网络文学：媒介与文化间的行走，福建师范大学，2004 年

14. 严军：游戏赛博空间的文学——从网络文学的发展看其后现代特征，华中师范大学，2004 年

15. 罗立桂：网络文学的创作特征及其对传统文学写作品格的解构，西北师范大学，2004 年

16. 陈东：文化交融与幻想空间中的众声喧嚣——论中国网络"玄幻小说"中的文化交融、改造与承传，西南师范大学，2005 年

17. 刘洪艳：阳光与阴影下的文艺新宠——网络文学的理论解读，曲阜师范大学，2005 年

18. 张建：文学不等式——网络文学的人文主义底色，黑龙江大学，2005 年

19. 张晶：网络文学批评之研究，天津师范大学，2005 年

20. 罗怀：网络媒介时代文学的审美变迁，中南大学，2005 年

21. 涂苏琴：审美视野中的网络文学，南昌大学，2005年

22. 裔丰：网络文学简论——兼与传统文学的比较，西北大学，2005年

23. 余权：性爱骑士·伦理突围·困境重筑——论网络文学的性伦理，四川师范大学，2005年

24. 涂颖文：赛博空间的自由飞翔——试论中文网络文学，新疆大学，2005年

25. 柳宇新：科技的进步与艺术的发展——当代人文视野中的网络文学，山东大学，2005年

26. 李畅：网络文学的后现代情结，四川大学，2006年

27. 邓树强：时尚、尴尬与出路——网络文学的当代境遇与重新建构的可能，吉林大学，2006年

28. 张雨：中外网络文学比较分析，陕西师范大学，2006年

29. 李支军：中文原创网络文学的文学性与陌生，重庆师范大学，2006年

30. 马丁军：重回民间：网络文学的民间意识分析，四川大学，2006年

31. 刘亚平：论网络文学的"狂欢化"特色，吉林大学，2006年

32. 王璞：论网络文学的游戏审美特质，吉林大学，2006年

33. 梁娅：建构中的网络文学评判机制，华中师范大学，2006年

34. 李广玲：网络诗歌论，山东大学，2006年

35. 张延文：网络诗歌研究，郑州大学，2006年

36. 赵星：当代中国玄幻小说粗窥，华中科技大学，2006年

37. 王雯雯：轻舞飞扬为哪端——论网络文学的文本特质与自由精神，山东大学，2006年

38. 左小清：网络文学中的女性写作初探，西南交通大学，2006年

39. 杨拓：赛博空间的精神之旅——论网络文学对人文精神的建构，广西师范大学，2006年

40. 刘祖凯：敲击的符号，狂欢的语码：网络小说语言初论，苏州大学，2006年

41. 樊蓉：诗歌的数字化生存——网络诗歌论，安徽师范大学，

2007 年

42. 孙小淇：论网络玄幻小说，吉林大学，2007 年

43. 高冰锋：网络玄幻小说初探，西南大学，2007 年

44. 罗懿：网络文学初探，重庆大学，2007 年

45. 陈丽伟：论新世纪初的网络文学，上海师范大学，2007 年

46. 罗懿：行走在网络间的文字——网络文学解析，重庆大学，2007 年

47. 孙雯雯：新语丝华文网络文学研究，暨南大学，2007 年

48. 张晶：论网络文学创作的自由性，山东大学，2007 年

49. 周秋红：网络文学批评：现状及其走向，江西师范大学，2007 年

50. 李馥华：试析网络文学中的"挖坑"现象，华东师范大学，2007 年

51. 李志华：网络文学主体论，河南大学，2007 年

52. 陈旭东：从网络文学和传统文学的关系看网络文学的基本特征，山东大学，2007 年

53. 沈宁：网络小说语言的弊病分析及其对策，扬州大学，2007 年

54. 刘祥：网络文学对传统文学的颠覆性研究，北京语言大学，2007 年

55. 司宁达：论网络文学的发展与网络文学批评和理论的互动关系，山东大学，2007 年

56. 郭新洁：赛博空间的小说艺术，山东大学，2007 年

57. 胡昌龙：试论网络诗歌的语言特征，华中师范大学，2007 年

58. 王菊花：论网络文学的狂欢色彩，华中师范大学，2008 年

59. 卫婷：网络传媒中的中国玄幻武侠文化，苏州大学，2008 年

60. 常宇：赛博空间里的快感文化——谈网络玄幻小说的叙事，华中师范大学，2008 年

61. 刘汉林：论网络文学写作的超位性，山东师范大学，2008 年

62. 郝珊珊：大陆网络文学的十年发展和现实反思，福建师范大学，2008 年

63. 张亮：从口耳相传到鼠标键盘——网络文学的特征研究，吉林大学，2008 年

64. 赵秋阳：中国当代网络玄幻小说研究，四川师范大学，2008年

65. 刘保锋：中国当代玄幻小说与文化思潮研究——以萧鼎的小说研究为例，首都师范大学，2008年

66. 胡素珍：论少君的创作观念和他的网络文学，暨南大学，2008年

67. 陈京晶：视觉文化时代的网络文学研究，兰州大学，2008年

68. 邓建锋：思想政治教育视阈中的网络原创小说影响研究，南昌大学，2008年

69. 孙伟：网络文学对文学性的拓展，苏州大学，2008年

70. 杨铁军：从"下半身"到"梨花体"——七年网络诗歌论争观察，厦门大学，2008年

71. 张化夷：新世纪网络小说的消费特质，山东师范大学，2009年

72. 景志萍：论网络文学的通俗化特征，山东师范大学，2009年

73. 李炜：数字化艺术的文本形态与审美价值研究，中南大学，2009年

74. 刘琨：网络诗歌对传统诗歌的解构与建构，山东大学，2009年

75. 何兰香：网络文学的文体分析，东北师范大学，2009年

76. 黄凯：网络文学对高中课外阅读的冲击及应对，华中师范大学，2009年

77. 张天舒：网络文学对文学大众化的影响研究，东北师范大学，2009年

78. 张洪权：网络小说精品缺失初探，中南大学，2009年

79. 詹丽：超文本文学特征及其价值研究，中南大学，2009年

80. 李秀杰：论博客文学的兴起与发展，河北大学，2009年

81. 王强：网络传播影响下的中国诗歌发展趋向研究，山东师范大学，2009年

82. 王珊珊：论网络文学的审美特性，西北大学，2009年

83. 马海燕：网络"清穿文学"研究，吉林大学，2009年

84. 童彩华：社会空间视阈中的网络文学女性写作，湖南科技大学，2010年

85. 王黎：女性网络文学作者的创作倾向，山东大学，2010年

86. 王海军：接受美学视角下的网络玄幻小说发展研究，山东大学，

2010 年

　　87. 刘攀：网络文学产业化发展模式研究——以盛大公司为例，广西师范大学，2010 年

　　88. 陈虹：网络原创文学营销传播研究，浙江大学，2010 年

　　89. 蒋金玲：网络文学阅读研究，中南大学，2010 年

　　90. 赵红军：网络文学的大众审美取向，东北师范大学，2010 年

　　91. 崔冯：网络小说的文体特征研究，重庆师范大学，2010 年

　　92. 陈飞：《山海经》神话形象与当代中国网络玄幻小说研究，延边大学，2010 年

　　93. 李娟：生命意识的彰显与高扬——论生命美学视野中的网络文学，湖南科技大学，2010 年

　　94. 董胜：论网络文化视野中的穿越小说，苏州大学，2010 年

　　95. 肖咏理：数字化时代的网络文学生存方式，湖南师范大学，2010 年

　　96. 李莹：从网络热门小说透视新媒介与文学的关系，东北师范大学，2010 年

　　97. 孟婧轩：当代网络文学性文本初探，云南大学，2010 年

　　98. 范玲玲：且行且吟——网络诗歌的意义与存在的问题论，河北师范大学，2010 年

　　99. 刘斌：互联网时代文学发展的新图景——网络文学十年发展研究，山西大学，2010 年

　　100. 张静：走在时代前沿的文学形式——论网络小说在消费时代的发展，东北师范大学，2010 年

　　101. 薛梅：与面具共舞——追寻网络诗歌的矛盾体真相，河北师范大学，2010 年

　　102. 付冬玲：20 世纪末至 21 世纪初中国网络文学与传统文学辩证关系研究，兰州大学，2011 年

　　103. 颜瑶：从 80 后作家创作看网络文学生产方式，湖南师范大学，2011 年

　　104. 黄荣游：基于 Lucene 的网络文学垂直搜索引擎的研究与实现，浙江工业大学，2011 年

105. 高千卉：基于价值链的网络文学网站赢利模式研究，东北师范大学，2011年

106. 王欢迎：技术哲学视野下的网络文学，东华大学，2011年

107. 李晶：论网络文学的大众化及其表征，牡丹江师范学院，2011年

108. 王浩：论网络文学的人文精神，广西师范大学，2011年

109. 周丽：论网络文学与大学生思想政治教育，南京林业大学，2011年

110. 乌吉斯古楞：蒙古语网络文学的调查研究，内蒙古大学，2011年

111. 苏日娜：蒙古族网络文学研究，内蒙古师范大学，2011年

112. 王静斯：试论网络文学的经典化过程，沈阳师范大学，2011年

113. 叶菁：数字化传播途径下的网络文学读写关系研究，南京师范大学，2011年

114. 杨昱婷：网络文学及其版权保护模式研究，黑龙江大学，2011年

115. 宋婷：网络文学批评特征论，广西师范大学，2011年

116. 郝丽雅：网络文学作品对青少年思想道德教育的影响及对策研究，内蒙古科技大学，2011年

117. 肖重庆：网络修真小说研究，中南大学，2011年

118. 吴英文：微博客创作的审美解读，中南大学，2011年

119. 王烨：文学的变局，西北师范大学，2011年

120. 易真：我国文学网站发展对策研究，中南大学，2011年

121. 陈丽：新技术条件政府中国网络文学网站发展研究，南京师范大学，2011年

122. 李艳：穿越小说的创作模式与文化意蕴研究，河北师范大学，2012年

123. 李杨：网络视阈下的文学接受研究，西北大学，2012年

124. 张金海：网络文学的去分化初论，山东师范大学，2012年

125. 陈昱锟：文学活动中的微观媒介，牡丹江师范学院，2012年

126. 张萱：网络女性言情小说初探，河北师范大学，2012年

127. 程英：网络文学与文学难题，江西师范大学，2012年

128. 雷惠玲：网络小说社区迷文化研究，吉首大学，2012年

129. 宋建峰：浅析网络穿越小说，西北师范大学，2012年

130. 胡金霞：文学自由的乌托邦——网络时代的文字书写，河北师范大学，2012 年

131. 王守娟：明晓溪青春文学创作及产业化研究，中国海洋大学，2012 年

132. 吴瑾：《红楼梦》网络同人小说研究，中南民族大学，2012 年

133. 徐熙：互文性视野下的网络玄幻小说形象研究，暨南大学，2012 年

134. 史晓兰：多元视角下的网络文学研究简论，华中师范大学，2012 年

135. 李静：原创网络文学出版经营策略探析，河南大学，2012 年

136. 孙晓芳：网络环境下的中学写作教学研究，河南师范大学，2012 年

137. 李珏君：网络女性原创写作研究，陕西师范大学，2012 年

138. 党瀛：网络著作权保护问题及政府规制对策研究，武汉科技大学，2012 年

139. 衡云云：论网络传播背景下的文学情感，西北师范大学，2012 年

140. 朱婉莹：论新世纪盗墓文学，西北师范大学，2012 年

141. 刘忠辉：新媒体环境下文字传播的再发展，重庆大学，2012 年

142. 宋庆梅：科技哲学视角下的汉语网络文学研究，江西农业大学，2012 年

143. 谭笑晗：新时期文学生活观念流变，东北师范大学，2012 年

144. 张丹凤："微"时代正在编织文学现象——微博文学，西北民族大学，2012 年

145. 梁小珍：新媒体文学的审美特性，辽宁大学，2012 年

146. 师雪平：博客文化与中国当代文化，华中师范大学，2012 年

147. 李婷：微博客文学研究，西南大学，2012 年

148. 韩建续：泛文学视阈中的微博研究，山东理工大学，2012 年

149. 吕海刚：数字艺术消费论，山东师范大学，2012 年

150. 黄平丽：大众文化语境下的文学场考察，山东大学，2012 年

151. 刘芊玥：作为实验性文化文本的耽美小说及其女性阅读空间，复旦大学，2012 年

152. 王丹：网络小说的情爱伦理叙事研究，广西师范大学，2012年

153. 陈凯：媒介在文学存在方式中的地位，重庆师范大学，2012年

154. 吕融融：原创文学网站多元化经营的SWOT分析——以晋江原创文学网为例，华中师范大学，2012年

155. 王宇景：对网络小说代入感的叙事分析，华东师范大学，2012年

156. 姚柏年：数字出版商业模式研究，华东师范大学，2012年

157. 李玲：文变染乎世情，中国社会科学院研究生院，2012年

158. 郭静："榕树下"网站的文学生产机制及文学趣味的建构，哈尔滨师范大学，2012年

159. 许闻君：论网络文学中的"玄幻"小说，内蒙古师范大学，2012年

160. 周金花：新媒体与网络小说传播研究，重庆工商大学，2012

161. 耿春明：当下文学生存状态探索，齐齐哈尔大学，2012年

162. 牛艺霞："80后"文学批评之研究，兰州大学，2012年

163. 马生骏：新媒介环境下文艺价值的重构，兰州大学，2012年

164. 方莘泙：大学校园网络小说研究，兰州大学，2012年

165. 吴玲玲：网络文学的产业链分析及其发展趋向，浙江工业大学，2012年

166. 杨照光：论畅销书的跨媒体传播，北京印刷学院，2012年

167. 关云波：论读者介入对网络文学创作的影响，云南大学，2012年

168. 金小英：网络小说语言词汇分析，华中科技大学，2012年

169. 李方燕：当下青年文艺接受的症候研究，湖北大学，2012年

170. 韩志荣：论网络媒介对文学传播的影响，扬州大学，2012年

171. 方颖艳：多重语境中的微博文学，杭州师范大学，2012年

172. 李琨：少君网络小说主题研究，三峡大学，2012年

173. 白亚南：神话原型视角下的当代中国网络小说探析，杭州师范大学，2012年

174. 黎杨全：数字媒介与文学批评的转型，华中师范大学，2012年

175. 刘扬：同人小说的著作权问题研究，西南政法大学，2012年

176. 周念：网络时代的文学存在方式研究，三峡大学，2012年

177. 苏翔：网络文学批评模式简论，杭州师范大学，2012年

178. 陶玉莲：网络小说创作对传统志怪小说接受研究，西南大学，2012 年

179. 廖弦：网络原创言情小说初探，西南大学，2012 年

180. 徐宝金：中国内地网络小说跨媒体合作之研究，河北大学，2012 年

181. 高洁：论严歌苓的网络传播，陕西师范大学，2012 年

182. 李鲲：网络文学的审美问题研究，信阳师范学院，2012 年

183. 于晓辉：我国网络原创文学的出版研究，南京师范大学，2012 年

184. 刘羽基：移动应用的数字出版物研究，武汉理工大学，2012 年

185. 刘琳：历史与成长，浙江师范大学，2012 年

186. 韩学历：生产性受众的十年——对网络写手的研究，兰州大学，2012 年

187. 宋玉霞：网络女性小说研究，兰州大学，2012 年

188. 贾舒：微小说的后现代特征研究，内蒙古大学，2012 年

189. 尚静雅：从接受理论角度分析网络文学翻译中译者与读者间的冲突，四川外语学院，2012 年

190. 房丽娜：网络小说电视剧改编的叙事策略研究，山东师范大学，2013 年

191. 孟艳：中国网络小说影视剧改编研究，山东师范大学，2013 年

192. 范雪立：论"80 后"文学的玄幻写作，山东师范大学，2013 年

193. 乐天茵子：当下网络小说线下传播渠道研究，大连理工大学，2013 年

194. 车晴：论网络文学的价值与局限，山东大学，2013 年

195. 肖家鑫：媒介融合趋势下的文学接受研究，山东大学，2013 年

196. 张裴裴：数字艺术传播论，山东师范大学，2013 年

197. 刘志礼：新媒体时代下的网络文学发展研究，南京理工大学，2013 年

198. 徐文翔：微博的后现代生存解读，山东师范大学，2013 年

199. 张海霞：当代网络穿越小说的美学特质研究，曲阜师范大学，2013 年

200. 张雪：大众传媒时代的文学批评研究，西北师范大学，2013 年

201. 李肖：论网络穿越小说，安徽大学，2013 年

202. 王龙：论中国网络文学批评的特征与发展趋向，内蒙古大学，2013 年

203. 孙爱哲：《后宫甄嬛传》网络热门小说改编影视剧分析，西南交通大学，2013 年

204. 蒋克难：新媒体语境下的微博文学，广西师范学院，2013 年

205. 范丹：新世纪穿越叙事中的女性想象与消费主义，西北师范大学，2013 年

206. 张思宁：消费文化语境下的中国网络文学探析，内蒙古大学，2013 年

207. 齐丽霞：网络文学中的女性写作叙事研究，青岛大学，2013 年

208. 王丽君：中国网络小说的影视传播研究，湖南师范大学，2013 年

209. 杨震：国内网络文学发展现状探析——以《盗墓笔记》为例，重庆工商大学，2013 年

210. 姚常龄：戏剧影视叙事学系列研究之网络文学改编电视剧研究，山西大学，2013 年

211. 郭振星：生态翻译学视角下网络文学翻译研究，西北师范大学，2013 年

212. 方颖艳：多重语境中的微博文学，杭州师范大学，2013 年

四、学术会议网络文学论文存目

2004年6月：首届"网络文学与数字文化"学术研讨会（长沙）

王岳川：网络文化的价值定位与未来导向
欧阳友权：互联网对文学原点的谱系置换
吴炫：数字化网络与网络文学命运
李衍柱：数与美绘制的时代镜像
苏志宏：网络文学的生存论诗学思考
许鹏：我国网络与多媒体艺术的走向及其理论审视
刘川鄂、黄柏莉：网络文学创作的新质性及独特价值
杨新敏：超文本小说的阅读动力学探索
谭德晶：网络文学批评的"回归"之旅
刘淮南：网络文学的价值性问题
谭伟平：论网络文学的语言形态
万莲子："文学性"遭遇破碎之后——我看传媒变革时代的文学
蓝爱国：网络文学：在线的诗意及其价值取向
聂庆璞：数字化艺术对传统美学观念的挑战
白寅、杨雨：网络的角色补偿心理对网络文学的影响
任继昉、邓梦燕：网络文学作品中"东东"的统计分类
阎真：文学版图变迁的观念挑战
李自芬：伸进赛博空间的文学视角——网络文学带给我们的启示
郑靖茹：读屏时代的西藏文学
田茂军、刘晗：论网络艺术的美学精神
张永刚、张诚：网络时代：诗歌的诗性拓展
刘晗：超阅读：虚假的读者狂欢

罗靖：选择与超越：徘徊于网络文学与传统文学之间
钟虎妹：以新的审美形式指出向上一路
罗怀：试论网络文学审美的特殊性
罗香妹：超文学文学与中国传统思维方式
杨彬：两种不同概念的网络相关文学
邓梦燕、任继昉：从审美性能看网络文学语言
杨博：合拍与超越——网络文学批评现状

2005 年 11 月：新时期文学理论回顾与展望研讨会（长沙）

欧阳友权：网络是怎样改写文字惯例的
蓝爱国：网络文学中的自我主义
聂庆璞、王景云：超文本非线性叙事机理
陈俊平：论网络文学的审美缺陷及其对策

2006 年 12 月：大众传媒时代的文学生产学术研讨会（上海）

白烨：新的裂变与新的挑战——传媒时代的当下文坛
包兆会：超文本文学：一种新的文学形式的研究
陈伟、朱晨：论信息网络与审美文化的新趋势
方克强：传播与文学
高建平：非空间的赛博空间与文化多样性
黄鸣奋：互联网与艺术
黄键：网络媒介技术与网络文学文本的生产逻辑
欧阳友权：网络文学的本体追问与意义体认
姚文放：电子媒介时代文学存在的理由
殷曼楟：网络文坛与现代语境下的文化资本状况
张国安：网络信息技术与网络文学的现在、可能之未来
周志强：新媒体困境与新媒体批评

2007 年 6 月："文学理论三十年：从新时期到新世纪"国际学术研讨会暨中国中外文艺理论学会第四届代表会（武汉）

黄鸣奋：互联网艺术理论巡礼

欧阳友权：数字媒介与新世纪文学转型

王一川：重新召唤诗意启蒙——电子媒介主导年代的文学教育

2009年6月："网络·网络文学·公共空间"全国学术研讨会（湖南凤凰）

刘中树：关注网络文学创作，加强网络文学研究

欧阳友权：网络文学的昨天、今天和明天

徐放鸣、温德朝：网络文学的技术化倾向及其缺憾

朱寿兴：论网络文学精品化的必要性与可能性

汤俏：论网络文学发展中的文学主体性问题——对近年来网络文学与商业"联姻"的忧虑

杨春忠：网络时代与"后文学"、"后经典"观念的生成及其意向

聂茂：网络的狂欢与80后作家的文学镜像

欧阳文风：网络的发展与文学的民主化

郝学华、杨春忠：论网络时代的后现代写作

李星辉、胡花尼：网络语言中的"牛"族词语初探

苏晓芳：重启文学想象力的网络小说新类型

魏颖：安妮宝贝的网络小说与后现代文化症候

邓梦燕：谈网络文学中的语言和道德的冲突问题

刘谭明：论网络文化后现代性的存在方式及其特征

李华：从网络文学力作的生成机制看接受主体的转型

曹智：风花雪月下的沉重哀伤

姬欣欣：浅论"无厘头"小说语言的会话含义——以《悟空传》为例

姜电平：试析"囧"及其隐喻对网络语言身势语缺失的弥补

李阳：跨时空绽放的花朵——评网络穿越小说

刘丽红：历史的文学化与文学的历史化——《明朝那些事儿》浅说

唐祖敏：自由与自觉"双翼"失衡的网络文学救赎

王洪莉：校园网络小说的语言分析

吴彦彦：赛博朋克小说中人文精神的嬗变

黄新春：虚拟时空的别样风景——网络玄幻小说的勃兴及发展探析

徐露：在历史中寻找未来——论网络文学自由性的隐退

2010年4月：中国中外文艺理论学会第七届年会暨"文学理论前沿问题"学术研讨会（扬州）

丁筑兰：去中心化与双向交流：网络科技对审美文化的重构
印晓红：网络文学对文学观念的更新
欧阳友权：网络媒体与当代文学现场

2010年11月："文学与形式"国际学术研讨会暨中国文艺理论学会年会（南京）

董希文：媒介载体、文本形态与文学观念的变迁
李平：电子媒介时代的文学评论
马睿：新媒介时代的艺术形式及其理论命题
欧阳文风：生活的诗学：短信文学的文学史意义
单小曦：媒介生产论——当代数字媒介场中的文学生产方式变革
史修永：图文之争：文学理论的建构与反思
王宁："读图时代"的来临
王泽庆：论现当代传媒与文字传播

2012年10月："新媒介的当代文论转向"研讨会暨中国中外文艺理论学会新媒介文论分会成立大会（开封）

欧阳友权：新媒介与当代文论转型
黄鸣奋：西方数码文学研究的若干重点
金慧敏："媒介即信息"与庄子的技术观——为纪念麦克卢汉百年诞辰而作
何道宽：论新媒介的显著特征
张跣：历史与数字媒介的艺术
陈定家：互文性与开放的文本
陈奇佳：消失的悲剧性——大众媒介"去悲剧性"问题研究（摘要）
丁国旗：手机媒体带来的问题与挑战
单晓曦：数字文学研究：沿着网络文学研究接着说
王峰："痞雄"现象与网络乌合伦理——从"范跑跑事件"谈起

周敏：媒介生态学

张霁月：“十七年”小说向新媒介转换的叙事模式研究——以《新儿女英雄传》的电影改编为例

张雅玲：析图像时代文学的使命

何志均：新媒介文化语境与文艺、审美研究的革新

付国锋：图像转向的效果——略论媒介文化的视像化及其意义生产方式

高恒忠：新媒介文学生机与危机同在

张同胜：网络帖子文学论略

席格：“技术效应”与审美嬗变（摘要）

张备：董其昌的幽灵：媒介艺术生产的图像考古与身体实践

胡志毅：媒介融合和新媒体的发展趋势——《都市快报》《都市周报》与19楼都市空间的艺术文本

2013年7月：中国文艺理论学会网络文学研究会成立大会暨"网络与文学变局"学术研讨会（拉萨）

马汉广：网络文学的间性存在与文学性

杨剑龙、陈丽伟：论新世纪初网络文学的话语狂欢

龙迪勇：分形叙事：从传统小说到网络小说

尤西林：“网络即文学”

张荣翼：在消费与时尚语境中的文学问题

郝岚：电子传播时代与比较文学的未来

孙士聪：如果阿多诺遇上网络文学

姚文放：自媒体：网络话语与文化信码

邵燕君：“独孤一代”的横空出世与“纯文学”的网络移民

潘桂林：读者中心神话与精神生产危机

李启军：网络：影视产业发展新空间

金雅：网络文学与文学理论的文化维度（提要）

单小曦：从技术化通向人文性

何志钧：当代网络文学的媒介生态之维

杨飏：与网络浪漫主义告

刘春阳：消费社会语境下的网络玄幻小说

欧阳友权：网络文学的体制谱系学辨思

任继昉、周菀舒："会当水击三千里，自信人生二百年"的网络考据

禹建湘：网络文学批评的特征与"空间转换"范式

曾繁亭：网络"虚拟美学"论纲

聂茂：消费时代名作家博客的文化镜像

欧阳文风、石曼婷：少数民族网络文学的发展及其意义

聂庆璞：网络文学：从民间文学到大众文学的蜕变

宋湘绮：破碎　拟合　虚构　创造

周秋良、澎憬：甄嬛之言何以成为"甄嬛体"

魏颖、谢青云：大众传媒时代博客的文化特质及价值

邓梦燕：论网络文学的语言道德问题

丁琼、范明献：WEB2.0时代流行文化的戏仿与狂欢

黄芸：网络穿越小说的婚恋焦虑及其缓解

张庆庆：网络新闻标题的语言学阐释

贺予飞：传统文学与网络接轨的实践探索及前景

王一淼：中美网络幻想小说的对比研究

葛乐：因"出走"引发的血案

程海威："网络水军"现象及其管理对策研究

邱婕：从嘲讽到呐喊

曾思敏：南派三叔与他的《盗墓笔记》

龙典典：网络小说中的男权意识及其传播路径

2013年11月：第六届"文艺学及相关学科发展"学术研讨会（广州）

李凤亮："新创意时代"：文学生产与文论转型（摘要）

王德胜："微时代"的美学（提纲）

五、网络文学研究学术著作存目

［存目字段格式：序号.《题名》，责任者，出版者，出版年］

1. 《网络文化丛书》，郭良，中国人民大学出版社，1997 年

2. 《电脑艺术学》，黄鸣奋，学林出版社，1998 年

3. 《透视网络时代丛书》，严耕，北京出版社，1999 年

4. 《电子艺术学》，黄鸣奋，科学出版社，1999 年

5. 《重建巴比塔：文化视野中的网络》，陆俊，北京出版社，1999 年

6. 《网络狂飙丛书》，黄鸣奋，厦门大学出版社，2000 年

7. 《比特挑战缪斯：网络与艺术》，黄鸣奋，厦门大学出版社，2000 年

8. 《双重领域——当代电子文化分析》，南帆，江苏人民出版社，2001 年

9. 《网络艺术的可能——现代科技革命与艺术的变革》，王强，广东教育出版社，2001 年

10. 《赛博的文学空间》，铁马、曦桐，山东文艺出版社，2001 年

11. 《网络艺术》，许行明、杜桦、张菁，北京广播学院，2001 年

12. 《网络鲁迅》，葛涛，人民文学出版社，2001 年

13. 《超文本诗学》，黄鸣奋，厦门大学出版社，2001 年

14. 《网络王小波》，葛涛，人民文学出版社，2002 年

15. 《中国网络诗典》，马铃薯兄弟，江苏文艺出版社，2002 年

16. 《网络文学论纲》，欧阳友权，人民文学出版社，2003 年

17. 《数码戏剧学：影视、电玩与智能偶戏研究》，黄鸣奋，厦门大学出版社，2003 年

18. 《数码艺术学》，黄鸣奋，学林出版社，2004 年

19. 《网络媒体与艺术发展》，黄鸣奋，厦门大学出版社，2004 年

20. 《网络文学教授论丛》，欧阳友权，中国文联出版社，2004年

21. 《新媒体艺术》，张朝晖、徐翎，人民美术出版社，2004年

22. 《网络文学本体论》，欧阳友权，中国文联出版社，2004年

23. 《数字媒体概论》，冯广超，中国人民大学出版社，2004年

24. 《文学网景：网络文学的自由境界》，于洋、汤爱丽、李俊，中央编译出版社，2004年

25. 《网络文学的民间视野》，何学威、蓝爱国，中国文联出版社，2004年

26. 《网络叙事学》，聂庆璞，中国文联出版社，2004年

27. 《网络文学禅意论》，杨林，中国文联出版社，2004年

28. 《网络文学批评论》，谭德晶，中国文联出版社，2004年

29. 《网络传播与社会文化》，欧阳友权，高等教育出版社，2005年

30. 《数字化语境中的文艺学》，欧阳友权，中国社会科学出版社，2005年

31. 《无纸空间的自由书写——网络文学》，朱凯，华龄出版社，2005年

32. 《多媒体艺术》，谷时雨，文化艺术出版社，2005年

33. 《网络诗歌研究》，张德明，中国文史出版社，2005年

34. 《人文前沿——网络文学与数字文化》，欧阳友权，中南大学出版社，2005年

35. 《文艺学前沿丛书》，王岳川、欧阳友权，中国社会科学出版社，2005年

36. 《互联网艺术》，黄鸣奋，文化艺术出版社，2006年

37. 《媒介诗学：传媒视野下的文学与文学理论》，张邦卫，社会科学文献出版社，2006年

38. 《数字媒体艺术概论》，李四达，清华大学出版社，2006年

39. 《重构美学：数字媒体艺术本性》，贾秀清、栗文清、姜娟，中国广播电视出版社，2006年

40. 《新媒体艺术论》，许鹏，高等教育出版社，2006年

41. 《数字艺术论》，廖祥忠，中国广播电视出版社，2006年

42. 《网络小说论》，苏晓芳，中国文史出版社，2007年

43. 《网络诗歌论》，杨雨，中国文史出版社，2007 年
44. 《网络恶搞文化》，蓝爱国，中国文史出版社，2007 年
45. 《博客文学论》，欧阳文风、王晓生，中国文史出版社，2007 年
46. 《网络文学语言论》，李星辉，中国文史出版社，2007 年
47. 《网络传播与文学》，柏定国，中国文史出版社，2007 年
48. 《我写故我在——网络写作现象透析》，詹姗，福建人民出版社，2007 年
49. 《新媒体艺术史纲：走向整合的旅程》，陈玲，清华大学出版社，2007 年
50. 《网络文学的学理形态》，欧阳友权，中央文献出版社，2007 年
51. 《网络文学新视野丛书》，欧阳友权，中国文史出版社，2007 年
52. 《网络诗歌论》，杨雨，中国文史出版社，2007 年
53. 《网络小说论》，苏晓芳，中国文史出版社，2007 年
54. 《网络文学语言论》，李星辉，中国文史出版社，2007 年
55. 《网络恶搞文化》，蓝爱国，中国文史出版社，2007 年
56. 《网络传播与文学》，柏定国，中国文史出版社，2007 年
57. 《互联网艺术产业》，黄鸣奋，学林出版社，2008 年
58. 《网络文学概论》，欧阳友权，北京大学出版社，2008 年
59. 《网络文学发展史——汉语网络文学调查纪实》，欧阳友权，中国广播电视出版社，2008 年
60. 《读屏时代的写作：网络文学 10 年史》，马季，中国工人出版社，2008 年
61. 《新媒体写作论》，何坦野，浙江大学出版社，2008 年
62. 《新媒体艺术透视》，马晓翔，南京大学出版社，2008 年
63. 《互联网艺术产业》，黄鸣奋，学林出版社，2008 年
64. 《现代传媒语境中的文学存在方式》，单小曦，中国社会科学出版社，2008 年
65. 《网络·网络文学·公共空间》，欧阳友权，中南大学出版社，2009 年
66. 《新媒体与西方数码艺术理论》，黄鸣奋，学林出版社，2009 年
67. 《比特世界的诗学——网络文学论稿》，欧阳友权，岳麓书社，

2009 年

  68. 《网络文学透视与备忘》，马季，中国社会科学出版社，2010 年

  69. 《传媒时代的文学存在方式》，蒋述卓、李凤亮，广西师范大学出版社，2010 年

  70. 《网络文学》，梅红，西南交通大学出版社，2010 年

  71. 《网络空间的文学风景》，周志雄，人民文学出版社，2010 年

  72. 《网络写手论》，曾繁亭，中国社会科学出版社，2011 年

  73. 《网络文学产业论》，禹建湘，中国社会科学出版社，2011 年

  74. 《网络与新世纪文学》，苏晓芳，中国社会科学出版社，2011 年

  75. 《短信文学论》，欧阳文风，中国社会科学出版社，2011 年

  76. 《网络小说名篇解读》，聂庆璞，中国社会科学出版社，2011 年

  77. 《网络文学新论》，刘克敌，凤凰出版社，2011 年

  78. 《数字媒介下的文艺转型》，欧阳友权，中国社会科学出版社，2011 年

  79. 《新媒体文学丛书》，欧阳友权，中国社会科学出版社，2011 年

  80. 《网络文学词典》，欧阳友权，中国出版集团·世界图书出版公司，2012 年

  81. 《新媒体艺术概论》，刘旭光，河北美术出版社，2012 年

  82. 《新媒体文艺》，范美俊，中国传媒大学出版社，2012 年

  83. 《网络文学评论第 4 辑》，花城出版社，2013 年

六、网络文学出版作品存目

[存目字段格式：序号.《题名》，责任者 其他责任者（任选），出版者]

（一）小说类

1999 年

1.《奋斗与平等》，少君，美国洛城作家出版社

2.《愿上帝保佑》，少君，美国洛城作家出版社

3.《大陆人生》，少君，台湾世华作家出版社

4.《第一次的亲密接触》，蔡智恒，知识出版公司

2000 年

6.《进进出出，在网与络，情与爱之间》，顾晓鸣，上海三联书店

7.《我爱上那个坐怀不乱中的女子》，陈村，花城出版社

8.《蚊子的遗书》，陈村，花城出版社

9.《迷失在网络中的爱情》，李寻欢，中国社会出版社

10.《雨衣》，蔡智恒，知识出版社

2001 年

1.《有种你丫别跑》，宁财神，知识出版社

2.《极乐世界的下水道》，邢育森，知识出版社

3.《瞬间空白》，安妮宝贝，知识出版社

4.《秋风十二夜》，心有些乱，知识出版社

5.《这个杀手不太冷》，黑心杀手王小山，光明日报出版社

6.《假装纯情》，宁财神，作家出版社

7.《爱尔兰咖啡》，蔡智恒，知识出版社

8.《风中玫瑰》，风中玫瑰，人民文学出版社

9. 《蒙面之城》，宁肯，作家出版社

10. 《大话明星》，黑心杀手王小山，光明日报出版社

11. 《悟空传》，今何在，光明日报出版社

12. 《彼岸花》，安妮宝贝，南海出版社

2002 年

1. 《青萝对如香说……》，风中玫瑰，知识出版社

2. 《网虫日记》，俞白眉，现代出版社

3. 《告别薇安》，安妮宝贝，南海出版社

4. 《太监》，南琛，光明日报出版社

5. 《蔷薇岛屿》，安妮宝贝，作家出版社

6. 《粉墨谢场》，李寻欢，天津人民出版社

7. 《七月与安生》，安妮宝贝，杭州出版社

8. 《世界上最远的距离》，宁财神，天津人民出版社

9. 《阴山》，南琛，春风文艺出版社

10. 《夜玫瑰》，蔡智恒，现代出版社

2003 年

1. 《沙僧日记》，林长治，湖南文艺出版社

2. 《成都，今夜请将我遗忘》，慕容雪村，内蒙古人民出版社

3. 《唐僧情史》，慕容雪村，天津人民出版社

4. 《毕业那天我们一起失恋》，何员外，上海人民出版社

5. 《哈哈，大学》，李臻，漓江出版社

6. 《槲寄生》，蔡智恒，知识出版社

7. 《给我一支烟》，美女变大树，九洲图书出版社

8. 《洛神红茶：彩色版》，蔡智恒，天津人民出版社

2004 年

1. 《二三事》，安妮宝贝，南海出版社

2. 《草样年华》，孙睿，远方出版社

3. 《天堂向左，深圳往右》，慕容雪村，作家出版社

4. 《纸门》，阿闻，万卷出版公司
5. 《滇西刀事》，阿闻，万卷出版公司
6. 《合法婚姻》，铸剑，万卷出版公司
7. 《沙僧日记》，林长治，云南人民出版社
8. 《一直向西：直到世界和你的尽头》，今何在，天津人民出版社
9. 《亦恕与珂雪》，蔡智恒，新世界出版社
10. 《隐蔽的历史》，赫连勃勃大王，中国社会出版社
11. 《闲看水浒》，十年砍柴，同心出版社
12. 《何乐不为》，何员外，上海人民出版社
13. 《活不明白》，孙睿，云南人民出版社
14. 《清醒纪》，安妮宝贝，天津人民出版社
15. 《若星汉天空》，今何在，21世纪出版社

2005 年

1. 《玫瑰的刺》，晴川，新世界出版社
2. 《鸳鸯锦》，展月，朝华出版社
3. 《十年》，陶萍，朝华出版社
4. 《月光走失在午夜》，呢喃的火花，朝华出版社
5. 《拯救天使》，晴天小宝贝，朝华出版社
6. 《诛仙1》，萧鼎，朝华出版社
7. 《诛仙2》，萧鼎，朝华出版社
8. 《有时爱情徒有虚名》，章小如，朝华出版社
9. 《诛仙3》，萧鼎，朝华出版社
10. 《诛仙4》，萧鼎，朝华出版社
11. 《草样年华2》，孙睿，长江文艺出版社
12. 《华音流韶之海之妖》，步非烟，新世界出版社
13. 《亵渎1》，烟雨江南，朝华出版社
14. 《亵渎2》，烟雨江南，朝华出版社
15. 《诛仙5》，萧鼎，朝华出版社
16. 《曼荼罗》，步非烟，中国戏剧出版社
17. 《亵渎3》，烟雨江南，朝华出版社

18. 《亵渎4》，烟雨江南，朝华出版社
19. 《紫川·1》，老猪，百花洲文艺出版社
20. 《紫川·2》，老猪，百花洲文艺出版社

2006年

1. 《就在你身边》，南别离，南海出版公司
2. 《华音流韶之天剑伦》，步非烟，新世界出版社
3. 《亵渎5》，烟雨江南，朝华出版社
4. 《何以默笙箫》，顾漫，朝华出版社
5. 《紫川·3》，老猪，百花洲文艺出版社
6. 《紫川·4》，老猪，百花洲文艺出版社
7. 《紫川·5》，老猪，百花洲文艺出版社
8. 《永不着陆的爱》，尤若西，汕头大学出版社
9. 《我在成都火车站捡了个彝族美女》，燕王朱棣，广西人民出版社
10. 《莲花》，安妮宝贝，作家出版社
11. 《紫川·6》，老猪，百花洲文艺出版社
12. 《亵渎6》，烟雨江南，朝华出版社
13. 《环形女人》，宁肯，中国青年出版社
14. 《诛仙6》，萧鼎，朝华出版社
15. 《紫川·7》，老猪，百花洲文艺出版社
16. 《武林客栈：日曜卷》，步非烟，世界知识出版社
17. 《开过诗经的老式火车》，红袖添香网作者，南海出版公司
18. 《种在瓶子里的幸福》，红袖添香网作者，南海出版公司
19. 《狼情》，红袖添香网作者，南海出版公司
20. 《爱上绿苹果》，红袖添香网作者，南海出版公司
21. 《浆糊·爱》，宁财神，新星出版社
22. 《学人街教父》，何员外，作家出版社
23. 《朝三暮四》，孙睿，北京出版社
24. 《剑侠情缘》，步非烟，新世界出版社
25. 《悟空前传，斗佛》，路边的小猪，辽宁教育出版社
26. 《紫川·8》，老猪，百花洲文艺出版社

27. 《赵赶驴电梯奇遇记》，赵赶驴，中信出版社

28. 《明朝那些事儿1》，当年明月，中国友谊出版公司

29. 《鬼吹灯之精绝古城》，天下霸唱，安徽文艺出版社

30. 《鬼吹灯之三，云南虫谷（新版）》，天下霸唱，安徽文艺出版社

31. 《有戏》，阿闻，新星出版社

32. 《武林客栈：月阙卷》，步非烟，世界知识出版社

33. 《修罗道》，步非烟，21世纪出版社

34. 《诛仙7》，萧鼎，花山文艺

35. 《鬼吹灯之龙岭迷窟》，天下霸唱，安徽文艺出版社

36. 《海上牧云记》，今何在，天津人民出版社

37. 《纸镯》，阿闻，世界知识出版社

38. 《活见鬼1.雨夜妖谭》，天下霸唱，北岳文艺出版社

39. 《鬼吹灯之昆仑神宫》，天下霸唱，安徽文艺出版社

2007年

1. 《武林客栈：星涟卷》，步非烟，世界知识出版社

2. 《紫诏天音》，步非烟，21世纪出版社

3. 《玄武天王》，步非烟，新世界出版社

4. 《皇帝·文臣和太监》，十年砍柴，广西人民出版社

5. 《明朝那些事儿2》，当年明月，中国友谊出版公司

6. 《香薰恋人1》，灵希，作家出版社

7. 《香薰恋人2》，灵希，作家出版社

8. 《亵渎7》，烟雨江南，朝华出版社

9. 《明朝那些事儿3》，当年明月，中国友谊出版公司

10. 《京沪爱情列车》，张荡荡，广西人民出版社

11. 《风月连城》，步非烟，21世纪出版社

12. 《蝴蝶风暴》，江南，陕西师范大学出版社

13. 《大猿王》，流浪的蛤蟆，北京图书馆出版社

14. 《鬼打墙》，天下霸唱，北方文艺出版社

15. 《鬼吹灯之五，黄皮子坟》，天下霸唱，安徽文艺出版社

16. 《成都，今夜请将我遗忘》，慕容雪村，百花洲文艺出版社

17. 《男人底线》，陈彤，鹭江出版社

18. 《我是你儿子》，孙睿，北京出版社

19. 《致我们终将失去的青春》，辛夷坞，朝华出版社

20. 《素年锦时之月棠记》，安妮宝贝，二十一世纪音像电子出版社

21. 《素年锦时》，安妮宝贝，作家出版社

22. 《闲话红楼大观园的后门通梁山》，十年砍柴，语文出版社

23. 《明晚七十年》，十年砍柴，陕西师范大学出版社

24. 《明朝那些事儿4》，当年明月，中国友谊出版公司

25. 《杜拉拉升职记》，李可，陕西师范大学出版社

26. 《原来你还在这里》，辛夷坞，朝华出版社

27. 《鬼吹灯之六，南海归墟（新版）》，天下霸唱，安徽文艺出版社

28. 《暖暖》，蔡智恒，作家出版社

29. 《鬼吹灯之七，怒晴湘西（新版）》，天下霸唱，安徽文艺出版社

2008 年

1. 《新·欢》，晴川，安徽文艺出版社

2. 《天舞纪，摩云书院》，步非烟，接力出版社

3. 《新宋·十字1》，阿越，花山文艺出版社

4. 《新宋·十字2》，阿越，花山文艺出版社

5. 《新宋·十字3》，阿越，花山文艺出版社

6. 《明朝那些事儿5》，当年明月，中国友谊出版公司

7. 《市长千金爱上我》，坐怀不乱，河北大学出版社

8. 《除了我你还能爱谁》，四叶铃兰，朝华出版社

9. 《云中歌（全3册）》，桐华，作家出版社

10. 《新宋Ⅱ·权柄1》，阿越，花山文艺出版社

11. 《新宋Ⅱ·权柄2》，阿越，花山文艺出版社

12. 《九阙梦华——绝情蛊》，步非烟，新星出版社

13. 《九阙梦华——解忧刀》，步非烟，新星出版社

14. 《倒霉催的猫》，孙睿，北京出版社

15. 《云箫叙事》，阿闻，新华出版社

16. 《藏地密码》，何马，重庆出版社

17. 《惊天奇案》，何马，中国三峡出版社
18. 《藏地密码.1》，何马，重庆出版社
19. 《优雅女人》，灵希，湖北人民出版社
20. 《男人要捧，女人要宠》，沙子，中国纺织出版社
21. 《山月不知心底事》，辛夷坞，朝华出版社
22. 《星辰变1》，我爱吃西红柿，百花洲文艺出版社
23. 《晋缘》，张荡荡，广西人民出版社
24. 《新宋Ⅱ·权柄3》，阿越，花山文艺出版社
25. 《寻爱上弦月》，花清晨，国际文化出版公司
26. 《窃明》，灰熊猫，南海出版社
27. 《狐戏红尘（前传）》，林家成，朝华出版社
28. 《狐戏红尘（正传上）》，林家成，朝华出版社
29. 《狐戏红尘（正传下）》林家成，朝华出版社
30. 《窃明2》灰熊猫，南海出版社
31. 《宋风1》，戒念，珠海出版社
32. 《宋风2》，戒念，珠海出版社
33. 《新宋Ⅱ·权柄4》，阿越，花山文艺出版社
34. 《星辰变2》，我爱吃西红柿，百花洲文艺出版社
35. 《相亲狂想曲》，番茄猪，朝华出版社
36. 《星辰变3》，我爱吃西红柿，百花洲文艺出版社
37. 《迷航昆仑墟》，天下霸唱，百花洲文艺出版社
38. 《藏地密码·2》，何马，重庆出版社
39. 《藏地密码·3》，何马，重庆出版社
40. 《祝福你，阿贵》，宁财神，万卷出版公司
41. 《新宋Ⅱ·权柄5》，阿越，花山文艺出版社
42. 《星辰变4》，我爱吃西红柿，百花洲文艺出版社
43. 《我和三个穿CK的美女》，卓越泡沫，百花洲文艺出版社
44. 《窃明3》，灰熊猫，长征出版社
45. 《槲寄生》，蔡智恒，万卷出版公司
46. 《第一次亲密接触》，蔡智恒，万卷出版公司
47. 《一辈子做女人》，赵格羽，花山文艺出版社

48. 《媚惑江山》，三月暮雪，中国戏剧出版社
49. 《韦帅望的江湖之童年结束了》，晴川，湖北辞书出版社
50. 《贼猫》，天下霸唱，安徽文艺出版社
51. 《藏地密码·4》，何马，重庆出版社
52. 《爱尔兰咖啡》，蔡智恒，万卷出版公司
53. 《夜玫瑰》，蔡智恒，万卷出版公司
54. 《亦恕与珂雪》，蔡智恒，万卷出版公司
55. 《孔雀森林》，蔡智恒，万卷出版公司
56. 《71之恋》，蔡智恒，万卷出版公司
57. 《原谅我红尘颠倒》，慕容雪村，珠海出版社
58. 《彼岸天都》，步非烟，万卷出版公司
59. 《窃明4》，灰熊猫，长征出版社
60. 《窃明5》，灰熊猫，长征出版社
61. 《新宋Ⅲ·燕云1》，阿越，花山文艺出版社
62. 《新宋Ⅲ·燕云2》，阿越，花山文艺出版社
63. 《楼上那个女人》，元神，广西人民出版社
64. 《明朝那些事儿6》，当年明月，中国海关出版社
65. 《我的模特邻居》，张迟昱，中国海关出版社
66. 《繁花落定》，寂月皎皎，作家出版社
67. 《镜栀雪（全三册）》，灵希，人民出版社
68. 《胭脂乱》，寂月皎皎，广西师范大学出版社
69. 《许我向你看》，辛夷坞，河南文艺出版社

2009年

1. 《回眸》，蔡智恒，万卷出版公司
2. 《成都，今夜请将我遗忘》，慕容雪村，万卷出版公司
3. 《葫芦提》，慕容雪村，万卷出版公司
4. 《多数人死于贪婪》，慕容雪村，万卷出版公司
5. 《藏地密码·5》，何马，重庆出版社
6. 《选择之道》，安妮宝贝，万卷出版公司
7. 《发如雪》，林家成，新世界出版社

8. 《恋之蔓千寻》，灵希，21 世纪出版社

9. 《和藤井树停留在最好时光》，三十，中信出版社

10. 《被时光掩埋的秘密》，桐华，朝华出版社

11. 《韦帅望的江湖之众望所归》，晴川，湖北辞书出版社

12. 《韦帅望的江湖之大刃无锋》，晴川，湖北辞书出版社

13. 《步步惊心》，桐华，花山文艺出版社

14. 《武林外传》，宁财神，万卷出版公司

15. 《女金融师的次贷爱情》，唐欣恬，新世界出版社

16. 《裸婚》，唐欣恬，华文出版社

17. 《水浒外传》，宁财神，万卷出版公司

18. 《和空姐同居的日子（第一季）》，三十，中国海关出版社

19. 《和空姐同居的日子（第二季）》，三十，中国海关出版社

20. 《藏地密码·6》，何马，重庆出版社

21. 《极品店小二（全二册）》，林家成，百花洲文艺出版社

22. 《419 恋爱进行曲》，胡小媚，北方妇女儿童出版社

23. 《谜踪之国——雾隐占婆》，天下霸唱，安徽文艺出版社

24. 《谜踪之国套装（全四册）》，天下霸唱，安徽文艺出版社

25. 《月》，安妮宝贝，上海人民出版社

26. 《想入非非》，花清晨，国际文化出版公司

27. 《草样年华 3》，孙睿，万卷出版公司

28. 《魅月》，步非烟，万卷出版公司

29. 《葬雪》，步非烟，万卷出版公司

30. 《锦瑟年华》，卓越泡沫，辽宁教育出版社

31. 《新宋 III·燕云 3》，阿越，花山文艺出版社

32. 《烈火嫁衣芙蓉诔》，流潋紫 寂月皎皎，万卷出版公司

33. 《藏地密码·7》，何马，重庆出版社

34. 《最后的盛典》，孙睿，吉林出版集团有限责任公司

35. 《美人在侧花满堂》，花清晨，国际文化出版公司

36. 《神探韩峰》，何马，中国画报出版社

37. 《暧昧》，忽然之间，国际文化出版公司

38. 《微微一笑很倾城》，顾漫，江苏文艺出版社

39. 《尾戒》，茹若，国际文化出版公司
40. 《胭脂乱：飞凤翔鸾》，寂月皎皎，内蒙古人民出版社
41. 《千面风华（上下册）》，林家成，江苏文艺出版社
42. 《同居后又住进来一个美女》，尘一笑，武汉出版社
43. 《神探韩峰——幕后黑手》，何马，中国画报出版社
44. 《谜踪之国——楼兰妖耳》，天下霸唱，安徽文艺出版社
45. 《向心公转》，花清晨，国际文化出版公司
46. 《雪嫁衣》，步非烟，万卷出版公司
47. 《诛仙8》，萧鼎，花山文艺出版社
48. 《锦年花开》，卓越泡沫，北方妇女儿童出版社
49. 《江山（一）初入帝都》，墨武，云南人民出版社
50. 《前世今生》，寂月皎皎，万卷出版公司
51. 《风暖碧落》，寂月皎皎，百花文艺出版社
52. 《帝国王妃》，乔薇安，新世界出版社
53. 《跨过千年来爱你》，秋夜雨寒，沈阳出版社
54. 《第一最好不相见》，淡妆浓抹，江苏文艺出版社
55. 《给爱情加点盐》，赵格羽，鹭江出版社
56. 《双城》，胡小媚，中国戏剧出版社

2010 年

1. 《市委办公室》，志在飞，江苏人民出版社
2. 《80后围城》，沈诗棋，延边人民出版社
3. 《城外》，一冰，青岛出版社
4. 《那些回不去的年少时光》，桐华，江苏文艺出版社
5. 《入城式》，鬼鬼，文化艺术出版社
6. 《我在回忆里等你》，辛夷坞，人民出版社
7. 《蒙面之城》，宁肯，人民文学出版社
8. 《空姐日记》，狐小妹，沈阳出版社
9. 《狩魔手记（1）荒野狼》，烟雨江南，上海文艺出版集团发行有限公司
10. 《尘缘1》，烟雨江南，新世界出版社

11.《狩魔手记（2）暗黑龙骑》，烟雨江南，上海文艺出版集团发行有限公司

12.《鲸鱼女孩　池塘男孩》，蔡智恒，万卷出版公司

13.《闲妃请留步》，轻尘如风，台海出版社

14.《天·藏》，宁肯，北京十月文艺出版社

15.《梵花坠影》，步非烟，万卷出版公司

16.《42 楼的浪漫情事》，林稚荫，国际文化出版公司

17.《尘缘 2》，烟雨江南，新世界出版社

18.《狩魔手记（3）在光与暗之间》，烟雨江南，上海文艺出版集团发行有限公司

19.《我的征途是星辰大海》，今何在，万卷出版公司

20.《练爱纪，剩女恶战毒舌男》，黄墨奇，国际文化出版公司

21.《荒年渡岸》，一冰，新世界出版社

22.《薄暮晨光》，晴空蓝兮，中国文联出版公司

23.《尘缘 3》，烟雨江南，新世界出版社

24.《极品女同事》，赵赶驴，江苏文艺出版社

25.《空姐那些事》，尤若西，中国华侨出版社

26.《给我一支烟》，美女变大树，鹭江出版社

27.《宅男生活大爆炸》，林长治，华文出版社

28.《冷刺 12》，天地飘鸥，新世界出版社

29.《北京朝酒晚舞》，沈诗棋，湖南文艺出版社

30.《周猩猩作文》，林长治，华文出版社

31.《神医皇妃》，柳风拂叶，沈阳出版社

32.《跟谁较劲》，孙睿，长江文艺出版社

33.《你的半步，我的天涯》，卓越泡沫，重庆出版社

34.《无爱承欢》，蓝白色，吉林出版集团有限责任公司

35.《爱，原来那么暖》，狐小妹，沈阳出版社

36.《红尘为我倾倒》，叁个六，云南人民出版社

37.《狩魔手记（4）风雨如晴》，烟雨江南，上海文艺出版集团发行有限公司

38.《匈奴王宝藏》，尤若西，工人出版社

39. 《中国少了一味药》，慕容雪村，中国和平出版社
40. 《婚姻不是一张纸》，杜若秋，国际文化出版公司
41. 《江山如画（全二册)》，四叶铃兰，北方妇女儿童出版社

2011 年

1. 《美人诛心》，孤钵，北方妇女儿童出版社
2. 《慕容雪村随笔集》，慕容雪村，中国和平出版社
3. 《李雷和韩梅梅的失败与伟大》，黄墨奇，国际文化出版公司
4. 《第六季，茗之殇》，灵希，北方妇女儿童出版社
5. 《死神十字2》，长耳朵的兔子，时事出版社
6. 《遇见懂爱的自己》，王珣，团结出版社
7. 《碧霄九重春意妩》，寂月皎皎，时代文艺出版社
8. 《惜年》，渥丹，华文出版社
9. 《一霎风雨我爱过你》，晴空蓝兮，江苏文艺出版社
10. 《后宫·薄欢凉色》，十青，北方妇女儿童出版社
11. 《姻缘》，秋夜雨寒，国际文化出版公司
12. 《错嫁良缘Ⅱ之一代军师》，浅绿，北方妇女儿童出版社
13. 《幸福魔法一号街》，乔薇安，新星出版社
14. 《谜中谜，天诛》，天下霸唱，金城出版社
15. 《谜踪之国——幽潜重泉》，天下霸唱，安徽文艺出版社
16. 《当日南京》，秋林，新世界出版社
17. 《蝙蝠》，蔡智恒，万卷出版公司
18. 《衅血1》，墨武，云南教育出版社
19. 《宫锦》，闻情解佩，江苏文艺出版社
20. 《复制初恋》，花清晨，时代文艺出版社
21. 《青瞳》，媚猫猫，江苏文艺出版社
22. 《遗爱记》，蓝白色，国际文化出版公司
23. 《大宫·玉兰曲（全二册)》，秋姬，团结出版社
24. 《隐婚男女》，赵格羽，江苏文艺出版社
25. 《衅血（2）关河令》，墨武，云南教育出版社
26. 《媚世红颜（全二册)》，马涵，江苏文艺出版社

27. 《玉氏春秋（全二册）》，林家成，团结出版社

28. 《放手也是爱》（网络原名《玻璃婚》），魔女恩恩，武汉出版社

29. 《沉香破（全二册）》，闻情解佩，万卷出版公司

30. 《清歌莫生》，所以因为，武汉出版社

31. 《芙蓉锦》，灵希，北方妇女儿童出版社

32. 《宛在水中央》，信用卡，浙江文艺出版社

33. 《不想做空姐》，李若狐，广东省出版集团图书发行有限公司

34. 《爱奴》，花清晨，团结出版社

35. 《陌香》，浅绿，江苏文艺出版社

36. 《曾许诺·殇》，桐华，湖南文艺出版社

37. 《藏地密码10》，何马，重庆出版社

38. 《薄媚·恋香衾》，寂月皎皎，江苏文艺出版社

39. 《此间的少年》，江南，华文出版社

2012 年

1. 《狼王（全二册）》，林家成，金城出版社

2. 《蔷薇盛放，年华落尽》，夏梓浠，中国画报出版社

3. 《假面狼骑士》，乐薇儿，中国画报出版社

4. 《宅男大翻身》，食冻面，广西人民出版社

5. 《用我三生烟火，换你一世迷离》，颜初妆，文汇出版社

6. 《我爱你，直到时光的尽头》，落清，广西人民出版社

7. 《泡芙美女进化论》，于佳，广西人民出版社

8. 《凉城》，青颜如风，重庆出版社

9. 《赶尸客栈3》，凝眸七弦伤，金城出版社

10. 《赶尸客栈4》，凝眸七弦伤，金城出版社

11. 《为你一世倾城》，许童童，广西人民出版社

12. 《恨嫁时代》，刘小备，北方妇女儿童出版社

13. 《听说麦兜会跳舞》，乐薇儿，中国画报出版社

14. 《初夏蔷薇涩》，路筝，光明日报出版社

15. 《七重微笑天空》，燃聿，新世界出版社

16. 《他的国，她的宫》，余姗姗，新世界出版社

17. 《天王：大结局》，天籁纸鸢，甘肃人民美术出版社
18. 《锦云遮，陌上霜》，梅子黄时雨，国际文化出版公司
19. 《听说丫还相信爱情》，刘璐，重庆出版社
20. 《降灵物语》，慕容小九，文汇出版社
21. 《如果爱下落不明》，若菡，新世界出版社
22. 《乱世奇葩》，追月逐花，广西人民出版社
23. 《失宠皇后》，于墨，广西人民出版社
24. 《寻觅爱情经纬度》，欧若，广西人民出版社
25. 《直到四季都错过》，黄信然，湖南文艺出版社
26. 《寻龙·若羌龙骸》，何家公子，长江文艺出版社
27. 《法老的宠妃 终结篇》，悠世，江苏文艺出版社
28. 《凤隐天下》，月出云，江苏文艺出版社
29. 《士为知己》，蓝色狮，江苏文艺出版社
30. 《亲吻的刺猬》，阿芭斯甜，湖南文艺出版社
31. 《绝色锋芒·风华篇》，无意宝宝，朝华出版社
32. 《猎爱全城》，紫百合，长江文艺出版社
33. 《惊魂未定》，舒馨，中国人民大学出版社
34. 《术数师：卷二萧邦的刀少女的微笑》，天航，中国人民大学出版社
35. 《三生三世，谁许桃花》，雨微醺，文汇出版社
36. 《锦凰》，步玲珑，21世纪出版社
37. 《堕落街》，袁雅琴，湖南文艺出版社
38. 《十里春风入酒觞》，惊鸿，武汉出版社
39. 《帝宫欢》，风宸雪，现代出版社
40. 《雨打繁花伤》，柏颜，春风文艺出版社
41. 《豆蔻多情动江山》，红线盗盒，春风文艺出版社
42. 《第十三条校规》，石少山，金城出版社
43. 《谢谢你，在我最不懂事的时候爱过我》，人间小可，中国华侨出版社
44. 《天堂的骑士》，黎溪纯，湖南文艺出版社
45. 《我和神仙有个约会·上》，柳暗花溟，天津人民出版社

46.《我和神仙有个约会．下》，柳暗花溟，天津人民出版社
47.《斗破苍穹 15 加玛风云》，天蚕土豆，湖北少儿出版社
48.《爱情"宅"急送》，狐小妹，春风文艺出版社
49.《我要偷偷靠近你》，戚悦，海南出版社
50.《最英雄　醉美人》，黄瑞，金城出版社
51.《毒胭脂》，丘晓玲，浙江文艺出版社
52.《言灵公主》，沙罗，湖南少儿出版社
53.《穿越之第一夫君》，蜀客，陕西人民出版社
54.《仙后座恋爱预告 2》，喵哆哆，湖南文艺出版社
55.《八夫临门 3——怎舍君离》，张廉，天津人民出版社
56.《八夫临门 4——花落谁家》，张廉，天津人民出版社
57.《九州幻想：铁甲依然》，潘海天，新世界出版社
58.《像傻瓜一样爱你》，路筝，山东画报出版社
59.《燃犀奇谈　香如故》，迦楼罗火翼，上海人民美术出版社
60.《重生胖舞娘》，风云小妖，海南出版社
61.《大魔法师》，丽塔，光明日报出版社
62.《俏皮皇妃，请上线》，龙九少，海南出版社
63.《乱世红颜（全三册）》，林家成，金城出版社
64.《江山红颜劫》，青妍，广西人民出版社
65.《非我倾城：王爷要休妃》，墨舞碧歌，江苏文艺出版社
66.《傲风之光芒大陆》，风行烈，江苏文艺出版社
67.《妲己的任务》，张鼎鼎，新世界出版社
68.《大清绯闻》，星野樱，新世界出版社
69.《和宫物语》，笑颜，新世界出版社
70.《白夜长安》，宫琯吟，新世界出版社
71.《幻夜神域》，宫琯吟，新世界出版社
72.《无醉》，昕言，沈阳出版社
73.《最是缠绵无尽意》，风宸雪，现代出版社
74.《遇见你，在最美的流年》，天池洼人，武汉大学出版社
75.《暗恋》，八月长安，湖南文艺出版社
76.《宫非宫》，胡嘉乐，金城出版社

77. 《斗破苍穹16 重归黑角域》，天蚕土豆，湖北少儿出版社

78. 《金风玉露》，柳暗花溟，江苏文艺出版社

79. 《千竹已陌情未央》，止戈信，国际文化出版公司

80. 《不羡鸳鸯只羡狐》，公子凉夜，21世纪出版社

81. 《特工皇妃》，玉朵朵，江苏文艺出版社

82. 《蛹之生》，小野，金城出版社

83. 《神印王座3 永恒之塔》，唐家三少，山东画报出版社

84. 《我和BOSS很纯洁》，钱来来，海南出版社

85. 《花驿——爱我一下你会死吗》，原草，中国农业大学出版社

86. 《非仙勿扰》，那只狐狸，山东画报出版社

87. 《重生之名流巨星》，青罗扇子，湖南文艺出版社

88. 《宫居一品之七会挽雕弓如满月》，三戒大师，中国青年出版社

89. 《毕业了我们一无所有》，一草，湖南文艺出版社

90. 《凰权》，天下归元，江苏文艺出版社

91. 《月小似眉弯》，白落梅，中国华侨出版社

92. 《离宫·凤锁君颜》，弑蝶，江苏文艺出版社

93. 《王妃从天降Ⅱ》，穆丹枫，江苏文艺出版社

94. 《嫣然一笑请上勾》，熊元元，文汇出版社

95. 《不夏》，薛彬，长江文艺出版社

96. 《斗破苍穹17 备战中州》，天蚕土豆，湖北少儿出版社

97. 《凤囚金宫》，端木摇，重庆出版社

98. 《妖妃乱》，云外天都，万卷出版公司

99. 《蛊惑时空的旅行》，所以因为，光明日报出版社

100. 《明砚倾国（上下）》，蒲墨冰尘，万卷出版公司

101. 《敦煌密码.黄金神殿》，飞天，湖南人民出版社

102. 《敦煌密码.镜面世界》，飞天，湖南人民出版社

103. 《敦煌密码.封印之城》，飞天，湖南人民出版社

104. 《云倾天阙》，素素雪，江苏文艺出版社

105. 《碟仙·木偶》，夜不语，中国华侨出版社

106. 《爱你是最好的时光Ⅱ》，匪我思存，新世界出版社

107. 《血嫁之笑看云舒》，远月，江苏文艺出版社

108. 《最好的时光》，凤青钗，花山文艺出版社

109. 《轮回情缘》，千喻，中国华侨出版社

110. 《诛仙.6》，萧鼎，时代文艺出版社

111. 《诛仙.5》，萧鼎，时代文艺出版社

112. 《诛仙.4》，萧鼎，时代文艺出版社

113. 《诛仙.3》，萧鼎，时代文艺出版社

114. 《诛仙.2》，萧鼎，时代文艺出版社

115. 《诛仙.1》，萧鼎，时代文艺出版社

116. 《致长久爱你的时光》，唐扶摇，湖南少儿出版社

117. 《臣貌丑，臣惶恐》，伍小叉，光明日报出版社

118. 《谁都知道我在等你》，幽谷深兰，春风文艺出版社

119. 《桃花易躲，上仙难逑》，懒小水，春风文艺出版社

120. 《乱世萌后》，倩兮，海南出版社

121. 《斗破苍穹18：名扬北域》，天蚕土豆，湖北少儿出版社

122. 《网游近战法师1：一战成名》，蝴蝶蓝，新世界出版社

123. 《网游近战法师2：神兵天降》，蝴蝶蓝，新世界出版社

124. 《网游近战法师3：风云决战》，蝴蝶蓝，新世界出版社

125. 《为君衔来二月花》，月殇，湖南少儿出版社

126. 《江湖如此多妖》，谢小禾，光明日报出版社

127. 《当天长遇上地久》，闲闲令，朝华出版社

128. 《凤帷红姣（上下）》，冷青丝，沈阳出版社

129. 《天使爱过你》，纳兰华筝，广西人民出版社

130. 《江山美人》，秋夜雨寒，武汉出版社

131. 《龙缘》，大风刮过，新世界出版社

132. 《我的如意狼君》，八月薇妮，新世界出版社

133. 《穿越只为遇见你之大清后宫的幸福生活》，千本樱景严，社文汇出版社

134. 《倾城妃梦》，海舟，中国华侨出版社

135. 《凰图霸业》，芳华无息，光明日报出版社

136. 《俏妞斗夫记》，苏照，广西人民出版社

137. 《傲风之光芒大陆Ⅱ（上、下册)》，风行烈，江苏文艺出版社

138. 《媚色逃妃》，雪芽，江苏文艺出版社
139. 《重生之影后》，靡宝，江苏文艺出版社
140. 《太子妃升职记》，鲜橙，万卷出版公司
141. 《谁在记忆里流连》，云葭，花山文艺出版社
142. 《白露为霜霜华浓（上下）》，竹宴小生，武汉出版社
143. 《密爱》，杜雨，现代出版社
144. 《将夜》，猫腻，武汉出版社
145. 《震旦.1. 仙之隐》，凤歌，长江出版社
146. 《震旦.2. 星之子》，凤歌，长江出版社
147. 《青花痣》，风飞扬，中国华侨出版社
148. 《仙生请上线》，禾早，21世纪出版社
149. 《斗破苍穹19 勇闯中域》，天蚕土豆，湖北少儿出版社
150. 《七夜谈》，十四阙，新世界出版社
151. 《雪月花时最忆君》，胡狼拜月，浙江大学出版社
152. 《婚不由己》，旖旎萌妃，光明日报出版社
153. 《全服第二》，落日蔷薇，山东画报出版社
154. 《善良的死神Ⅰ初涉魔法》，唐家三少，海南出版社
155. 《善良的死神Ⅱ精灵之劫》，唐家三少，海南出版社
156. 《2013（Ⅰ）》，玄色，长江出版社
157. 《哑舍2》，玄色，长江出版社
158. 《奈何萌徒是大神》，囡团囡团，光明日报出版社
159. 《第一丑妃》，风初落，春风文艺出版社
160. 《两世花开香满袖》，苏非影，湖南少儿出版社
161. 《玫瑰帝国.潘多拉之盒》，步非烟，湖南少儿出版社
162. 《江山若卿卷一离殇》，醉步溪月，21世纪出版社
163. 《江山若卿卷二粉颜魅》，醉步溪月，21世纪出版社
164. 《江山若卿卷三凤朝歌》，醉步溪月，21世纪出版社
165. 《与君执手画倾城 上》，忆若清风，春风文艺出版社
166. 《与君执手画倾城 下》，忆若清风，春风文艺出版社
167. 《悲伤从你的名字开始》，青颜如风，春风文艺出版社
168. 《漂浮大陆2》，蓝色狮，长江出版社

169. 《神印王座4 梦幻神殿》，唐家三少，山东画报出版社

170. 《龙之羽翼》，步非烟，山东画报出版社

171. 《善良的死神13 龙魄传承》，唐家三少，海南出版社

172. 《善良的死神12 神龙转生》，唐家三少，海南出版社

173. 《善良的死神11 九天神雷》，唐家三少，海南出版社

174. 《善良的死神10 骨龙再现》，唐家三少，海南出版社

175. 《善良的死神9 光雨降临》，唐家三少，海南出版社

176. 《善良的死神8 毁灭山谷》，唐家三少，海南出版社

177. 《善良的死神7 风神之刃》，唐家三少，海南出版社

178. 《善良的死神6 神器之变》，唐家三少，海南出版社

179. 《善良的死神4 收服骨龙》，唐家三少，海南出版社

180. 《善良的死神3 神之审判》，唐家三少，海南出版社

181. 《君似小黄花》，月落紫珊，光明日报出版社

182. 《醉卧君怀》，江小湖，云南人民出版社

183. 《神印王座5 星光神兽》，唐家三少，山东画报出版社

184. 《她和她的迷藏2》，孩子帮，光明日报出版社

185. 《狼君，杀很大》，迦叶曼，光明日报出版社

186. 《本宫只要一纸休书》，未艾，光明日报出版社

187. 《只怪我们爱得太汹涌》，北落师门，湖南人民出版社

188. 《重生之再说一次我爱你》，风姿卓绝的番茄哥，湖南人民出版社

189. 《宫闱血（全二册）》，坏妃晚晚，中国画报出版社

190. 《秘境1：惊世秘牍三千年》，冷娃，贵州人民出版社

191. 《秘境2：穿越王者的地宫》，冷娃，贵州人民出版社

192. 《秘境3：迷失的绝世秘藏》，冷娃，贵州人民出版社

193. 《而我只有你》，九夜茴，湖南文艺出版社

194. 《叫我女神》，三千宠，花山文艺出版社

195. 《醉花犹记红尘泪》，苒倾叶，广西人民出版社

196. 《后宫宠妃》，弦断秋风，中国华侨出版社

197. 《冷情王爷命定妃》，彼岸花在蔓延，中国华侨出版社

198. 《倾国（全两册）》，妩冰，万卷出版公司

199. 《帝歌（全两册）》，三月暮雪，武汉出版社
200. 《我的皇后（全二册）》，谢楼南，北京联合出版公司
201. 《月沉吟》，卿妃，朝华出版社
202. 《公子无耻》，维和粽子，江苏文艺出版社
203. 《戒风流（上、下册）》，周梦，江苏文艺出版社
204. 《海棠春烬》，萧天若，湖南人民出版社
205. 《独步一宅》，水无暇，吉林出版集团有限责任公司
206. 《你是我的桃花劫》，迟瑾，广西人民出版社
207. 《绝色弃妇（上、下册）》，马涵，江苏文艺出版社
208. 《娘子在上》，天如玉，春风文艺出版社
209. 《吞噬星空：觉醒①》，我吃西红柿，湖北少儿出版社
210. 《斗破苍穹 20. 决战丹会》，天蚕土豆，湖北少儿出版社
211. 《匈奴王妃》，端木摇，朝华出版社
212. 《如果天空会流泪》，黛颦儿，湖南人民出版社
213. 《没有人可以比我更爱你》，千岁忧，湖南人民出版社
214. 《乱世皇后》，慕容小九，湖南人民出版社
215. 《灵狐传说·只待此仙共凡尘》，乔小乔，湖南人民出版社
216. 《妖物》，橘花散里，长江出版社
217. 《帝业如画》，慕容湮儿，21世纪出版社
218. 《仙逆1：天逆珠子》，耳根，云南教育出版社
219. 《仙逆2：修魔内海》，耳根，云南教育出版社
220. 《仙逆3：古神之秘》，耳根，云南教育出版社
221. 《斗破苍穹——21 解救药老》，天蚕土豆，湖北少儿出版社
222. 《武功乾坤1 血池石符》，天蚕土豆，湖北少儿出版社
223. 《寄住在你眼里的烟火》，红枣，春风文艺出版社
224. 《千蛊江山（全2册）》，蓝云舒，上海文艺出版社
225. 《公主万福》，周梦，辽宁教育出版社
226. 《异兽志——颜歌》，颜歌，天津人民出版社
227. 《越姬（上）》，林家成，天津人民出版社
228. 《越姬（下）》，林家成，天津人民出版社
229. 《青山湿遍》，梅子黄时雨，时代文艺出版社

230. 《后宫——凤求凰》，阙上心头，中国华侨出版社
231. 《梦回后宫》，许陌，中国华侨出版社
232. 《妾本惊华》，西子情，江苏文艺出版社
233. 《如果，宅前传》，有时右逝，凤凰出版社
234. 《箫月倾城》，杨千紫，春风文艺出版社
235. 《三生三世 枕上书》，唐七公子，湖南文艺出版社
236. 《一仙难求（1、2、3）》，云芨，江苏文艺出版社
237. 《落月迷香》，四叶铃兰，江苏文艺出版社
238. 《归离》，十四夜，江苏文艺出版社
239. 《3Q无下限》，立誓成妖，江苏文艺出版社
240. 《公子多情（上、下册）》，紫华枫月，江苏文艺出版社
241. 《宅斗之玉面玲珑》，聆花雪，中国华侨出版社
242. 《姑娘，我们一起合租吧》，宋小君，中国华侨出版社
243. 《上古》，星零，朝华出版社
244. 《妃你不宠》，万千宠，中国华侨出版社
245. 《凤鸣九霄——殇宫：宿命皇后（上下册）》，木子西，重庆出版社
246. 《凤鸣九霄——帝姬：凤栖铜雀台》，莲赋妩，重庆出版社
247. 《凤鸣九霄——凤囚金宫》，端木摇，重庆出版社
248. 《一仙难求（4、5、6）》，云芨，江苏文艺出版社
249. 《与君绝》，维和粽子，光明日报出版社
250. 《红了樱桃，绿了芭蕉》，扫雪煮茶，光明日报出版社
251. 《帝妃两相忘》，在水之湄，云南人民出版社
252. 《十年锦灰》，清扬婉兮，光明日报出版社
253. 《点翠妆之花期错》，素衣凝香，21世纪出版社
254. 《点翠妆之合欢》，素衣凝香，21世纪出版社
255. 《点翠妆之重生》，素衣凝香，21世纪出版社
256. 《琉璃砂（上下）》，灵雪，春风文艺出版社
257. 《仙逆4：煞星化凡》，耳根，云南教育出版社
258. 《仙逆5：雨之仙门》，耳根，云南教育出版社
259. 《仙逆6：逆抗轮回》，耳根，云南教育出版社

260. 《仙逆7：朱雀传承》，耳根，云南教育出版社
261. 《仙逆8：东海妖灵》，耳根，云南教育出版社
262. 《神印王座6 光之祈祷》，唐家三少，山东画报出版社
263. 《不良帝姬（上下册）》，夏初，吉林大学出版社
264. 《胭脂祸心》，红娘子，海南出版社
265. 《深宫丑女》，冰瑟，海南出版社
266. 《恨倾城（全三册）》，林家成，金城出版社
267. 《夏梦狂诗曲》，天籁纸鸢，中国华侨出版社
268. 《烟锁御宫之残颜皇后》，依秀那答儿，中国画报出版社
269. 《猫蛊手记》，微笑的猫，湖南文艺出版社
270. 《误入豪门》，因紫衫，重庆出版社
271. 《满朝风华之保护皇上》，孤钵，江苏文艺出版社
272. 《斗破苍穹22 重振星陨阁》，天蚕土豆，湖北少儿出版社
273. 《吞噬星空：觉醒2》，我吃西红柿，湖北少儿出版社
274. 《妃谋天下》，轻尘如风，光明日报出版社
275. 《好想假装不爱你》，薇拉，中国画报出版社
276. 《六朝金粉》，满纸荒言，朝华出版社
277. 《大明相思引》，鬼月，朝华出版社
278. 《缥缈·鬼面》，白姬绾，广东南方日报出版社
279. 《错妃诱情》，月出云，青岛出版社
280. 《勾心皇后》，童童，武汉出版社
281. 《霓裳》，清歌一片，译林出版社
282. 《九天倾歌》，竹宴小生，浙江文艺出版社
283. 《武动乾坤2 力挽狂澜》，天蚕土豆，湖北少儿出版社
284. 《异海》，蛇从，南海出版社
285. 《穿越之傀儡娃娃》，小佚，光明日报出版社
286. 《御人（上下）》，峨嵋，万卷出版公司
287. 《暴君，本宫来自暗影联盟》，丫小圈，海南出版社
288. 《失宠王妃》，满城烟火，江苏文艺出版社
289. 《极品阴阳师》，洛书然，新世界出版社
290. 《古剑奇谭：琴心剑魄》，某树、宁昼，湖南文艺出版社

291. 《神渊古纪·烽烟绘卷》，某树、逐风，湖南文艺出版社
292. 《非常嫁期》，韩三三，春风文艺出版社
293. 《半日闲妖》，雨微醺，江苏文艺出版社
294. 《杀手皇妃》，穆丹枫，江苏文艺出版社
295. 《如果你是我的传说》，叶紫，沈阳出版社
296. 《昭然天下》，九宸，云南人民出版社
297. 《臣欢膝下》，夏慕凡，湖南人民出版社
298. 《是妃之地，王爷慎入》，栗子蓉，湖南人民出版社
299. 《葬尸经之邪陵墓变》，驰漠，中国华侨出版社
300. 《撼龙天师之九重天宫》，西秦邪少，中国华侨出版社
301. 《花好孕圆》，八月薇妮，新世界出版社
302. 《大汉歌姬　宫计　上卷》，绿水如蓝，21世纪出版社
303. 《大汉歌姬　下卷　倾天下》，绿水如蓝，21世纪出版社
304. 《吞噬星空：觉醒3》，我吃西红柿，湖北少儿出版社
305. 《心肝》，长着翅膀的大灰狼，国际文化出版公司
306. 《悄悄爱上你》，茹若，重庆出版社
307. 《清宫　婉兮清扬》，米虫豆，陕西师范大学出版社
308. 《斗破苍穹23　天墓历练》，天蚕土豆，湖北少儿出版社
309. 《南有佳人，不可休思》，木兮之，光明日报出版社
310. 《仙逆9：黑塔魔魂》，耳根，云南教育出版社
311. 《仙逆10：青霖仙令》，耳根，云南教育出版社
312. 《神印王座8　龙之王座》，唐家三少，山东画报出版社
313. 《浮生物语外传．七夜》，裟椤双树，长江出版社
314. 《一度君华》，一度君华，陕西人民出版社
315. 《幽兰契》，花想容，云南人民出版社
316. 《美人凶猛（上、下册）》，沐水游，青岛出版社
317. 《红颜劫之谋后（上、中、下册）》，离落城，青岛出版社
318. 《军火皇后（上、下册）》，潇湘冬儿，江苏文艺出版社
319. 《血蝶御医（上、下册）》，蝶雨蓝梦，青岛出版社
320. 《云鬟花颜之风华医女（上、下册）》，寂月皎皎，青岛出版社
321. 《时光亲吻过她的悲伤》，沐尔，贵州人民出版社

322. 《武动乾坤3·墓府探秘》，天蚕土豆，湖北少儿出版社

323. 《将军在上》，橘花散里，浙江文艺出版社

324. 《蔓蔓情陆》，明珠还，重庆出版社

325. 《缠绵不休》，淡漠的紫色，现代出版社

326. 《皇后，去争霸》，蓝艾草，江苏文艺出版社

327. 《胜者为夫》，冷胭，春风文艺出版社

328. 《震旦.3.龙之鳞》，凤歌，长江出版社

329. 《终难忘（上下）》，秋夜雨寒，团结出版社

330. 《风玫瑰》，沧月，中国致公出版社

331. 《神印王座9魔神之陨》，唐家三少，山东画报出版社

332. 《网游之破晓神归来》，路过而已，新世界出版社

333. 《倾国红妆（上、下册）》，水夜子，青岛出版社

334. 《凤血江山》，冰蓝纱，江苏文艺出版社

335. 《血嫁之金枝玉叶》，远月，江苏文艺出版社

336. 《天命皇妃乱君心》，倾城留雁，中国华侨出版社

337. 《誓不为后》，怀箴公主，湖南人民出版社

338. 《大唐女法医·江南卷》，袖唐，新世界出版社

339. 《月妖雪（上下册）》，月妖雪雪，中国和平出版社

340. 《凤影重重（全2册）》，心中有清荷，江苏文艺出版社

341. 《清世情缘.Ⅰ，宫女珣玉》，墨晏寒珠，北京燕山出版社

342. 《天定风流Ⅰ千寻记》，天下归元，青岛出版社

343. 《宫心计：冷宫皇后Ⅰ》，东方镜，中国社会出版社

344. 《宫心计：冷宫皇后Ⅱ》，东方镜，中国社会出版社

345. 《当与子归》，卿妃，朝华出版社

346. 《全职高手5·王牌对决》，蝴蝶蓝，湖北少儿出版社

347. 《美人逆鳞》，莲沐初光，江苏文艺出版社

348. 《婚不由己2》，旖旎萌妃，光明日报出版社

349. 《将夜之朱雀之火》，猫腻，武汉出版社

350. 《大寰好：许我倾室江山》，殷寻，重庆出版社

351. 《近战法师4——非常任务》，蝴蝶蓝，新世界出版社

352. 《斗破苍穹25·净莲妖火》，天蚕土豆，湖北少儿出版社

353. 《吞噬星空：觉醒4》，我吃西红柿，湖北少儿出版社
354. 《圣堂Ⅰ邪神之怒》，骷髅精灵，江苏文艺出版社
355. 《禁宫赋》，柳风拂叶，北京联合出版公司
356. 《宫倾天下》，雪缘，北京联合出版公司
357. 《斗破苍穹24·天府联盟》，天蚕土豆，湖北少儿出版社
358. 《诛仙第二部3》，萧鼎，北京联合出版公司
359. 《令妃传之冷月宫墙》，兰朵朵，北京联合出版公司
360. 《如花春梦》，四叶铃兰，青岛出版社
361. 《梦三生·永劫之花》，云狐不喜，江苏文艺出版社
362. 《替罪禁妃》，吕丹，江苏文艺出版社
363. 《吾家囧徒初长成》，连三月，江苏文艺出版社
364. 《栀香如酥》，雪灵之，21世纪出版社
365. 《浴火王妃》，醉疯魔，青岛出版社
366. 《惊世亡妃1晟国篇（上、下册）》，莫言殇，青岛出版社
367. 《傲风2北境放逐之地Ⅱ（上、下册）》，风行烈，江苏文艺出版社
368. 《金牌王妃（上、下）》，安知晓，江苏文艺出版社
369. 《庶女攻略（3）》，吱吱，浙江文艺出版社
370. 《庶女攻略（2）》，吱吱，浙江文艺出版社
371. 《庶女攻略（1）》，吱吱，浙江文艺出版社
372. 《不配》，水阡墨，湖南人民出版社
373. 《凤倾天下（上、中、下册）》，小妖重生，青岛出版社
374. 《凤凰斗　第一庶女》，南宫思，重庆出版社
375. 《公子无双》，伍家格格，青岛出版社
376. 《楚王妃》，宁儿，青岛出版社
377. 《飘飘欲仙》，柳暗花溟，青岛出版社
378. 《良师如此多娇》，席江，江苏文艺出版社
379. 《情在，不能醒》，墨舞碧歌，中国友谊出版公司
380. 《对江天》，阿荧，新世界出版社
381. 《斗破苍穹.26　决战在即》，天蚕土豆，湖北少儿出版社
382. 《良辰讵可待》，晴空蓝兮，国际文化出版公司

383.《一诺倾心》，八月薇妮，江苏文艺出版社

384.《夫水难收》，雁芦雪，江苏文艺出版社

385.《仙逆11：望月之怒》，耳根，云南教育出版社

386.《仙逆12：极境再现》，耳根，云南教育出版社

387.《仙逆13：罗天封仙》，耳根，云南教育出版社

388.《花之木兰》，步非烟，湖北少儿出版社

389.《仙楚1》，树下野狐，中国致公出版社

390.《仙楚2》，树下野狐，中国致公出版社

391.《修真世界3·荒岛求生》，方想，新世界出版社

392.《锦宫春》，水未遥，青岛出版社

393.《一仙难求（7、8、9）》，云芨，江苏文艺出版社

394.《奈何》，天籁纸鸢，中国华侨出版社

395.《独闯天涯1 萧老板的诞生》，蝴蝶蓝，新世界出版社

396.《独闯天涯2 天杀乍现》，蝴蝶蓝，新世界出版社

397.《神医傻妃》，唐梦若影，江苏文艺出版社

398.《斗罗大陆．第二部 绝世唐门1》，唐家三少，湖南少儿出版社

399.《施主快醒醒》，碧晴，江苏文艺出版社

400.《斗破苍穹27·晋阶斗帝》，天蚕土豆，湖北少儿出版社

401.《爱恨无垠》，雪灵之，万卷出版公司

402.《绝颜江湖》，漓云，江西高校出版社

403.《倾城囧妃》，玉清秋，江西高校出版社

404.《魔兽剑圣异界纵横1》，天蚕土豆，湖南人民出版社

2013 年

1.《莫兰系列02 风的预谋》，鬼马星，21世纪出版社

2.《莫兰系列03 葬礼之后的葬礼》，鬼马星，21世纪出版社

3.《莫兰系列04 宴无好宴》，鬼马星，21世纪出版社

4.《逆十字的杀意》，何慕，广西人民出版社

5.《符文密码》，宸哲，广西人民出版社

6.《春风十里，不如你》，沐清雨，中国华侨出版社

7. 《闭起双眼你会挂念谁》，云五，中国华侨出版社

8. 《通天之路》，格鱼，线装书局

9. 《跳婚》，刘伊，贵州人民出版社

10. 《刺婚》，印月，贵州人民出版社

11. 《典当7》（网络原名《黄金瞳》），打眼，中国戏剧出版社

12. 《逃出生天之致命谜情》，弦上月色，贵州人民出版社

13. 《突然想要地老天荒》，墨宝非宝，中国华侨出版社

14. 《黄金手3》，罗晓，中国戏剧出版社

15. 《恋人》，（原名《爸爸，我怀了你的孩子》），唐浚，天津人民出版社

16. 《首席医官3》，谢荣鹏，九州出版社

17. 《谁拿情深乱了流年》，衣露申，国际文化出版公司

18. 《盗诀Ⅰ赤血蟾王》，舞马长枪，现代出版社

19. 《相爱至死——交换日记》，江吉红，现代出版社

20. 《诡盗之五角雌金雉》，谭润康，中国友谊出版公司

21. 《诡盗之无毒玉雕》，玉柒，中国友谊出版公司

22. 《毒牙——夺命金三角》，唐忍，时事出版社

23. 《天堂里的陌生人》，蓝紫青灰，山东文艺出版社

24. 《疼你，但怯步》，利百迦，现代出版社

25. 《我的房东叫别扭》，宝卿，凤凰出版社

26. 《中校的新娘》，胡狸，沈阳出版社

27. 《河神——鬼水怪谈》，天下霸唱，安徽人民出版社

28. 《豪门绝恋 爱的供养（3，4）》，古默，沈阳出版社

29. 《帝宴（贰）逆天之战》，墨武，云南人民出版社

30. 《地狱公寓2》，黄协，中国戏剧出版社

31. 《鬼不语》，天下霸唱，湖南人民出版社

32. 《我的民国（上）》，李晓敏，天津人民出版社

33. 《我的民国（下）》，李晓敏，天津人民出版社

34. 《假发》，梁健美，中央广播电视大学出版社

35. 《天定风流Ⅱ金瓯缺》，天下归元，青岛出版社

36. 《桃之夭夭醉君心》，山禾之禾，广西人民出版社

37. 《月神之眼》，飞天，新星出版社

38. 《有生之年，狭路相逢》，梅子黄时雨，中国华侨出版社

39. 《令妃传之庶女夺宫》，兰朵朵，北京联合出版公司

40. 《凤倾天下》，花雨蝶，重庆出版社

41. 《神秘王爷的爱妃》，淡月新凉，重庆出版社

42. 《公子倾城》，维和粽子，江苏文艺出版社

43. 《芙蓉王妃》，安知晓，青岛出版社

44. 《"坑"你三生三世》，茂林修竹，新世界出版社

45. 《米安情事》，堃暖蓝，重庆出版社

46. 《梦回大秦》，留雁，中国华侨出版社

47. 《媚香》，贡茶，江苏文艺出版社

48. 《搂过壮士小蛮腰》，四藏，春风文艺出版社

49. 《网游之盛世蔷薇（上下册）》，糯米橙子，新世界出版社

50. 《皇叔》，大风刮过，新世界出版社

51. 《网游之回眸一笑狠温柔》，墨青城，文汇出版社

52. 《网游之贱招拆招》，张小临，文汇出版社

53. 《梦锁深宫（全2册）》，水凝烟，北京联合出版公司

54. 《醉攻心之如妃当道（全2册）》，苡菲，北方妇女儿童出版社

55. 《冷皇戏凤（上下）》，楚清，江苏文艺出版社

56. 《废弃帝姬》，纳兰静语，重庆出版社

57. 《绝色芳华　豪门长媳》，涅槃灰，万卷出版公司

58. 《鸾凤错袖手天下（上下册)》，楚清，江苏文艺出版社

59. 《娥媚　终结》，峨嵋，青岛出版社

60. 《惊世弃妃（上下册)》，马涵，江苏文艺出版社

61. 《大唐明月壹　风起长安》，蓝云舒，上海文艺出版社

62. 《大唐明月贰　谋断恩仇》，蓝云舒，上海文艺出版社

63. 《武动乾坤4·大漠古碑》，天蚕土豆，湖北少儿出版社

64. 《剑破神族》，赵公明，中国华侨出版社

65. 《我只是悄悄喜欢你》，星空飘雨，译林出版社

66. 《楚王妃　完美终结》，宁儿，青岛出版社

67. 《喋血王妃》，纳兰静语，青岛出版社

68. 《龙墓·屠龙少年》，龙骨卫，湖北少儿出版社

69. 《幻石神游记1·梦幻西游》，陆杨，湖北少儿出版社

70. 《幻石神游记2·豪情水浒》，陆杨，湖北少儿出版社

71. 《幻石神游记3·混乱三国》，陆杨，湖北少儿出版社

72. 《幻石神游记4·戏说红楼》，陆杨，湖北少儿出版社

73. 《幻石神游记5·超炫封神》，陆杨，湖北少儿出版社

74. 《锦衣夜行2 江南行》，月关，湖北少儿出版社

75. 《两琴相悦，弹掉！》，末尚尚，湖南人民出版社

76. 《等不到的我爱你》，葵一，湖南人民出版社

77. 《原来我们都是爱着的》，杨家丫头，湖南人民出版社

78. 《全职高手6·神之领域》，蝴蝶蓝，湖北少儿出版社

79. 《大唐女法医 帝京卷》，袖唐，新世界出版社

80. 《斗罗大陆.第二部.绝世唐门.2》，唐家三少，湖南少儿出版社

81. 《一等狂妃》，临水阁，中国友谊出版公司

82. 《庶女攻略（45册）》，吱吱，浙江文艺出版社

83. 《凤阙泪》，风宸雪，现代出版社

84. 《我不愿让你一个人》，薛玉蓉，湖南人民出版社

85. 《唯有星空似海洋》，六月茹风，湖南人民出版社

86. 《深寒雨》，张馨文，现代出版社

87. 《一品休妻》，离落城，沈阳出版社

88. 《妃倾城》，舒歌，青岛出版社

89. 《大唐明月之三 西域烽烟》，蓝云舒，上海文艺出版社

90. 《大唐明月之四 碧血黄沙》，蓝云舒，上海文艺出版社

91. 《圣堂2·雷光崛起》，骷髅精灵，江苏文艺出版社

92. 《沙海》，南派三叔，新世界出版社

93. 《唐歌（上下册）》，潇湘冬儿，江苏文艺出版社

94. 《佳人媚养女成妃》，雪芽，江苏文艺出版社

95. 《致命游戏》，雪漫迷城，新世界出版社

96. 《草根猎场》，李大鹏，新世界出版社

97. 《耶鲁凤凰》，莫争，新世界出版社

98. 《情局》，谭琼辉，安徽人民出版社

99. 《最后一个道士.2》，夏忆，百花洲文艺出版社

100. 《遇见你是我最美丽的意外》，叶紫，新世界出版社

101. 《裂瞳》，澹台镜，新世界出版社

102. 《全职特工之纳粹谜团（终结本）》，秦峰，时事出版社

103. 《绝密战场》，魏笑宇，时事出版社

104. 《致命DNA》，张浩然，时事出版社

105. 《黑鬼轩》，黑山马贼，安徽人民出版社

106. 《出牌5》，亦客，中国戏剧出版社

107. 《天才医生》，赵夺，中国戏剧出版社

108. 《首席医官4》，谢荣鹏，九州出版社

109. 《莫兰系列05　隔墙玫瑰》，鬼马星，21世纪出版社

110. 《移爱》，猗兰霓裳，新世界出版社

111. 《婚姻不等式》，冷秋语，新世界出版社

112. 《错过的情人》，四丫头，新世界出版社

113. 《血狼团》，张红波，白山出版社

114. 《国医高手2》，石章鱼，线装书局

115. 《中医高手》，王文涛，中国戏剧出版社

116. 《典当8》，打眼，中国戏剧出版社

117. 《商殇》，王旭，江西高校出版社

118. 《帮会1898》，鲁人，云南人民出版社

119. 《盗王之王》，江南黑，天津人民出版社

120. 《俊男坊阴差阳错》，末果，江苏文艺出版社

121. 《离爱成殇》，玉朵朵，江苏文艺出版社

122. 《魔兽剑圣异界纵横2》，天蚕土豆，湖南人民出版社

123. 《子夜吴歌（上下）》，知夏，江苏文艺出版社

124. 《三嫁惹君心（上下）》，明月听风，江苏文艺出版社

125. 《魅生　十师卷（全二册）》，楚惜刀，新世界出版社

126. 《独闯天涯3　死亡的代价》，蝴蝶蓝，新世界出版社

127. 《独闯天涯4　无间重生》，蝴蝶蓝，新世界出版社

128. 《桃衣卿相》，鲁浩川，安徽人民出版社

129. 《炮灰天后》，茹若，江苏文艺出版社

130. 《仙楚·转世神帝（卷叁）》，树下野狐，中国致公出版社
131. 《家有良夫》，金大，江苏文艺出版社
132. 《吞噬星空·涅槃①》，我吃西红柿，湖北少儿出版社
133. 《紫微宫词》，杜若，时代文艺出版社
134. 《重生豪门千金》，十三春，江苏文艺出版社
135. 《将夜之一览众山小》，猫腻，武汉出版社
136. 《修真世界4　左莫的逆袭》，方想，新世界出版社
137. 《闲妻萌夫（上下）》，墨枫，江苏文艺出版社
138. 《圣堂3·神格之秘》，骷髅精灵，江苏文艺出版社
139. 《爱就宅一起·我家老公腹黑男》，童童，春风文艺出版社
140. 《萌爱神偷》，尔霁，江苏文艺出版社
141. 《哀家不祥》，黎小墨，江苏文艺出版社
142. 《妃来横祸（上）》，江小湖，春风文艺出版社
143. 《冤冤相压何时了》，晓风默，江苏文艺出版社
144. 《公主出没，群臣小心！》，天如玉，湖南人民出版社
145. 《魔兽剑圣异界纵横③》，天蚕土豆，湖南人民出版社
146. 《偷宫换后》，千秋雪，湖南人民出版社
147. 《彼岸花开为君倾》，穆丹枫，新世界出版社
148. 《凤乱江山（上下册）》，月斜影清，新世界出版社
149. 《秀丽江山》，李歆，中国华侨出版社
150. 《武动乾坤5·龙争虎斗》，天蚕土豆，湖北少儿出版社
151. 《斗罗大陆．第二部．绝世唐门.4》，唐家三少，湖南少儿出版社
152. 《卿魅天下》，月出云，上海人民美术出版社
153. 《染指仙君》，洛书，江苏文艺出版社
154. 《临界爱情》，心中有清荷，光明日报出版社
155. 《今天开始养凤凰》，禾早，北方文艺出版社
156. 《南衙纪事Ⅱ》，欧阳墨心，江苏文艺出版社
157. 《大魔王》，杨瑾，北京燕山出版社
158. 《傲世九重天（1）苍天可逆》，风凌天下，福建少年儿童出版社
159. 《傲世九重天（2）楚阁王》，风凌天下，福建少年儿童出版社

160. 《傲世九重天（3）天兵阁》，风凌天下，福建少年儿童出版社
161. 《遗落在时光里的爱》，十诫，北方妇女儿童出版社
162. 《婚久必昏》，晓月，湖南文艺出版社
163. 《隐身对其可见》，树犹如此，重庆出版社
164. 《和天使牵手的日子》，岳子坤，新世界出版社
165. 《神游.3》，徐公子胜治，中国华侨出版社
166. 《顾十八娘》，希行，金城出版社
167. 《境外狙杀》，今夜暴雪，金城出版社
168. 《天才相师1 天眼神童》，打眼，北方文艺出版社
169. 《请别以爱的名义对我撒谎》，王颖，现代出版社
170. 《第一总裁夫人2》，蓝尧，百花洲文艺出版社
171. 《乱世佳人》，瞬间倾城，中华工商联合出版社
172. 《齐天传.2》，楚阳冬，中国华侨出版社
173. 《黯销魂》，大漠荒草，春风文艺出版社
174. 《凶宅笔记》，贰十三，花城出版社
175. 《国医2》，赵夺，中国戏剧出版社
176. 《桃花源里的魔头》，阿菩，江苏文艺出版社
177. 《新诡案组》，求无尘，文汇出版社
178. 《异海2》，蛇从革，鹭江出版社
179. 《那些年，谁曾许你地久天长》，蓝白色，国际文化出版公司
180. 《带着脚镣跳舞的爱情》，蓝白色 衣露申 风魂 阿巳，国际文化出版公司
181. 《秘密部队》，秦峰，北京联合出版公司
182. 《逃出生天之东瀛杀机》，弦上月色，贵州人民出版社
183. 《豪门叛妻》，林希娅，广西人民出版社
184. 《全世界借我一秒遗忘你》，乔青荼，重庆出版社
185. 《大狙3》，野兵，凤凰出版社
186. 《古玩高手2》，王炜坚，中国戏剧出版社
187. 《黄金手4》，罗晓，中国戏剧出版社
188. 《天才医生2》，赵夺，中国戏剧出版社
189. 《许我一世清欢》，墨子都，青岛出版社

190.《活路》，席绢，江苏文艺出版社

191.《一生何求》，席绢，江苏文艺出版社

192.《典当9》，打眼，中国戏剧出版社

193.《你若晴好》，莲花清秋，花山文艺出版社

194.《交易Ⅳ》（原名《女董事长》），亦客，台海出版社

195.《鬼墓手札》，西门吃牛，天津人民出版社

196.《隋家天下③天下策》，傅少侠，中央广播电视大学出版社

197.《灵魂商铺》，江杭松，西高校出版社

198.《刑侦档案管理员自述系列之圣水魅影》，吴冠玉，天津人民出版社

199.《你的爱，是那片浅白色深海》，涅槃灰，江苏文艺出版社

200.《斗罗大陆．第二部．绝世唐门．5》，唐家三少，湖南少儿出版社

201.《狂神．1》，唐家三少，湖南少儿出版社

202.《机动风暴1》，骷髅精灵，湖南少儿出版社

203.《圣堂4·火神禁地》，骷髅精灵，江苏文艺出版社

204.《翩翩不是你》，长安夜雨，江苏文艺出版社

205.《天骄》，马蹄声凌乱，江苏文艺出版社

206.《傲风3诸神大陆Ⅰ（上下册）》，风行烈，江苏文艺出版社

207.《我的孤单你永远不懂》，张躲躲，漓江出版社

208.《修真世界5 冲出古战场》，方想，新世界出版社

209.《逆苍穹1——天才崛起》，EK巧克力，长江文艺出版社

210.《世婚之深闺怨女》，意千重，北方文艺出版社

211.《点裙臣》，云外天都，江苏文艺出版社

212.《重生豪门千金（下）》，十三春，江苏文艺出版社

213.《名媛望族》，素素雪，青岛出版社

214.《王牌宠妃（上下册）》，安知晓，青岛出版社

215.《帝皇书（上下册）》，星零，青岛出版社

216.《红颜盛宠（上下册）》，上官凌月，青岛出版社

217.《女相倾国（朝堂篇）》，夜初，青岛出版社

218.《倾世魔君》，转身，江苏文艺出版社

219. 《锦衣夜行 3. 风波恶》，月关，湖北少儿出版社

220. 《音皇》，黑色禁药，广西美术出版社

221. 《吞噬星空·涅槃②》，我吃西红柿，湖北少儿出版社

222. 《琴瑟和鸣》，九刎莲桑，江苏文艺出版社

223. 《紫微郎花事》，今日痴，广州出版社

224. 《武动乾坤 6 百朝大会》，天蚕土豆，湖北少儿出版社

225. 《庶女攻略（6）》，吱吱，浙江文艺出版社

226. 《庶女攻略（7）》，吱吱，浙江文艺出版社

227. 《全职高手 7·毁人不倦》，蝴蝶蓝，湖北少儿出版社

228. 《上仙难述，奈何情深》，是今，湖南人民出版社

229. 《豪门盛宠 单身新娘》，红了容颜，北京燕山出版社

230. 《中校的新娘 爱在转身》，胡狸，北京燕山出版社

231. 《斗罗大陆．第二部．绝世唐门．6》，唐家三少，湖南少儿出版社

232. 《特工狂妃》，藏珠，作家出版社

233. 《血鹰》，澹台镜，新世界出版社

234. 《像忧伤一样明媚》，不·伤，新世界出版社

235. 《致我们的后青春》，午夜清风，新世界出版社

236. 《岳母驾到》，李开云，新世界出版社

237. 《爱情 99℃》，秋古墨，新世界出版社

238. 《荒岛异事件》，青子，广西人民出版社

239. 《年华轻度忧伤》，四丫头，新世界出版社

240. 《蔷薇魅惑》，任纹，广西人民出版社

241. 《鉴宝》，姚锴莹，台海出版社

242. 《狩猎阴山狼城》，李达，江苏文艺出版社

243. 《午夜教工楼》，弓九野，江苏文艺出版社

244. 《情与谁共》，长着翅膀的大灰狼，国际文化出版公司

245. 《墙上美人脸》，姜永育，广西人民出版社

246. 《诸神战场Ⅰ——突袭！执玉司》，碎石，清华大学出版社

247. 《黄金瞳之黑市猎宝》，打眼，九州出版社

248. 《神游 .4》，徐公子胜治，中国华侨出版社

249. 《忘了我是谁》，刘干民，贵州人民出版社
250. 《吴越咒1 寻找古越女》，蓝泽，贵州人民出版社
251. 《吴越咒2 祖先的记忆》，蓝泽，贵州人民出版社
252. 《黄金瞳之七彩玉髓》，打眼，九州出版社
253. 《难得门当户对》，老草吃嫩牛，青岛出版社
254. 《黄金手5 赚钱是一门大学问》，罗晓，中国戏剧出版社
255. 《相亲》，顽主，重庆出版社
256. 《十宗罪前传》，蜘蛛，湖南文艺出版社
257. 《最后一束米迦勒雏菊》，春十三少，百花洲文艺出版社
258. 《弹如流星2》，拔剑东门，凤凰出版社
259. 《孤男寡女》，董江波，北京联合出版公司
260. 《摸金手记》，羽扇青衣，中国画报出版社
261. 《替死者说话（上）》，再见萧郎，重庆大学出版社
262. 《典当10》，打眼，中国戏剧出版社
263. 《人鱼的信物——禁忌之海》，惊鸿，大众文艺出版社
264. 《中医高手2》，王文涛，中国戏剧出版社
265. 《那一夜，我们织毛衣》，赖宝 王小山 票爷，团结出版社
266. 《郁香魅影》，轩雨幽冉，中央广播电视大学出版社
267. 《骄阳似我》，顾漫，花山文艺出版社
268. 《气御千年第三部——九战九华》，风御九秋，北京理工大学出版社
269. 《盛世宫名》，冬雪晚晴，团结出版社
270. 《爱在时光深处绽放》，落清，广西人民出版社
271. 《振荡空间》，紫薇朱槿，重庆出版社
272. 《请别以爱的名义对我撒谎2 完结篇》，王颖，现代出版社
273. 《一爱倾城》，夜神翼，现代出版社
274. 《活人禁地4（大结局）》，鬼若，金城出版社
275. 《一号保镖2》，冷海隐士，金城出版社
276. 《神游.5》，徐公子胜治，中国华侨出版社
277. 《神游.6》徐公子胜治，中国华侨出版社
278. 《神游.7》，徐公子胜治，中国华侨出版社

279. 《齐天传.3》，楚阳冬，中国华侨出版社
280. 《茅山后裔1 传国宝玺》，大力金刚掌，百花洲文艺出版社
281. 《茅山后裔2 兰亭集序》，大力金刚掌，百花洲文艺出版社
282. 《茅山后裔3 将门虎子》，大力金刚掌，百花洲文艺出版社
283. 《茅山后裔4 不死传说》，大力金刚掌，百花洲文艺出版社
284. 《茅山后裔5 建文谜踪》，大力金刚掌，百花洲文艺出版社
285. 《茅山后裔6 太平邪云》，大力金刚掌，百花洲文艺出版社
286. 《五行甲术之白水楼》，树上诡良，中国友谊出版公司
287. 《今夜，我在想你的路上》，朱口口，江苏文艺出版社
288. 《犯罪心理档案》，刚雪印，现代出版社
289. 《奇谐录4 邪不压正》，笑看茶凉，中国友谊出版公司
290. 《诡山》，湘西鬼王，中国友谊出版公司
291. 《大清赌王》，朱晓翔，中国华侨出版社
292. 《谁杀了堂头大和尚》，更的的，青岛出版社
293. 《在无尽无序的汪洋里，紧挨着你》，独眼，上海人民出版社
294. 《我的总裁未婚妻》，曾家小少，凤凰出版社
295. 《鉴宝2》，姚错莹，台海出版社
296. 《天才医生3》，赵夺，中国戏剧出版社
297. 《交易Ⅴ》（原名《女董事长》），亦客，台海出版社
298. 《异现场调查科香港故事》，君天，长江出版社
299. 《乱世错爱》，安迪可可，广东旅游出版社
300. 《网络英雄》，李大鸣，上海文艺出版社
301. 《伤心楚汉》，乐生，湖南美术出版社
302. 《傲娇与偏见》，媚媚猫，江苏文艺出版社
303. 《明知故爱》，含胭，江苏文艺出版社
304. 《汉武妖娆》，汉滴，广西人民出版社
305. 《别再让我遇见你》，罪加罪，江苏文艺出版社
306. 《莽荒纪1. 赤明九天》，我吃西红柿，江苏文艺出版社
307. 《后宫·如懿传.3》，流潋紫，中国华侨出版社
308. 《气御千年：第一部——紫气加身》，风御九秋，北京理工大学出版社

309. 《气御千年：第二部——五岳招魂》，风御九秋，北京理工大学出版社

310. 《气御千年：第五部——大罗金仙》，风御九秋，北京理工大学出版社

311. 《小狐狸遇上大灰狼》，岚烟晓月，江苏文艺出版社

312. 《竹马钢琴师》，木子喵喵，湖南人民出版社

313. 《大神凶猛》，凉拖，当代世界出版社

314. 《世婚之再嫁公子》，意千重，北方文艺出版社

315. 《狐色生香》，狐小妹，北方文艺出版社

316. 《王牌太子妃》，吴笑笑，江苏文艺出版社

317. 《锦绣妃途》，不游泳的小鱼，青岛出版社

318. 《许你沉默时光》，兰小青，光明日报出版社

319. 《木槿花西月锦绣1 西枫夜酿玉桂酒》，海飘雪，青岛出版社

320. 《木槿花西月锦绣2 金戈梦破惊花魂》，海飘雪，青岛出版社

321. 《若星汉天空》，今何在，北京联合出版公司

322. 《归离·华丽终结》，十四夜，江苏文艺出版社

323. 《君子之交》，蓝淋，北方文艺出版社

324. 《江山美人谋》，袖唐，中国友谊出版公司

325. 《此生，许你眉眼如花》，彼岸繁花，重庆出版社

326. 《头条星闻①》，老石头，湖南人民出版社

327. 《爱久暖人心》，老石头，江苏文艺出版社

328. 《名草有主》，酒小七，江苏文艺出版社

329. 《从来未热恋　原来已深情》，殷寻，现代出版社

330. 《暖冬夜微澜》，柳晨枫，现代出版社

331. 《只愿金屋不藏娇》，御井烹香，湖南人民出版社

332. 《仙楚》5，树下野狐，中国致公出版社

333. 《仙楚》4，树下野狐，中国致公出版社

334. 《敢不敢给你的爱》，盛世爱，北京燕山出版社

335. 《斗爱之冠》，孩子帮，北京燕山出版社

336. 《剑逆苍穹2——内门真龙》，EK巧克力，长江文艺出版社

337. 《气御千年第三部——九战九华》，风御九秋，北京理工大学出

版社

338. 《妃不侍寝（上下）》，帝国兔子，重庆出版社
339. 《宅女的疯狂爱情记》，顾七兮，大众文艺出版社
340. 《圣堂6·决战苍穹》，骷髅精灵，海南出版社
341. 《莽荒纪2.天下纪氏》，我吃西红柿，江苏文艺出版社
342. 《是爱暖了少年凉》，安锦年，光明日报出版社
343. 《直到世界没有爱情》，未再，江苏文艺出版社
344. 《赠你以星空》，星空飘雨，中国画报出版社
345. 《春江水暖狐先知》，骊珠，中国画报出版社
346. 《古墓小新娘》，曲十一郎，广西人民出版社
347. 《天字医号》，圆不破，金城出版社
348. 《圣堂5·龙吟乾坤》，骷髅精灵，海南出版社
349. 《吞噬星空 涅槃③》，我吃西红柿，湖北少儿出版社
350. 《大神嫁到》，苏年，湖南人民出版社
351. 《校花的贴身高手Ⅱ拯救女神》，鱼人二代，海南出版社
352. 《无方少年游（全二册）》，四木，光明日报出版社
353. 《失忆天后》，十七，北方文艺出版社
354. 《王牌太子妃·终结篇》，吴笑笑，江苏文艺出版社
355. 《木槿花西月锦绣3月影花移约重来》，海飘雪，青岛出版社
356. 《武动乾坤7远古秘藏》，天蚕土豆，湖北少儿出版社
357. 《龙墓2穿梭虚空》，龙骨卫，湖北少儿出版社
358. 《罪恶之城1群星闪耀之年》，烟雨江南，湖北少儿出版社
359. 《邪神传说1》，云天空，湖南少儿出版社
360. 《暖冬夜微澜2》，柳晨枫，现代出版社
361. 《太子》，鹦鹉晒月，青岛出版社
362. 《狂神.3》，唐家三少，湖南少儿出版社
363. 《家有萌妻》，囧囧有妖，青岛出版社
364. 《圣堂7·铁血燃城》，骷髅精灵，海南出版社
365. 《斗罗大陆.第二部.绝世唐门.8》，唐家三少，湖南少儿出版社
366. 《是你赐我的星光》，殷寻，重庆出版社

367.《薄情王爷的宠妃》，淡月新凉，重庆出版社

368.《惊世风华》，冷青丝，大众文艺出版社

369.《倾城劫数》，安染染，光明日报出版社

370.《天坑》，韩学龙，清华大学出版社

371.《只为那一刻与你相见》，鲜橙，江苏文艺出版社

372.《最深的爱，最好的你》，江雪落，江苏文艺出版社

373.《潘多拉的琴弦》，上弦，广西人民出版社

374.《倘若爱没有搁浅》，心语如兰，广西人民出版社

375.《无声的证词》，秦明，漓江出版社

376.《齐天传.4》，楚阳冬，中国华侨出版社

377.《只因当时太爱你》，安染染，青岛出版社

378.《要有多爱才会缠绵不休》，暖暖风轻，百花洲文艺出版社

379.《爱情吻过我们的脸》，明月他乡照，百花洲文艺出版社

380.《最后一个道士.3》，夏忆，百花洲文艺出版社

381.《七人环》，青丘，湖南人民出版社

382.《狙魔手记》，尔东水寿，北京燕山出版社

383.《九宫猎局》，冷小张，安徽人民出版社

384.《典当11》，打眼，中国戏剧出版社

385.《鉴宝3》，姚错莹，台海出版社

386.《豪门绝恋 爱的释放》，古默，北京燕山出版社

387.《变脸师爷·终篇》，棠岚，广西人民出版社

388.《龙图》，宗家老七，江苏文艺出版社

389.《留守女人》，路人某，凤凰出版社

390.《白马，快到碗里来》，郭馥宁，湖南文艺出版社

391.《赌石高手2》，首云树，中国戏剧出版社

392.《高人2》，常书欣，中国戏剧出版社

393.《典当12》，打眼，中国戏剧出版社

394.《投资高手》，熊星，九州出版社

395.《别碰我的婚姻》，栀子，现代出版社

396.《豪门游戏》，红了容颜，重庆出版社

397.《盗墓密码之逢墓之夜》，冬雪晚晴，天津人民出版社

398. 《盗墓总司令》，东门问天，天津人民出版社
399. 《黄金手6》，罗晓，中国戏剧出版社
400. 《爱情吻过我们的脸》，明月他乡照，百花洲文艺出版社
401. 《校花的贴身高手3 威震松山》，鱼人二代，海南出版社
402. 《斗罗大陆．第二部．绝世唐门．7》，唐家三少，湖南少儿出版社
403. 《光之子·圣光之子》，唐家三少，湖北少儿出版社
404. 《末日曙光》，非天夜翔，湖南人民出版社
405. 《山河落娇红（上下）》，三月暮雪，江苏文艺出版社
406. 《龙战Ⅰ踏歌行》，紫薇朱槿，江苏文艺出版社
407. 《夫如东海》，张廉，江苏文艺出版社
408. 《诛仙第二部．4》，萧鼎，北京联合出版公司
409. 《天下卿颜（完结篇）》，凌千曳，江苏文艺出版社
410. 《三世闹君心（上下册）》，伪装的鱼，现代出版社
411. 《前世皇妃》，冷青丝，台海出版社
412. 《公主要休夫》，柳上青，台海出版社
413. 《富贵荣华．并蒂莲》，府天，21世纪出版社
414. 《富贵荣华．火中凤》，府天，21世纪出版社
415. 《富贵荣华．朱门燕》，府天，21世纪出版社
416. 《富贵荣华．笼中雀》，府天，21世纪出版社
417. 《全世界我最喜欢你》，米问问，湖南人民出版社
418. 《莽荒纪3.千剑问道》，我吃西红柿，江苏文艺出版社
419. 《白银之歌1 谷中夺宝》，罗森，团结出版社
420. 《初晨，是我故意忘记你》，籽月，光明日报出版社，2013
421. 《逆战苍穹》，西门不败，中国华侨出版社
422. 《柔情王爷霸气妃》，夏末一，中国华侨出版社
423. 《逃婚淘个宝》，小醋，百花洲文艺出版社
424. 《一念执着，一念相思》，一度君华，中国友谊出版公司
425. 《跟你扯不清》，明月听风，青岛出版社
426. 《修真世界7·神力时代》，方想，新世界出版社
427. 《女相倾国（江湖篇)》，夜初，青岛出版社

428. 《宦妃》，青青的悠然，青岛出版社
429. 《医手遮天Ⅰ天玄大陆》，慕璎珞，青岛出版社
430. 《叔途桐归》，芥末绿，重庆出版社
431. 《豪门强宠》，旖旎萌妃，重庆出版社
432. 《阳神 2 庶子扬威》，梦入神机，同心出版社
433. 《倾尽天下（上下）》，风宸雪，新世界出版社
434. 《蔷色山河（凤城飞帅）》，月斜影清，新世界出版社
435. 《若是相逢未爱时》，风宸雪，现代出版社
436. 《豪门调香师》，殷寻，重庆出版社
437. 《谁予情深寄流年》，立誓成妖 小醋，漓江出版社
438. 《尚食刘娘子》，忧然，北京联合出版公司
439. 《狂神.4》，唐家三少，湖南少儿出版社
440. 《斗罗大陆．第二部．绝世唐门.9》，唐家三少，湖南少儿出版社
441. 《狂神.5》，唐家三少，湖南少儿出版社
442. 《绝色烟柳满皇都》，一半是天使，大众文艺出版社
443. 《殊途同爱》，金陵雪，江苏文艺出版社
444. 《龙砚——绝命追踪 83 天》，澹台镜，贵州人民出版社
445. 《逃出生天之幽灵再现》，弦上月色，贵州人民出版社
446. 《狱警手记》，鲁奇，重庆出版社
447. 《沥川往事（上下册）》，施定柔，浙江文艺出版社
448. 《一念（上下册）》，圣妖，北京燕山出版社
449. 《大狙4》，野兵，凤凰出版社
450. 《浮华与你共朽》，谢楼南，百花洲文艺出版社
451. 《时光只曾为你留》，苏格兰折耳猫，百花洲文艺出版社
452. 《蔷薇的颜色》，鬼马星，21 世纪出版社
453. 《齐天传.5》，楚阳冬，中国华侨出版社
454. 《问鼎 3　角逐群雄》，何常在，贵州民族出版社
455. 《问鼎 4　登高望远》，何常在，贵州民族出版社
456. 《完美猎杀》，赤蝶飞飞，安徽文艺出版社
457. 《首席医官 5》，谢荣鹏，九州出版社

458. 《中医高手3》(完结篇)，王文涛，中国戏剧出版社
459. 《梦回大宋》，曹娅，长江文艺出版社
460. 《运途》，何常在，贵州民族出版社
461. 《国医高手3》，石章鱼，贵州民族出版社
462. 《国医高手4》，石章鱼，贵州民族出版社
463. 《交易Ⅵ》，亦客，台海出版社
464. 《当烟花冷落时》，徐四四，花城出版社
465. 《虫屋》，鬼马星，21世纪出版社
466. 《医界传奇》，司徒浪，贵州民族出版社
467. 《运途2》，何常在，贵州民族出版社
468. 《婚姻遇刺》(网名汉代蜜瓜)，秦岭，新世界出版社
469. 《放过》，安小栩，中国言实出版社
470. 《网游一往情深之真心诚意》，谢小嵘，文汇出版社
471. 《天定风华系列君珂篇套装》，天下归元，江苏文艺出版社
472. 《锦绣未央（123）》，秦简，江苏文艺出版社
473. 《天定风华Ⅲ笑忘归》，天下归元，江苏文艺出版社
474. 《媚乱六宫》，冰蓝纱，重庆出版社
475. 《圣堂8·入世迷局》，骷髅精灵，海南出版社
476. 《纨绔世子妃（上下册）》，西子情，青岛出版社
477. 《阳神1·侯府风云》，梦入神机，同心出版社
478. 《沙海2：沙蟒蛇巢》，南派三叔，长江文艺出版社
479. 《雄霸天下Ⅰ兽灵界》，骷髅精灵，百花洲文艺出版社
480. 《惟愿长相守》，秋夜雨寒，江苏文艺出版社
481. 《婚迷不醒》，月影灯，湖南人民出版社
482. 《南衙纪事Ⅲ》，欧阳墨心，江苏文艺出版社
483. 《告白》，锦竹，湖南人民出版社
484. 《恋爱魔术师》，风为裳，译林出版社
485. 《锦衣夜行5 逍遥游》，月关，湖北少儿出版社
486. 《修真世界8 王之号角》，方想，新世界出版社
487. 《剑噬大地1.谁与争锋》，浮生，百花洲文艺出版社
488. 《珍馐传（上下册）》，寒烈，新世界出版社

489. 《复贵盈门》，云霓，重庆出版社

490. 《情有千千劫》，红摇，光明日报出版社

491. 《莽荒纪4.蛰伏之战》，我吃西红柿，江苏文艺出版社

492. 《武动乾坤8 宗派传承》，天蚕土豆，湖北少儿出版社

493. 《凤鸣九霄：师叔》，天如玉，重庆出版社

494. 《良婿·第一部：盛世浮华》，意千重，重庆出版社

495. 《第三种绝色》，八月薇妮，重庆出版社

496. 《武布天下Ⅰ乱舞梦境》，十年雪落，湖南人民出版社

497. 《斗破苍穹之大主宰①》，天蚕土豆，湖南人民出版社

498. 《回眸一笑秋波起》，东奔西顾，青岛出版社

499. 《周天·镜弓劫》，碎石，新世界出版社

500. 《南衙纪事4》，欧阳墨心，江苏文艺出版社

501. 《剑逆苍穹3声名鹊起》，EK巧克力，长江文艺出版社

502. 《蛮荒纪Ⅱ绝世宗门》，铁钟，湖南文艺出版社

503. 《我的如意狼君2》，旖旎萌妃，湖南人民出版社

504. 《九星天辰诀1地底琼楼》，发飙的蜗牛，湖北少儿出版社

505. 《明宫天下1锦衣明月》，紫百合，长江文艺出版社

506. 《仙魔变Ⅰ不灭荣耀》，无罪，太白文艺出版社

507. 《光年Ⅱ诸神之战》，树下野狐，中国致公出版社

508. 《斗罗大陆．第二部．绝世唐门．10》，唐家三少，湖南少儿出版社

509. 《齐天传．6》，楚阳冬，中国华侨出版社

510. 《逐爱世界》，陈之遥，光明日报出版社

511. 《我曾纯粹爱过你》，艾小图，中国友谊出版公司

512. 《十四年猎诡人》，李诣凡，花城出版社

513. 《典当13》，打眼，中国戏剧出版社

514. 《收藏》，首云树，台海出版社

515. 《地狱公寓3》，董协，中国戏剧出版社

516. 《天才商人》，陆彦超，中国戏剧出版社

517. 《赚钱高手》，宋晓宇，中国戏剧出版社

518. 《青铜石棺》，苏家老四，中国华侨出版社

519. 《与我十年长跑的女友明天要嫁人了》，李海波，江苏文艺出版社

520. 《黄金手7》，罗晓，中国戏剧出版社

521. 《投资高手2》，熊星，九州出版社

522. 《蛊苗部落》，飞天，北方文艺出版社

523. 《生死宝藏》，张佳亮，北方文艺出版社

524. 《古玩高手3》，王炜坚，中国戏剧出版社

525. 《终极猎杀2》，夜十三，羊城晚报出版社

526. 《婚姻秘密公约》，白槿湖，大众文艺出版社

527. 《吞噬星空·涅槃④》，我吃西红柿，湖北少儿出版社

528. 《全职高手9 草根战队》，蝴蝶蓝，湖北少儿出版社

529. 《圣堂9·逆天狂想》，骷髅精灵，太白文艺出版社

530. 《生于一九九叉》，顾异，百花洲文艺出版社

531. 《凤月无边》，林家成，青岛出版社

532. 《王牌宠妃（终结篇）》，安知晓，青岛出版社

533. 《破日1》，李筝，21世纪出版社

534. 《破日2》，李筝，21世纪出版社

535. 《破日3》，李筝，21世纪出版社

536. 《传奇》，墨舞碧歌，青岛出版社

537. 《俊男坊风云变幻》，末果，百花洲文艺出版社

538. 《医手遮天Ⅱ威震神诀宫》，慕璎珞，青岛出版社

539. 《雪中悍刀行Ⅰ》，烽火戏诸侯，江苏文艺出版社

540. 《血族·神医1》，北棠，青岛出版社

541. 《极品世子妃》，马涵，青岛出版社

542. 《山有墓兮墓有龙》，酥油饼，花城出版社

543. 《莽荒纪5. 绝世锋芒》，我吃西红柿，江苏文艺出版社

544. 《莲上仙》，寂月皎皎，北京联合出版公司

545. 《阳神3——破釜沉舟》，梦入神机，同心出版社

546. 《阳神4——真武圣侣》，梦入神机，同心出版社

547. 《网游之江湖任务行》，蝴蝶蓝，新世界出版社

548. 《沉香如屑》，苏寞，百花洲文艺出版社

549.《富贵荣华 殿前欢》，府天，21世纪出版社
550.《富贵荣华 帝王业》，府天，21世纪出版社
551.《白银之歌2 帝都争霸》，罗森，团结出版社
552.《蛮荒纪Ⅲ 武动西荒》，铁钟，湖南文艺出版社
553.《思慕如糖》，星空飘雨，北京时代华文书局有限公司
554.《傲世九重天④暗棋》，风凌天下，福建少年儿童出版社
555.《亿万大人物》，东尽欢，太白文艺出版社
556.《雄霸天下Ⅲ圣骑士》，骷髅精灵，太白文艺出版社
557.《初恋无下限》，未眠君，贵州人民出版社
558.《斗罗大陆.第二部.绝世唐门.11》，唐家三少，湖南少儿出版社
559.《狂神.6》，唐家三少，湖南少儿出版社
560.《诡案侦查组之双鱼玉佩》，雪漫迷城，新世界出版社
561.《40的夫，20的妻》，晚情，重庆出版社
562.《失忆迷途》，树犹如此，重庆出版社
563.《初恋41次》，余晓熠，北京联合出版公司
564.《落地请说我爱你》，冰可人，百花洲文艺出版社
565.《天机古卷》，纵马乾坤，江西高校出版社
566.《天佛之眼》，谢迅，江西高校出版社
567.《索女神探之银河谋杀法》，追月逐花，贵州人民出版社
568.《十宗罪4》，蜘蛛，湖南文艺出版社
569.《听说爱情在隔壁》，浅绿，光明日报出版社
570.《最完美的女孩——未来的我》，叶聪灵，湖南文艺出版社
571.《金棺陵兽》，天下霸唱，天津人民出版社
572.《还能在一起多久》，唐七公子，湖南文艺出版社
573.《那一树一树的花开》，绾绾，译林出版社
574.《收藏2》，首云树，台海出版社
575.《一朵桃花倾城开》，顾七兮，光明日报出版社
576.《我等待，置我于死地的爱情》，锏浔，长江文艺出版社
577.《假如再有一个你》，林斐然，光明日报出版社
578.《一代帝女》，淡妆浓抹，北京联合出版公司

579.《超级高手》，李焕文，九州出版社

580.《萨满宝藏》，崔走召，同心出版社

581.《乱世错爱（下）》，安迪可可，广东旅游出版社

582.《暴富传奇2》，古流，羊城晚报出版社

583.《赌石高手3》，首云树，中国戏剧出版社

584.《淘宝笔记》，罗晓，中国戏剧出版社

585.《谋杀安徒生》，异青人，贵州人民出版社

586.《天命除灵人》，玄门弟子，天津人民出版社

587.《燕倾天下》，天下归元，青岛出版社

588.《三生三世枕上书·终篇》，唐七公子，湖南文艺出版社

589.《不败战神1》，方想，陕西人民出版社

590.《宦妃·完美终结》，青青的悠然，青岛出版社

591.《剑噬大地2.武陵风云》，浮生，百花洲文艺出版社

592.《圣王2 地狱熔炉》，梦入神机，太白文艺出版社

593.《再嫁侯门》，意千重，北方文艺出版社

594.《步轻尘2》，李筝，21世纪出版社

595.《步轻尘3》，李筝，21世纪出版社

596.《迷侠记》，施定柔，浙江文艺出版社

597.《迷行记》，施定柔，浙江文艺出版社

598.《迷神记》，施定柔，浙江文艺出版社

599.《君临天下》，寂月皎皎，青岛出版社

600.《雄霸天下Ⅱ·镌刻师》，骷髅精灵，百花洲文艺出版社

601.《幸好遇见，你未娶我未嫁》，顾七兮，光明日报出版社

602.《罪恶之城·2命运之种》，烟雨江南，湖北少儿出版社

603.《复贵盈门　完结篇》，云霓，重庆出版社

604.《阳神6·战神之威》，梦入神机，宁波出版社

605.《阳神5·重返玉京》，梦入神机，宁波出版社

606.《斗破苍穹之大主宰②》，天蚕土豆，湖南人民出版社

607.《江山依旧》，慕容湮儿，21世纪出版社

608.《封魔士》，流浪的蛤蟆，太白文艺出版社

609.《莽荒纪6.百炼成神》，我吃西红柿，江苏文艺出版社

610. 《猛龙过江1.叱咤风云》,骷髅精灵,江苏文艺出版社
611. 《吞噬星空·秘境1》,我吃西红柿,湖北少儿出版社
612. 《光之子3 魔族来袭》,唐家三少,湖北少儿出版社
613. 《英雄无双1·落魄高手》,施鸥,湖北少儿出版社
614. 《武布天下Ⅱ龙战魂堂》,十年雪落,湖南人民出版社
615. 《思倾城》,颜月溪,译林出版社
616. 《战魔王》,赖尔,长江文艺出版社
617. 《剑道独尊Ⅰ剑绝天下》,剑游太虚,江苏文艺出版社
618. 《废弃皇妃》,满城烟火,东方出版社
619. 《寻情记6:舍利》,鬼山僧,贵州人民出版社
620. 《寻情记5:古卷》,鬼山僧,贵州人民出版社
621. 《寻情记4:菩提》,鬼山僧,贵州人民出版社
622. 《半步情错》,爱已凉,青岛出版社
623. 《至高无上》,午夜浓茶,德宏民族出版社
624. 《藏宝图》,张佳亮,北方文艺出版社
625. 《掌控》,何常在,中国华侨出版社
626. 《我用一生,为你守候》,墨锦,文汇出版社
627. 《说好不为你忧伤》,宋唯唯,现代出版社
628. 《黄金手8》,罗晓,中国戏剧出版社
629. 《微加幸福》,方紫鸢,广东旅游出版社
630. 《圣堂10·天下无双》,骷髅精灵,太白文艺出版社
631. 《武动乾坤9·百战成钢》,天蚕土豆,湖北少儿出版社
632. 《凌云志2》,杨英明,东方出版社
633. 《我有多爱你,时光它知道》,沈南乔,光明日报出版社
634. 《裁决1·折翼之变》,七十二,湖北少儿出版社
635. 《是你,给我一半的爱情》,笙离,光明日报出版社
636. 《末日曙光2》,非天夜翔,湖南人民出版社
637. 《庶女明兰传》,关心则乱,湖南人民出版社
638. 《斗破苍穹之大主宰③》,天蚕土豆,湖南人民出版社
639. 《神煌Ⅰ惊云神灭》开荒,湖南人民出版社
640. 《仙魔变Ⅱ血战雷霆》,无罪,太白文艺出版社

641. 《雪中悍刀行2》，烽火戏诸侯，江苏文艺出版社
642. 《宠》，宁蒙，光明日报出版社
643. 《所愿》，长着翅膀的大灰狼，国际文化出版公司
644. 《如梦》，长着翅膀的大灰狼，国际文化出版公司
645. 《情愿为你错》，都春子，百花洲文艺出版社
646. 《莽荒纪7.寂灭之域》，我吃西红柿，江苏文艺出版社
647. 《天生作对》，夏栀，光明日报出版社
648. 《剑道独尊Ⅱ一战成名》，剑游太虚，江苏文艺出版社
649. 《梦里寻她千百度》，唐梦若影，江苏文艺出版社
650. 《凤月无边·终结篇》，林家成，青岛出版社
651. 《三生三世彼岸花》，女巫的猫，江苏文艺出版社
652. 《把你宠坏》，井上阿七，光明日报出版社
653. 《大唐吃客》，久雅阁，江苏文艺出版社
654. 《魔兽剑圣异界纵横Ⅸ》，天蚕土豆，湖南人民出版社
655. 《雪中悍刀行3》，烽火戏诸侯，江苏文艺出版社
656. 《光之子·燃烧的圣光》，唐家三少，湖北少儿出版社
657. 《不如我们重新来过》，吴沉水，北方文艺出版社
658. 《生肖守护神1》，唐家三少，湖南少儿出版社
659. 《斗罗大陆.第二部.绝世唐门.13》，唐家三少，湖南少儿出版社
660. 《韩城暖恋（ⅠⅡ）》，柳晨枫，新世界出版社
661. 《花月佳期》，八月薇妮，新世界出版社
662. 《秘藏1 少年游》打眼，四川文艺出版社
663. 《秘藏2 鉴宝奇闻》，打眼，四川文艺出版社
664. 《任时光匆匆》，蓝白色，国际文化出版公司
665. 《超级高手2》，李焕文，九州出版社
666. 《等你很久了，Mr. Right》，关就，浙江文艺出版社
667. 《从开始到现在》，晴空蓝兮，湖南文艺出版社
668. 《指尖的蝴蝶》，香雪，北京联合出版公司
669. 《淘宝高手3》，张小斌，中国戏剧出版社
670. 《淘宝笔记2》，罗晓，中国戏剧出版社

671.《宝鉴1 玉藏乾坤》，打眼，文心出版社
672.《一世长安》，海风暖暖，中国华侨出版社
673.《许我再次邂逅》，温可言，东方出版社
674.《逆袭》，何常在，东方出版社
675.《鱼馆幽话2》，瞌睡鱼游走，百花洲文艺出版社
676.《忆君心似西江水》，神也爱兔子，中国华侨出版社
677.《木槿花西月锦绣6（大结局）菩提煅铸明镜心》，海飘雪，青岛出版社
678.《天定风华Ⅳ 此心倾》，天下归元，江苏文艺出版社
679.《南朝春》，林家成，江苏文艺出版社
680.《原来，我在这里等你遇见我》，梧桐私语，北京燕山出版社
681.《猛龙过江2. 世界争霸》，骷髅精灵，江苏文艺出版社
682.《错位爱情》，痴梦人，百花洲文艺出版社
683.《黄金手9》，罗晓，中国戏剧出版社
684.《医手遮天Ⅲ 崛起天音门》，慕璎珞，青岛出版社
685.《秘藏3 绝世宝器》，打眼，四川文艺出版社
686.《暖擎天（上下册）》，殷寻，青岛出版社
687.《苗疆蛊事1》，南无袈裟理科佛，上海社会科学院出版社
688.《苗疆蛊事2》，南无袈裟理科佛，上海社会科学院出版社
689.《苗疆蛊事3》，南无袈裟理科佛，上海社会科学院出版社
690.《一念 终章》，圣妖，现代出版社
691.《锦绣未央（456）》，秦简，江苏文艺出版社
692.《画地为牢》，白刃在喉，江苏文艺出版社
693.《愿我如星君如月》，爱心果冻，江苏文艺出版社
694.《御厨房里那些事儿》，小醋，江苏文艺出版社
695.《山河①》，时未寒，湖南人民出版社
696.《全职高手10·四会联盟》，蝴蝶蓝，湖北少儿出版社
697.《武布天下Ⅲ逆天九变》，十年雪落，湖南人民出版社
698.《妃卿九天》，傅含紫，贵州人民出版社
699.《阳神7－初震朝野》，梦入神机，宁波出版社
700.《阳神8－麒麟降世》，梦入神机，宁波出版社

701.《名门盛婚》，妞锦，江苏文艺出版社

702.《梦里寻她千百度·完美终结》，唐梦若影，江苏文艺出版社

703.《后宫·如懿传.4》，流潋紫，中国华侨出版社

704.《我自相思》，满座衣冠胜雪，北京联合出版公司

705.《三生三世莲理枝》，女巫的猫，江苏文艺出版社

706.《良媳　完结篇》，意千重，重庆出版社

707.《桃红又是一年春》，八月薇妮，新世界出版社

708.《完美世界1》，辰东，湖南少儿出版社

709.《斗罗大陆.第二部.绝世唐门.14》，唐家三少，湖南少儿出版社

710.《离凰》，猗兰霓裳，百花洲文艺出版社

711.《江山多少年》，大风刮过，新世界出版社

712.《医生笔记》，司徒浪，九州出版社

713.《心甘情愿》，长着翅膀的大灰狼，国际文化出版公司

714.《完美替身恋人》，安知晓，中国言实出版社

715.《翠微江南》，沧海七渡，译林出版社

716.《竹马钢琴师Ⅱ》，木子喵喵，湖南人民出版社

717.《武动乾坤10·巅峰之战》，天蚕土豆，湖北少儿出版社

718.《斩龙1一骑当千》，失落叶，江苏文艺出版社

719.《剑道独尊Ⅲ潜龙秘境》，剑游太虚，江苏文艺出版社

720.《有生的瞬间遇见你》，芥末绿，百花洲文艺出版社

721.《唐砖1土豆有妖气》，孑与2，文心出版社

722.《首席医官7》，谢荣鹏，21世纪出版社

（二）诗歌类

1.《春秋时期的爱情疯子（短篇小说、散文诗歌集）》，李寻欢，杭州出版社，2002

2.《网络诗三百：中国网络原创诗歌精选》，陈村，大象出版社，2002

3.《流韵山庄：网络诗歌选》，张明军，山东文化音像出版社，2003

4.《中国网络诗典》，马铃薯兄弟，江苏文艺出版社，2002

5. 《吉狄马加的诗》，吉狄马加，四川文艺出版社，2004
6. 《2004年度网络诗选》，榕树下网站，漓江出版社，2005
7. 《春冰集：网络诗词十五家》，碰壁齐主，河北教育出版社，2005
8. 《2005年网络散文诗词诗精选》，榕树下网站，漓江出版社，2005
9. 《中国最佳网络诗歌》，游承林，中国文化出版社，2007
10. 《中国网络诗歌精选》，墨写的忧伤，中国戏剧出版社，2009
11. 《中国网络诗歌前沿佳作评赏》，简明，河北人民出版社，2009
12. 《界限：中国网络诗歌运动十年精选》，西叶 苏若兮，重庆大学出版社，2010
13. 《十年诗选（2000—2010）》，李少君 张维，江苏文艺出版社，2010
14. 《英子网络诗之梦幻集》，韩文英，华文出版社，2010
15. 《网络微型诗300首》，宋长江，湖南人民出版社，2011
16. 《2011网络诗选》，阎志，人民文学出版社，2011
17. 《由柠斋吟稿》，眭谦，巴蜀书社，2011
18. 《中国网络诗歌精选：2010—2011》，吴海歌，青海人民出版社，2011
19. 《2009—2011优秀网络诗歌精粹》，游承林 黄少群，中国戏剧出版社，2011
20. 《中国当代网络诗歌精选》，若离 邵睿杰 夏彦，阳光出版社，2011
21. 《2012网络诗选》，阎志，人民文学出版社，2012
22. 《2013年网络诗选》，阎志，人民文学出版社，2013

（三）散文类

1. 《女人心事风过留香》，五朝臣子，时代文艺出版社，2000
2. 《生活的原味》，五朝臣子，时代文艺出版社，2000
3. 《落潢蓝蜻蜓的花径》，吴过，长江文艺出版社，2000
4. 《最浪漫的谎言——爱情在网络间穿行》，王勇，金城出版社，2004
5. 《习惯一个人》，姬百合，上海文化出版社，2005

6.《2005中国年度网络文学》，天涯社区，漓江出版社，2006

7.《2005年中国网络文学精选》，盛大起点中文网，长江文艺出版社，2006

8.《芙蓉花开：2007湖湘网络散文年选》，周继志，湖南文化音像出版社，2008

9.《选择坚强》，黑夜日出散文编审组，中国社会出版社，2008

10.《99中国年度最佳网络文学》，榕树下图书工作室，漓江出版社，2000

11.《中国随笔年度佳作2009》，联立选，贵州人民出版社，2010

七、名作家博客文章存目

（一）收录作家姓名（64人）

韩寒	残雪	李少君	谢有顺
麦家	方方	何建明	陶东风
刘醒龙	陈应松	陈启文	当年明月
徐坤	王朔	李师江	流潋紫
熊育群	王跃文	饶雪漫	南派三叔
衣向东	陆天明	孙睿	慕容雪村
葛水平	刘慈欣	春树	李碧华
郭雪波	邱华栋	郑小琼	梁凤仪
格致	苏北	莫小邪	刘墉
李进祥	彭学明	安意如	胡因梦
曹文轩	郭文斌	蒋方舟	张大春
汤素兰	谢宗玉	李军洋	徐贲
周国平	刘亮程	林卓宇	毛丹青
梁晓声	于坚	朱大可	洪晃
冯骥才	荣荣	李敬泽	桐华
毕淑敏	翟永明	张颐武	虹影

（二）作家博客文章题录（按发布时间由近及远顺序排列）

韩寒

2013年09月27日

2013年09月06日

一次告别

地震思考录

新年答朋友问（1）

要客访泰记

让大家扫兴了

东望洋

《春萍，我做到了》

碎片

《ONE IS ALL》

2012 年 09 月 25 日

关于作家维权联盟起诉百度的几点声明

已来的主人翁

什邡的释放

一个流传多年的谣言

我所理解的生活

操，你想怎样——几部电影的影评

太平洋的风

为止

就要做个臭公知

各自万古流

我和官员的故事

来，带你在长安街上调个头

少年游

写给每一个自己

写给张国荣

让一部分人先选起来

重庆美剧

这一代人（2012 年版）

二月零三日

转发——《质疑鲁迅》，作者方尺规。

我写下的这些都可以成为呈堂证供

答春绿

看着手稿真欢乐——附 16 岁写孔庆东文
我的父亲韩仁均以及他的作品
《光明和磊落》——我的手稿集
孤方请自赏
人造方舟子
超常文章一篇
正常文章一篇
小破文章一篇
我的 2011

麦家
语文课堂外的"好声音"
历久弥新的感动
谁能笑到最后
名人的标准
《暗算》访谈：水晶是美的，也是脆的
伦敦奥运之二：奥运开会，地球如村
伦敦奥运之一：时间如马，金牌如眼
我们为什么一定要战胜年龄？
《刀尖》之八：王亚坤先生的谈话录
《刀尖》之七：《刀之阴面》里的苦爱情模式
《刀尖》之六：《刀之阴面》在阿里

刘醒龙
被疯狗咬了一口《圣天门口》
娜么美的金鸡奖
边地王者
抱着父亲回故乡
刘醒龙：对小人物充满敬畏
山叶落桃红
[转载]《圣天门口》众生相

嘉木香留霞——图记塞尔维亚作家来访
荔妃香时君醉否？
铁屑湛蓝
［转载］赤壁风骨——东坡赤壁碑廊序
真人图书馆！

徐坤
小剧场话剧的活力值得珍惜
文学与包容
2013：蛇仙驾到
小说《地球好身影》
《泰囧》，太窘？
我看莫言——祝贺莫言获得诺贝尔文学奖
从语言到躯体——祝贺北京人艺建院60周年
对话与交流——2012伦敦书展

熊育群
熊育群：写出一部不同于别人的作品
风过草原
僭越的眼
西北向西
莫言文学创作要点（一次创作长谈）
莫言的两个下午

衣向东
人是秋后的一棵草——山中杂记之三
秋——山中杂记之二
生的滋味
当心公路上的"霸王车"
立法推动阅读是个笑话
告别天通苑

学校教育应高举"做中国脊梁"的爱国旗帜
走进昌邑
风景这边独好——云南边境行走散记
善有善报
惠风和畅
小说自选集出版
《文艺报》专版——雷达、衣向东
为中国烟草人说句公道话
情满潍河【莫言题写书名】
别把你的秘密告诉我
跨国擒凶——中国警察赴安哥拉打击侵害中国公民的行径
4——5
6——7
8——9
小说家的散文：《亲爱的阿拉善》
2012年08月30日
不拿金牌去伦敦干什么？
城市的面孔
医院的脸为什么难看？
长篇小说《站起来说话》访谈
当下纯文学的无奈与尴尬
周立波的脱口秀太精彩了！
"农民工"改称"土地爷爷"？
堕落的文学批评
最新长篇小说选摘1—6章

葛水平
大地是马的长旅
天下得靠一张纸钱来认路
打昆明走过
黄昏的内窑

国庆（笑一笑，十年少）

［转载］遗世幽居的女子

［转载］寻找病因

月肥之夜

鄂尔多斯荣誉牧民

［转载］炊烟升起的地方让我心痛——葛水平

活着才见宗教

［转载］作家葛水平走沁河

藏山卧水葛水平

脱尽生命年节的二胡

［转载］土地是用来裸露的

写在文坛边上

花开富贵

河流带走与带不走的

茶已成水

看那月亮升起在高山顶上

有谁明白"艳"是冷

消亡可以是如此艳情

我是乡村遗失在城市里的孩子

《文学报》张滢莹对话葛水平

要走过几世才知道自己该怎样爱

农业时代的乡村文化博物馆

时间的语言和伤口

寻访曾经热闹的墟市

乡村的欢喜魂儿（三）

乡村的欢喜魂儿（二）

我们乡村的欢喜魂儿（一）

一时之间如梦

我愿宿醉不醒

我有理由知道她的美丽

太原有一个好去处：天街小雨

［转载］东珠：《美文》2013 上半月刊（第 05 期）

［转载］东珠：《美文》2013 上半月刊（第 04 期）

老马岭上走过强人（河水带走两岸）

［转载］葛水平论：气场美学与复调思维

我念想的雅安（一篇旧文）

拿到样书《河水带走两岸》

文字让赵树理留下凭据

山中的孩子

长袖曼舞的时光

［转载］东珠：《美文》2013 上半月刊（第 03 期）

迷恋那怀春的样子

服饰，是女人形而下的格调

遥知静者忘神色，满月清风"味"觉贫

安静，是这样的美

手艺把万物送到远方

天不变，道亦不变

好时辰（2013 年 02 月 13 日）

静，比佛更为庞大

开会期间乱画的啥也不是的啥

［转载］视频：揭露转基因内幕真相，触目惊心，中国人必看此视频！

《新作文》发表的文字

冬天里的青麦

［转载］东珠：《美文》2013 上半月刊（第 01 期）

那一片春光

这个世上我是一只悲伤的鸟

新年胜利了

倘若有缘，请与我一起淡泊这个日子

下雪了。

即将上市的一本书：走过时间

地气·大气·灵气

来一口

爱和坚守都与山河有关

夏天过去了，这社会热依旧不散

冯骥才老师题写书名《河水带走两岸》

周六周日晋城泽州县李寨乡陟椒村

风过处，回到从前

［转载］中国的城市化不能以终结乡村文明为代价

不是在天堂门口

［转载］《来一场风花雪月》之九

怀念我们共同的朋友徐怀谦

大道视觉的历山

要命的欢喜

一条河流的两岸

感谢《新华书目报》晓君

新华书目报王晓君采访

古村落消亡速度惊人一代人当自责

［转载］来一场风花雪月之六

生的欲望美丽（山西壶关）

我只为我的故乡舞蹈

2012年04月26日壶关东岳庙

2012清明

［转载］【本报对话葛水平：我不能不站在土地上说事】

2011年度优秀女性文学奖揭晓10部作品获此殊荣

获第五届《中国作家》鄂尔多斯大奖

鄂尔多斯

在咸阳

用文字的形式记录成长

我在地上的天堂

无法简化的葛水平

［转载］《2011年中国短篇小说精选》

［转载］购书书评：我读葛水平的《今世今生》

没有期待

一个人的短句
我的骨头里有麦子的养分
龙年安泰！
家里的乡下男人
［转载］大腕儿批评家眼中的《裸地》（2）
［转载］大腕儿批评家眼中的《裸地》（1）
猫叫春

郭雪波
额尔古纳河这岸
致纳尔逊·曼德拉——泸沽湖边的哀思
你认识它们吗？
包尔希勒草原的风
京西古村的一只杜鹃
在果多的牧场上
那片神秘的历史后院
日出后的沙坪坝
那棵银杏树
歌乐山低吟
一个女孩的大雨之夜
四十年求索只为一部书
郭雪波用写作守护"精神草原"
用文学传承萨满文化
天地人和谐文明的历史记录者
重庆红卫兵墓园和渣滓洞，两面历史
一个女人的神圣泥乳——《泥渡母》
一个女孩的大雾之夜
九渡河的秋天
正义的旗帜嘎达梅林——《青旗－嘎达》

格致

《生命呼吸——当代散文名家丛书》

濒临灭绝的清朝皇家猎犬——蒙古细犬

绝壁起舞——格致散文论邓丽娇

线团是个起跑的姿势

10月10日

［转载］首届林语堂散文奖揭晓

耿占春——清晨的语言

陈剑晖——创造散文语言的新秩序

梁鸿鹰——《风华也好 流水也罢》

南帆——格致的紧张和自信

胡平——点石成金的艺术

雷达——她致力于开发另一空间

李敬泽——格致的人与文

杭州灵隐寺白乐桥1号

"语言的冒险家和魔术师"——江城日报格致研讨会评论专版

分身术——格致在"格致文学作品研讨会"上的发言

尚乐林先生针对雷达先生评论的一点看法

致力于开发另一空间——雷达

新华新闻——新散文欲打破小说、诗歌、散文三分天下之局

触摸生命的质感——李强

纪念王宗汉先生

那些《风花雪月》的封面

南海阿顺——我的水下30分钟

《风花雪月》——格致首部选集出版

《婚姻流水》出版全国

别人的衣裳——《美文》2013年5期

诗歌 缩小 格致

《两重虚》——男生握着方向盘

2013年02月14日

2006年，郭力家迷上了从容这个词

柔弱而勇敢的栖居　李明辉

《美文》2013年格致专栏——《两重虚》

［转载］转【散文】在繁体字的迷宫中国

我的门口，蹲着一只老虎　格致

星期六和星期天　格致的虚构

诚挚地面对诚挚　杨永康

以后　诗歌

中国散文学会换届

［转载］诚挚地面对诚挚

关于散文的一篇论文

我死了，你怎么办？格致

站在凳子上看见自己　格致

我为什么写作！格致

［转载］质疑孙仁歌《置疑格致散文的诚挚性》之质疑

香草抱枕

树仙

［转载］孙仁歌：置疑格致散文的诚挚性

［转载］为何美国教授面对中国学生哭泣

我数了一下，一共有4个我同学

树仙（8日—9日）

树仙（8月7日）

婚姻流水平面图

叙述拯救世界

《婚姻流水》封面及我为之写的宣传语

"丧乱"——哭皇天

北山行——记一个梦境

姑姑应该退休了

无痛（小说）格致原创

李小二黑

饕餮猫

倾听与讲诉——给《作家通讯》

格致散文精选集——《金字塔》目录
可怜天下领导心《婚姻流水》补遗
《婚姻流水》系列中未发表的文字
李侠大师送我《神鼓天歌》
《婚姻流水》插图
散文体长篇小说《婚姻流水》

李进祥

［转载］《新时期中国少数民族文学作品选集·回族卷》隆重出版
四个穆萨（短篇小说）
读李进祥的三个短篇——白草
李进祥小说论——张元珂
法国驻华大使白林女士与宁夏作家座谈会
我的文学样貌
琐记李进祥——石舒清
责任与坚守——李进祥创作论
中国作家协会 2013 年度少数民族文学
中国作家协会 2013 年度重点作品扶持
中国作家协会 2013 年新会员名单
［转载］鲁迅文学院第六期少数民族文学创作培训班（2013·宁夏）招生通知
从比较中认识马金莲
《中国新时期少数民族文学作品集》
［转载］读李进祥的小说《狗村长》
用最洋的方法写最土的事情
新华网专访"骏马奖"获奖作家系列之李进祥 作家必须有文学信仰
"骏马奖"获得者李进祥：这不是一个单纯的文学奖项
春色满园关不住　百般红紫斗芳菲
河的比喻——关于文学地域性书写
第十届（2008—2011）全国少数民族文学创作"骏马奖"获奖名单
李进祥的人本与文本——荆竹

向水学习——读李进祥小说集《换水》
用文学表达清洁的民族精神
花醉了
［转载］在春天写下的七个词语
［转载］新"二十四节气"摄影，太美了
法国女翻译与宁夏作家
法国女汉学家与宁夏的"美丽约会"
由"东干"想到的
《北大评刊》看《十月》
《朔方》2012年第1期目录
《光明日报》时文看板
风格即人——宁肯

曹文轩
穿越嘈杂的小号声——阅读翌平
11月9日全国17座城市上映电影
我的作品
"读书好"与"把书读好"
书写情感（二）：写作的零度
书写情感（一）：有节制的感动
阅读是一种人生方式
谢氏文体——又一种批评
审美教育也是教育
回归经典
也读汪曾祺（三）——冲淡的柔情
也读汪曾祺（二）——朴初之美
也读汪曾祺（一）——风俗画
世界小，文学大

汤素兰
在母校宁乡七中90周年校庆大会上的讲话

新书——《我的动物朋友》

每朵乌云都镶有金边

姥姥教育家

一条小狗的前世今生

巫婆为什么一定得死

餐桌学堂

红鞋子．爱心助学

生活课堂

光阴的故事

写给《儿童文学》创刊五十周年

［转载］读奶奶星有感

［转载］读《崇木凼》有感

种什么种子

早飞的鸟

母亲的茶

"耐艰苦"而"厌声华"中崛起的儿童文学

我的中国梦

也说中国梦

关于男女公务员同龄退休的建议

三八妇女节，贴一个关于妇女权益的议案

关于独立书店的访谈

《潇湘晨报》关于公民道德问题的采访

关于坚持"一纲多本"，维护中小学教材编辑出版公平竞争秩序的建议

关于建立高速有效的"社会保护型"未成年人保护机制的建议

关于尽快修订完善《未成年人保护法》的建议

耍灯让每个孩子得到美好的教育

我们周围的仙境

《笨狼之歌》——祝新年快乐！

改变我们的儿童观

红鞋子（童话）

笨狼考试记

为阅读搭一座桥

我所认识的二三鼠

《妙笔》的访问

论汤素兰童话的深层结构拓展

童年的猫头鹰

百读不厌的《安徒生童话》

巴学园，孩子成长的伊甸园

观察．倾听．学习

［转载］一个卖国贼的自白

［转载］有关教育：一个中产母亲的悲情吐槽

奇奇

与蜂为邻

日记可以这样写

我的博客今天6岁241天了，我领取了元老博主徽章

聪明的办法

梦想号游船（童话连载之八——告别）

梦想号游船（童话连载之七——演唱）

梦想号游船（童话连载之六——蛇医）

梦想号游船（童话连载之五——菜花）

梦想号游船（童话连载之四——伙伴）

梦想号游船（童话连载之三——遇险）

梦想号游船（童话连载之二——远行）

梦想号游船（童话连载之一——梦想）

一封邮件勾起的一段疑云

向生命致敬

雏鸟殇

故乡

地球都乱了

五年级的姐姐和学前班的妹妹

汝城江头村孩子们的暑假

猪王传奇

我们的动物朋友

更远一点的童话

小朋友的大作品

住在摩天大楼顶层的马的幸福生活

像小猫的白云

是童话，也是现实

点评《娓娓家书》

新加坡联合早报的采访

笨狼妈妈

让孩子在书里找到天堂

读《奶奶星》有感

关于2011年度最佳儿童文学年选的说

记号

童年的秘密

洛克和英国的绅士教育

《教育与美好生活》

臭港姑娘

江苏南通通州小学曹晓英老师的来信

每个孩子都是莫扎特

使教育成为一种幸福

联组会议上的发言：关爱留守儿童

蛋糕

关于加大对武陵山片区教育事业支持

关于加大对违规进行就业乙肝体检的支持

关于加强政府作为，加大政府投入，建立关爱农村留守儿童的长效机制的提案

新鲜胡同小学孩子们的精美手工

想念的滋味

《甜草莓的秘密》

短篇小说集《童年不同样》

散文集《奶奶星》

寄小读者之——做个真小孩

桌上海棠

生灵之间

难忘的凡人小事

本色人带你看本色凤凰

我和奇奇

不速之客

爱的智慧

小鸟飞，云儿变

我的2011阅读回顾

周国平

快乐学习，自主学习——《青年与幸福》讲座5

享受智力活动的快乐——《青年与幸福》讲座4

劝君不做丁克族——《青年与幸福》讲座3

享受生命的快乐

幸福是多层次可持续的快乐

人生哲学讨论什么问题

哲学要你独立思考

哲学走在通往信仰的路上

受伤记

哲学让你想根本问题

回到人这个原点

给哲学下个定义

信仰的奇迹

一个幼儿的哲学问题（下）

一个幼儿的哲学问题（上）

哲学就是谈心——《哲学与人生》讲座

正确的财富观（下）

正确的财富观（上）——《财富与幸福》讲座6

财富的作用取决于人的素质（下）

财富的作用取决于人的素质（上）

金钱是手段，不是目的

金钱的好处是使人在金钱面前获得自由（下）——《财富与幸福》讲座（2）

金钱的好处是使人在金钱面前获得自由（上）——《财富与幸福》讲座（1）

论孤独

论孤独（4）

论孤独（3）

论孤独（2）

论孤独（1）

想念——我生活中的邓正来（续完）

十字路口的中国改革

这个世界会好吗？

想念——我生活中的邓正来（5）

想念——我生活中的邓正来（4）

想念——我生活中的邓正来（2）

想念——我生活中的邓正来

往事（2）

往事（1）

论节省语言（2）

论节省语言（1）

论沉默（2）

论沉默（1）

把外在经历变成内在财富

大学生不应该是跟着老师走的人

享受智力活动的快乐

享受小生命带来的快乐

享受高质量的恋爱

励什么样的志

快乐工作的能力（2）

快乐工作的能力（1）

朗读的魅力

优秀第一，成功第二

论交往（4）

论交往（3）

论交往（2）

论交往（1）

谈谈爱国主义

论独处（2）

论独处（1）

生活永远大于政治（3）

生活永远大于政治（2）

生活永远大于政治（1）

爱生命（2）

今天怎样做父母（3）

今天怎样做父母（2）

今天怎样做父母（1）

爱生命（1）

在"为了和平"主题募捐活动上的发言

生命在说什么

做人和做事

取消国家对哲学的庇护

在自己身上战胜时代

哲学家首先是真实的人

人生没有假如

纪念《讲话》时我纪念什么？

站在生命之画面前

成为你自己

一个青年哲学家的自勉

宽容偶然的出轨行为

家
传承高贵
夫妻间的隐私
珍惜便是缘

梁晓声
当"交管"撞上"人文"
路在脚下，任重而道远
论人心冷暖与世态炎凉
答友人问速成起来的中国"贵族"
为什么我们对平凡的人生深怀恐惧？
我讨厌不干净的厕所和太精英荟萃的沙龙
郁闷并成长：我的第三只眼看中国

冯骥才
除夕应当放假大冯：三十载情系"挑山工"
"两匹老马"皇会大巡游
冯骥才"我有一种思想的孤独感"
低调
小雨入端午
底线
体内的小人
经济社会与文明社会
"不能在城镇化过程中把文化'化'掉"
知识分子与文化先觉
蛇年政协两提案
感知的文字
城市的童年照
守岁
东方大地上的人文奇花——中国木版年
一个画家和一个国家

传统村落的困境与出路

一生都付母亲河

剪纸与安徒生

文人的书法

月光里的舒伯特小楼

离我太远了，皮兰

俄罗斯汉学家李福清学术研讨会在天津大学举行

关于《感谢生活》与苏联汉学家鲍里斯·里弗京（李福清）的通信

为李福清院士祈福

冯骥才：把书桌搬到田野上

冯骥才：中国传统村落保护工作已经启动

冯骥才：如今霜雪驻双鬓始知蜀道在人间

冯骥才：从千年望族走来

打开历史关上的门

冯骥才做客谈"他的四驾马车"

冯骥才面对艺术背对市场

冯骥才本周日在北京画院举行与读者见面签名活动

国务院参事室庆贺冯骥才七十华诞暨"四驾马车"成果展

老骥仍奋青春蹄

冯骥才："四驾马车"上的东西皆是我最爱

翻开大冯的"生命档案"

冯骥才"四驾马车"艺术大展开幕

冯骥才"四驾马车"成果展出　王蒙：至少有八驾

文化大家冯骥才跨界　"四驾马车"

大冯赶着"四驾马车"来了

《梦想》

苦夏

一个古画乡的临终抢救（序）

《山居》

天籁——约瑟夫·施特劳斯作品的联想

能想象齐鲁大地上找不到古村落吗

《思绪如烟》

河湾没了

《雨之光》

首位"非遗"博士今毕业

日历

新华调查：城市地标要有生命和灵魂

冯骥才　做文化最重要的是情怀

为什么仍担忧非遗？

冯骥才呼吁：抢救和保护"皇会"留存文化记忆

视频　冯骥才：文化遗产不应为政绩"打工"

海都记者连线冯骥才　冯骥才：作文如没考好，怪我！

冯骥才济南纵论中国传统村落保护

致大海

灵性　序

向一位天才的艺术家致意

冯骥才为保护利用古村落开"药方"

文化的粗鄙化

冯骥才：抢救文化遗产的"挑山工"

《灵性》（连载九十六）

专访冯骥才：申遗应改为"审遗"

工人日报：请读懂"申遗"变"审遗"的提醒

拒绝句号

著名作家、文化专家冯骥才在晋城市进行古村落考察

"把民间文化还给人民"

《灵性》（连载九十五）

白发

《灵性》（连载九十四）

两会言论报道（续）

两会系列言论报道

发现《亚鲁王》

春天最初是闻到的

今年政协的第三项提案
今年政协的两项提案
第一部苗族英雄史诗出版　本报记
《灵性》（连载九十三）
冯骥才：愿意活在过去的人
冯骥才：梁林故居是块试金石
梁林故居拆了，问责于谁和谁来问责
春节是怀旧的日子
《灵性》（连载九十二）
龙年贺岁书序
问石者说

毕淑敏
2月15日
花冠病毒·自序

残雪
残雪的新长篇由耶鲁大学出版社出版
新世纪爱情，新世纪的灵魂觉醒
残雪在国际文学节上同 OPEN LETTER 出版社总编的英文对话
答北京青年报记者问
答北京青年报记者
残雪长篇《新世纪爱情故事》已经出版
平庸的作家只能追求"黄土地"似的故乡
新努斯的大自然
请朋友们转载前文化部长王蒙的这个讲话
回答美国读者的问题
黑暗中的呐喊，腐败中的持存

方方
关于在高铁发微博的事

2012 年 09 月 26 日

陈应松
陈应松书法之一（画、左手书）
沿着天山（散文）陈应松
我不想虚构虚幻的幸福（访谈）
重读利川
《野猫湖》的情感诉求（管兴平）
陈应松小说女性形象分析
把床移到星空下（演讲）
现实、乡土或底层
接近天空的写作
散文《雪夜》的思想内涵与表现技巧（周国瑞）
村庄是一蓬草
水的传说
［转载］陈应松青岛签售会掠影
《李金泰诗词集》序
三月（散文）
陈应松：要做生活的炸弹而不是鞭炮
《去菰村的经历》创作谈二篇
在书房
《一个人的遭遇》出版
贡嘎山（长诗）·陈应松
神农架之秋
雪夜
中篇小说《无鼠之家》进入中国小说排行榜
重新发现文学（重庆邮电大学的演讲）
冬
出埃及记
陈应松：硬山柔水冷笔温情（范宁）
小说集《一个人的遭遇》后记

写作是一种搏斗
伊斯坦布尔记
短诗一束（诗）
范文欣赏：恩施大峡谷记（范国强）
这些小说（宦宸）
青岛签售新书补记（图片）
在青岛签售新闻
现在（旧诗）
污秽、毒以及创痛——陈应松《无鼠之家》（李旺）
黄昏及其他（诗五首）
旧作二首
是谁扭曲了他们良善的心灵
土家摔碗酒
恩施大峡谷记（陈应松）
无鼠之家（4）
无鼠之家（3）
《无鼠之家》连载之二
无鼠之家（中篇小说）之一
曾卓故里行
《灵魂是囚不住的》自序及内容简介
立夏·诗·上海大学文学之夜
无鼠之家的弑父（创作谈）
曾卓：伟大的行者
陈应松：左手珍藏　右手史料
品读《夜宿神农顶》（叶相国）
小说化入诗眼媚
我写的字
横看成岭侧成峰
陈应松《无鼠之家》（张艳梅）
神农架野山有茶魂
"火"之意象与生命——评陈应松的小说《送火神》（敖丹）

真实的想象与想象的真实（李海音）

他从底层走来（江从群）

2011年当代中国文学最新作品排行榜

穿透神农架的迷雾——陈应松研究综述（彭松乔）

《江西晨报·外省江西人》

《世界华人周刊》华文成就奖颁奖

"弱智者"的形象与"弱势者的文学"

龙年春节故乡小诗

朋友们给我的诗（添加中）

在底层体验"我们的时代"

王朔

平安夜

走过1314

永远不要嘲笑一个理想主义者

长安故事（26）

苦逼青年应该多看看杂志

孤单就是对你最好的惩罚

唯一让我欣慰的是：你也不会年轻很久

来点儿鸡汤吧

当我们羡慕别人时我们在羡慕什么

中了毒的盖茨比

龙门镖局

《关于这个世界，你不快乐什么》

除了唱歌我还能做什么？

致我们注定苦逼的青春（完）

致我们注定苦逼的青春（3）

致我们注定苦逼的青春（2）

致我们注定苦逼的青春（1）

自愚自乐

是什么让我们泪流满面

长安故事（25）

屌丝的模范情书

新年还是要祝福的

2012

一个人的圣诞节

如果明天是世界末日

长安故事（24）

孤单还是对你最好的惩罚

秋暖

得了诺奖就是不说

长安故事（23）

我怀念的姑娘

都好好活着吧

心是孤独的捕手

刀锋

长安故事（22）

夸朋友

要爱情

说梦想

谈人生

天长地久

真相

长安故事（21）

新年新祝福

王跃文

曹雪芹爷爷的奏折

我那柔弱而坚韧的乡村

燕赵古意

《我不懂味》再版序

永远向托尔斯泰和鲁迅致敬

《我不懂味》再版序

张爱玲住在楼上

马蜂之类

中国最强音的蝴蝶效应

扬州·板桥

"五好先生"苏高宇

酒有大德

文学：无用之用，是为大用

执着于传统文化的批判与反思

甘愿在寂寞孤独中前行

做客《小崔说事》准台本

大无畏必致大灾难

我是个乡下人

中国人，一篓蟹

向高尚的作家致敬

民间语言是最好的文学语言

上海人很爱读书

"愤青"已经消亡，"愤老"老当益壮

为什么我的眼里常含泪水

下灌观棋

《中篇小说选刊》将选载我的新中篇小说《漫水》，嘱写千字创作谈

哪怕韩寒是条章鱼

天地一沙鸥 官场忧心人

《漫水》之九（完）

《漫水》之八

《漫水》之七

《漫水》之六

《漫水》之五

《漫水》之四

《漫水》之三

中篇小说《漫水》之二

漫水

陆天明

2013 年 12 月 25 日
2013 年 12 月 25 日
2013 年 12 月 25 日
2013 年 11 月 04 日
请别盲目迷信
［转载］关于夏俊峰案，你所不知道的
我们还能信任什么样的评论家？
2013 年 05 月 05 日
我和我父亲的文学理想
文艺作品切忌过度解读（人民日报）
［转载］《王的盛宴》：撕掉遮蔽历史真相的破布
接过中国，一代又一代
电视剧创作的新阶段和新使命初探
国产电影，要想爱你真有那么难吗？
［转载］致信

刘慈欣

嫦娥三号
走了三十亿年，我们干吗来了？
给女儿的一封信——新京报六一约稿
奇点前夜的科幻小说——《奇点科幻》
壮丽的宇宙云图
城市，由实体走向虚拟
星空的召唤
2013 年第四届全球华语科幻星云奖章程
关于《电子诗人》的小提示
用科幻的方式读科幻——《三体》Ios 版
一个和十万个地球

邱华栋

转：崛起的背后是变革——2013年盘点我国安全形势

[转载]邱华栋：文学让人生更丰盈

我的读书笔记《挑灯看剑》8月出版

我的评论集《同时代的写作者》8月出版

中国全面超越日本市民文化是关键

邱华栋最近出版的长篇小说《长生》和诗集（共三种）

[转载]第三届"朱自清散文奖"启评

[转载]首届人民文学新人奖颁奖仪式

[转载]第三届"朱自清散文奖"新闻发布会

[转载]#樱花诗赛#【你所不知道的评委们的那些事儿】

卡洛斯．富恩特斯：文学大壁画

唐．德里罗："另一种类型的巴尔扎克"

[转载]读二人小说

《邱华栋短篇小说自选集》等近一年来出版的作品集

2013年2月微书话

2013年一月微书话，推荐书目

2012年微书话，推荐书目

"你们有没有读过这些作家的作品？"

2012年度（第十届）茅台杯人民文学

2012年首届林斤澜小说奖日前揭晓

汉语文学的胜利——写在莫言获得2012年诺贝尔文学奖

转发：莫言获奖，谁不开心

从莫言得奖看普世价值与中国特色

莫言：来自故乡和大地的说书人

《人民文学》与文学新锐同行

邱华栋系列长篇小说《闯入者》

我的短篇小说集《新美人》出版

中国必须质疑琉球主权打日本死穴

[转载]诗毕竟是诗/韩作荣

6月25日鲁迅文学院学员交流会推荐

伊塔洛．卡尔维诺：想象的甜蜜

伊塔洛．卡尔维诺：游戏的精神

伊塔洛．卡尔维诺：飞鸟的身形

昌江的山和木棉

一骑红尘诗画绝

"娇子。未来大家活动"：授奖辞

寻找汉语小说的边界

听，废墟里的声音

苏北

"单调之极，但不讨厌"

落叶

作家苏北

一个讲座视屏

一个视屏庐江活动

我看金融文学

苏北荣获第二届中国金融文学奖

第二届中国金融文学奖在京颁奖

素描一位画家

更晴朗的滋味

安徽茶\苏北

浩浩渺渺白洋淀！

安徽茶

无题

七夕的文字是有"教养"的（序）

印象苏北

好大的淀子，白洋淀！

苏北的三个段子

汪曾祺的两首佚诗

苏北：他其实是个精神的梦游者

舌尖上的汪曾祺（二）

汪曾祺的金钱观

苏北来我校畅谈汪曾祺

舌尖上的汪曾祺

舌尖上的汪曾祺

房子琐议/苏北

汪曾祺的白莲花

一个活动

"房事"琐议

让文字绽放如花

在青绿的文字里穿行

关于老

滁州记忆（文汇报）

父亲要买一块墓地

平淡、激情、灵性　苏北作品七人谈

以文学的名义小聚

关于老

1978年，那是一个知识向我们涌来的年代

散文集《植点青绿在心田》出版

滁州记忆

《植点青绿在心田》后记

还是要阅读

竹峰的《衣饭书》

冬日的环城公园

列车上

痴人（外一篇《汪迷的家》）

青岛福山路3号

感动自己的文字

谁来解我心中之忧？

都云作者痴

莫言三条

关于莫言
憶黄裳
黄裳走后
黄裳走后
这个倔犟的老人
与黄裳谈汪曾祺
送行一代大家黄裳先生
世上最漂亮的丢包者
海拉尔
一个朋友
给一个朋友
汪曾祺为何如此迷人（深圳特区报）
［转载］龙冬：致赫拉巴尔
湖东汪曾祺
苏北作客东北师大文学院学术捭阖名家讲坛
无题——苍迈的心为何如此狂跳？
我迎着黄昏的城市盲目地走
李国涛读《忆读汪曾祺》
沈从文
在秋日中老去
百纳本
在东北师大讲汪曾祺 2012 年 05 月 26 日
2012 年 05 月 24 日
汪曾祺为什么这么迷人的讲座
北京纪念汪消息
搜狐专访
永远的汪曾祺
韩小惠消息永远的汪曾祺
《忆·读汪曾祺》在京研讨纪念汪曾祺逝世 50 周年
2012 年 05 月 15 日
在秋日中老去

痴迷、坚持和自然美——《忆·读汪曾祺》随想
迷人的汪曾祺
渴望
五十自寿打油
忆读汪曾祺
一个生命对另一个生命的深情注视
北京的事
《忆读汪曾祺》：答《市场星报》问
春
快乐
故乡倒影
阅读迟子建
粉丝（潘凯雄）
童年的吃食
文学的传承相应
雨中游琅琊记

彭学明
老兵为何如此暴打新兵？
灵魂深处的忏悔
新华社通稿：《娘》为什么这样火
彭学明《娘》文学现象研讨会召开
小三盛行的大时代造就了小四郭敬明的小时代
千人同读一本《娘》感念母恩促改造
［转载］母爱最后的挽歌
采访彭学明手记
爱的蛋黄与蛋清
当中国男人需要外国媳妇保护
2012年中国文学发展现状
［转载］心灵之约：读了就想痛哭的书
凤凰古城收取门票的理由何在

彭学明陪"娘"回家
娘样翠翠感动边城
彭学明《娘》书中娘的出生地找到
请温总理再看"英妹子"
谁给陈光标不准低学历人生孩子的权利
过年读《娘》，回家看娘
春节里，喜看家乡调年游街
湘西万人调年的盛世景观
湘西最美教师，风雨人生渡船
《娘》在广东女子戒毒所
中国南方该不该供暖
当代亲情文学的代表作
强烈呼吁废除《嫖宿幼女罪》
廉洁是官员对父母最大的孝顺
彭学明：真诚让文学产生力量
《娘》让冬天如此温暖
一个吸毒女孩对《娘》的感激和呼唤
千金万银换不来娘亲
《娘》让我这样读懂孝顺
一本需要弯腰才能捧起的书
［转载］撼天动地的《娘》
湘西娘亲，感动中原
拿什么孝敬娘亲
宁夏电视台彭学明专访
《娘》为何感动得囚犯承认杀人
［转载］读罢此《娘》　天下无《娘》
读者是不能欺骗的
弄丢娘的不止我彭学明一人
《娘》消除了我对爹娘的刻骨仇恨
答《辽沈晚报》记者问
湘籍作家一部《娘》，震撼中国文坛

我对先救妻还是先救母的回答
北大校长何以跪着也中枪
《娘》成为湘西道德建设示范教材
《娘》成为高墙内的灵魂工程师
第22届全国书博会上演最动人一幕
纪实散文《娘》感动全国书博会
26名警察维持彭学明签书秩序说明了什么
愿天下儿女不再忏悔
《娘》是母爱颂歌和血泪忏悔录
《娘》是泣血泣泪的人间绝唱
真诚与自由的言说
妇女节不是农村妇女的节日
以昆德拉的《无知》看彭学明的《娘》
中国最后一个土匪生死成谜
有娘的人不得不读的《娘》
社会各界三言两语评说《娘》
每天给学生读《娘》的陈老师您在哪
五位茅盾文学奖得主为啥联袂推荐
网友为什么要推荐我的《娘》

郭文斌
《寻找安详》配乐精装典藏本
央视主播朱迅与老公读书也同步
好散文当是生命必需品
大山行孝记
走出谈玄说妙的误区
大山深处读典盟志的婚礼
雷抒雁和他的第二故乡
我的大年
文学的祝福性
面向价值的写作

怀念一位把人们从梦中叫醒的老人
最后收容我们的地方
大佳网的一个访谈
文学最终要回到心跳的速度
清明不是节日
中国传统节日——龙节
雷锋精神脱胎于传统文化
寻找我们本有的光明
从"世界末日"说开去
让我们一同守住心灯　壬辰元宵荞面灯进城
壬辰大年，在城里酿造年味
大年是中华民族的集体精神还乡
乡土文化的执著寻找与精神家园的诗意守望
有关"中国文化品质"的一则报道
郭文斌的元旦献词

刘亮程
刘亮程论
刘亮程的时间
刘亮程研究十年综述
刘亮程：我喜欢写被我视若平常的事物
植根大地写作的精神向度
偷瓜——《在新疆》节选
2013年10月04日
月光追过来——《虚土》里的中秋
祭祀天山博格达
慎用"敌社情"
［转载］新疆作家漫像
哀悼日——给死者
新疆无传奇
在新疆的风声里

不一定的新疆——刘亮程专访
旧诗三首
语文教学之难
无为
游牧
跟着羊群去牧游
皈依与篡弑：关于"父亲"的异质叙述
佛
无为
劳动是件荒凉的事情
天空鹤家乡
无需确定的开始
刘亮程：我的文字充满了新疆的气息
生意好极了
人的孤独是不被拯救的
库车热斯坦巷
热斯坦巷早晨
刘亮程：土地里"长"出的作家
《在新疆》出版啦
诗言志

于坚
新作
上教堂
《诗与思1》出版
乡愁
《印度记》近日出版
挪动
闪存
读托马斯·特朗斯特罗姆的回忆录
闪存493—588

圣敦煌记

棕皮手记：镜头后面的忏悔

新出版两本书的节录：在沙漠与绿洲之间

在黑暗中坚守大道

观音在观音的山上

读书九札

在喧嚣中沉默，自由派诗人的成熟

登泰山记

在切尔腾纳姆文学节

在迪伦·托马斯的家乡

七首：站在大地上的那种人看不见车

两首

西部主义·羊肉泡馍

孔庙门前的石狮子

新作：A

秭归祭屈原记

出埃及记。在诗人的范围以外对一个雨点一生的观察

潜伏在日常生活中的精灵　忽然醒过

我其实是一个抒情诗人——答《大家》杂志问

法兰克福书展印象

沙滩

为影响力中国撰写的新春祝词

四篇短评

小镇

荣荣

2014 年 3 期《文学港》卷首语

时间之伤（后记）

更年期（二十一）

2014 年 2 期《文学港》卷首语

更年期（二十）

更年期（十九）

更年期（十八）

"抗击菲特台风，写就感人诗篇"

2014年1期《文学港》卷首语

2013年12月号《文学港》卷首

更年期（十七）

更年期（十六）

更年期（十五）

2013年七月号《文学港》卷首语

2013年八月号《文学港》卷首语

2013年九月号《文学港》卷首语

2013年十月号《文学港》卷首语

2013年十一月号《文学港》卷首

更年期（十四）

更年期（十三）

更年期（十二）

更年期（十一）

更年期（十）

更年期（九）

更年期（八）

更年期（七）

更年期（六）

更年期（五）

又到春天送诗时

更年期（四）

第三届中国（浙江）廉政小小说大奖

《文学港》杂志设永久性年度文学奖

更年期（三）

更年期（二）

更年期（一）

运河之诗

循环

杯水

乌云

"我愿意守着我的'小'"

红掌或佛焰烛

访谈录·当代诗歌的语言倾向

红碱淖

诗歌的软肋（几段闲话）

一树繁花

向阳桥

地方新闻之《姐妹花》《极致》

地方新闻两则

地方新闻之九（五则）

中年的零碎

地方新闻之讨薪

地方新闻之越来越

地方新闻之无聊年代

地方新闻之背叛

地方新闻八

年画三国配诗（60字）

潘天寿

《地方新闻》七

《地方新闻》六

记录历史（代序）

《地方新闻》五

新闻诗——诗新闻

《地方新闻》四

《地方新闻》三

翟永明

诗：第八天

新诗《骑虎的女神难近母》
《随黄公望游富春山》第二部分
2013 年 08 月 20 日
2013 年 03 月 30 日
世界诗歌日：发一首关于读诗的诗
［转载］诗集《女工记》的后记
又是雾霾天，想起为@王克勤@大爱清尘一周年写的诗，在这个世界上，到处都是尘土，救人救己是一回事。
2013 年 01 月 27 日
重逢一座建筑，重发一篇文章
月末读诗会：白夜现场纪录之一
1999 年重阳节时去南京栖霞山登高所作。人事昨非，江山依旧，遍插茱萸，怀念老友。
今天读旧信，想起一位早逝的女孩
关于旅行的问卷
一首为现代舞而作的诗：闻香识舞
一篇访谈
一首新诗：前朝遗信
2004 年的诗：战争
2005 年的诗：关于网络世界
母亲节：贴《十四首素歌》纪念已逝母亲
一首与专业有关的新诗：
新诗一首：女儿墙
短诗五首：
一篇旧文：林徽因在李庄
一个访谈：读图时代的诗人
为朋友展览所写的文字

李少君
当代诗歌的"地方性"
天涯文化是一种诗意文化

《21世纪诗歌精选第四辑》出版
诗歌的地方性三题
敬告诗友
地方性诗歌研究之十一：辽宁
诗歌是一种心学
地方性诗歌研究之十：福建
中国好诗歌（2013年10月）
每月推荐：2013年10月好诗选
"草根性诗学"研讨会举行
把好诗歌选出来，传出去
地方性诗歌研究之九：湖北（4）
诗歌、介入与公共性
诗人之哭
中国好诗歌（2013年9月）
樱花树下的诗意青春
每月推荐：2013年9月好诗选
重新认识昌耀
诗歌的"草根性"特性
在宁波天一讲堂的讲座
中国好诗歌（2013年8月）
每月推荐：2013年8月好诗选
地方性诗歌研究之八：湖北（3）
关于青海、昌耀及诗歌
《我有一种特别的能力》（组诗）
《文化的附加值》出版
中国好诗歌（2013年7月）
每月推荐：2013年7月好诗选
地方性诗歌研究之七：江西
台北鱼木人文咖啡馆征集诗集、诗刊
2013仲夏诗歌选
中国好诗歌（2013年6月）

每月推荐：2013年6月好诗选

地方性诗歌研究之六：湖北（2）

地方性诗歌研究之五：湖北（1）

中国好诗歌（2013年5月）

每月推荐：2013年5月好诗选

地方性诗歌研究之四：昭通新诗群

地方性诗歌研究之三：江南

地方性诗歌研究之二：甘肃诗人

地方性诗歌研究之一：天津

中国好诗歌（2013年4月）

每月推荐：2013年4月好诗选

第三十届全国大学生樱花诗赛揭晓

《大雾》等一组诗歌

首届湖广诗会关注"当代诗歌的地方"

中国好诗歌（2013年3月）

每月推荐：2013年3月好诗选

我为什么要做诗歌的"每月推荐"

中国好诗歌（2013年2月）

每月推荐：2013年2月好诗选

诗歌写作中的传统意识

我不过是一个深情之人

中国好诗歌（2013年1月）

每月推荐：2013年1月好诗选

[转载] 我与自然相得益彰

2013初春诗歌选

"漂移术"与"新隐士"

中国好诗歌（2012年12月）

每月推荐：2012年12月好诗选

[转载] 草根性与江西散文界

中国好诗歌（2012年11月）

《新红颜集》出版

每月推荐：2012 年 11 月好诗选
构建美丽中国从复兴诗歌开始
诗歌乃美丽中国之必要条件
诗歌让人重新认识中国之美
［转载］在自然和肉身之间
平静歌唱益人身心
我与自然相看两不厌
中国好诗歌（2012 年 10 月）
每月推荐：2012 年 10 月好诗选
《五桂山中》（组诗）
一些言论：关于莫言、中国好诗歌
莫言对海南青年作家林森的评价
中国好诗歌（2012 年 9 月）
水彩画《院落黄昏》同题征诗揭晓
每月推荐：2012 年 9 月好诗选
艺术可以永恒吗？
美孝村——火山时代的遗迹
秋季诗歌选
随手可采撷的诗意
每月推荐：2012 年 8 月好诗选
七夕爱情诗大赛揭晓
七夕爱情诗大赛征稿公告
博客是最好的档案库
每月推荐：2012 年 7 月好诗选
诗歌选集《我们的南海》即将出版
《在湛蓝的大海上——南海诗选》征稿
每月推荐：2012 年 6 月好诗选
［转载］李林荣：以名为记"新红颜"
潘维以诗悼最美司机吴斌
2012 夏季诗歌选
每月推荐：2012 年 5 月好诗选

呼唤新的文学理想

我们的西沙南沙之三

每月推荐：2012年4月好诗选

新诗话：具有现场感的新的批评方式

珞珈山上，那些望云的人

诗歌是情学，更是心学

[转载]生态武大，唯美珞珈

每月推荐：2012年3月好诗选

从纽扣眼里取回了明媚的春风

我心目中的新诗十九首

如何本土，怎样当下？

每月推荐：2012年2月好诗选

日常生活在心灵中发酵而酿成的诗行

首届海南岛诗歌双年奖海口颁奖

"90后"十诗人诗选

[转载]"士友诗屋"向国内外诗人及作

2012初春诗歌选

每月推荐：2012年1月好诗选

山光水色de精神世界

我的读书经历

春夜的辩证法

"每月推荐·好诗选"最新通告

"2012·中国诗歌海南年"活动启动

何建明

普希金为什么不到中国来——访俄罗斯

湘妹子的绝唱

少年毛泽东的成长启示

视别人为弱者其实是弱者的表现

"花王"杨铁顺的故事

让"真实"更充满魅力吧

不可能再有这样的大导演——纪念谢晋
无声的眼泪很酸很酸
心声——百姓要给中央说的话
王蒙——永远的大青年
刻骨铭心的记忆——写在《落泪是金》出版后
报告文学创作的难度
让大海告诉你
晒晒40年前中国农民的那点账
与吴仁宝齐名的农民领袖
1978年，我家乡的故事
《邓小平的梦想在这里实现》
汶川地震五周年祭：都江堰生命之痛
汶川地震五周年祭：红白镇上红白事
汶川地震五周年祭
何建明新作《国家》英文版在伦敦隆重出版
用文学祭奠逝去的灵魂
非典十年祭·北京保卫战·白衣天使
非典十年祭·救命的"八味方"
吴仁宝的遗产
非典十年祭·北京保卫战
邓小平在苏州首提"小康"概念
"国家叙述"
祖国万岁
激战班加西
国资委在行动
飞往的黎波里
"特别行动小组"
寻找陆路——中国外交空前行动
撤！不惜一切代价！
前方，战乱惊心
中国外交空前行动

一个"百岁恶霸"的雷锋精神
何建明：102 岁的中国"第一国旗手"
"感动中国人物"的巨大遗憾和一丝安慰
何建明：我的"文学春节"

陈启文
为文学打下坚实的塔基
第四届"三个一百"原创图书颁奖
2013 中国报告文学年选
2013 年中国散文年选
永远的曼德拉
叙事：个人史的另类呈现
《散文选刊》推出"陈启文散文特辑"
谁能拯救谁？
湖南人为何念念不忘华国锋？
一个人的远行
评选你最喜欢的 20 部《十月》作品
中国人还会不会饿肚子？
中国人最缺的是什么
存在与可能性存在之间的文学
爱丽丝·门罗凭什么？
请文友们发表意见
关于水的沉思（3）
孤独的行者
我是一个"前现代"的书写者
《中篇小说选刊》2013 年第 5 期导读
绝望者的最后一跃（刘晓闽）
"一个人"的宏大水利叙事
《中篇小说选刊》2013 年第 5 期目录
一个小说家无法回答的
《中篇小说月报》2013 年第 9 期导读

关于水的沉思（2）
神交意会的心灵风景
一本新书，一篇旧作
文学自信源于培养机制
《红豆》2013年第8期存目
《命脉》：一部悲欣交集的江河长卷
我对自己写下的每一个字负责
关于水的沉思（1）
《芒种》2013年第8期目录
好人呀，陈启文！
每一次写作都是一次不知道终点的旅途
寻找更独特的审美视角
《山花》头条如何从既有经验中突围？
2013年"走遍天下游记及视频征文大赛
UIC的一个新闻案例分析
一部庄严虔敬、超凡脱俗的创新力作
一部关注农民工极度性饥渴和精神苦闷的作品
守望与注视
关于《命脉》的论点摘编（一）
《散文》首发：如果这就是命运
纪实文学的时空维度和价值要素
我实在无法袖手旁观
《文艺报》评论：将来我们喝什么？
《文学报》全文推出：跨越时空的透视
《江州义门》：一个非常独特的小说
人文版《2012报告文学》
《2012年当代中国文学最新作品排行》
《江州义门》入选"新华排行榜"
第六届老舍散文奖获奖作品集
广东省文艺精品创作专项项目
《解放日报》首发：跨越时空的透视

质问侵权报刊：你们要找到我就这么难？
《新华文摘》转载：谁能改写历史
如何写出新意和深意？
一部震撼人心的力作
《江州义门》入选"光明图书推荐榜"
走遍天下游记及视频征文大赛启动
文学不死：长安作家演绎文坛盛宴
《作品与争鸣》选载：西部之路
《散文海外版》2011—2012精选集
中国式总理
阵地与陷阱——报告文学忧思记
历史小说的新范式
2012，一个自由写作者的年度盘点
《散文选刊》选载：谁能改写历史
当黄河成为一个悬念（报告文学）
雷达：《江州义门》与氏族秘史
2012年报告文学：回归文体特质
2012中国报告文学年选
李炳银：2012年报告文学创作述评
《小说月报》选载：西部之路
唯有爱才能照亮写作的黑夜
评论家眼中的2012中国文学
2012年中国十佳报告文学揭晓
《中国作家》首发：呼伦贝尔的忧伤
《湖南文学》首发：最后的归宿
陈远征教授元旦赠诗：赠陈启文
世界末日没有降临，我们还要继续谈心
2012年东莞文学：转型文化
《江州义门》：一次鬼使神差的写作
《山花》首发：谁能改写历史
《芒种》首发：天命如水

新时期争鸣作品丛书——白得耀眼的时间
一篇小文，多家报刊转载
7·21之痛及痛后的思索
人性的挣扎和隐隐的风雷
看不见的大兴安岭
新的生活方式　新的创作视野
《十月》头条：中篇小说《西部之路》
第四届"三湘读书月"再掀全民阅读热
秉德孝义的历史和力量
让文学回归沉着与淡定
《江州义门》：家国情怀的现代转换
家族史书写的新超越
《江州义门》：独一无二的历史小说
《江州义门》研讨会在北京举行
预告：《江州义门》研讨会本月28日
我为什么要写报告文学
你为什么如此恐惧
在文化上被低估了的东莞
如果只有灵魂就好了
陈启文近年主要散文随笔选目
谁能让一只公鸡停止啼叫
中学生阅读与写作的超水平发挥
如何让业余作者少走一些弯路
小说从来就是难"点"写作
军旅诗人杨亚海
叩问中国农民人性异化的根源
城市的撕裂和土地的复活
人民日报：文学的担当
光明日报：用脚走出来的踏实文字
一个下岗女工的"民间写作"
南方的江湖

致国家语委的公开信

第三届"三个一百"原创图书获奖名单

关于文学的几个设问

正视比悲悯更重要

读者评论：是谁毁了江州义门？

阎纯德：文学魅力与散文精神

以平常心，看文学奖

《孤独的行者》登上当当网新书热卖

散文随笔的正途与大道

逝水流年，总有陪伴你人生的风景

又一年

《天涯》首发：不断切换的背景

《江州义门》：伟大的寻根访祖之旅

李师江

第一部完稿

登山一月多

［转载］李师江笔下的文化北漂族

《齐鲁晚报》的采访《哥仨》

《哥仨》书评4

《哥仨》书评3

《哥仨》书评2

豆瓣书评《哥仨》1

关于《哥仨》海都报的一个访谈

新长篇《哥仨》

各种忙

今天

假日

《神奇的大妈》（6）

《神奇的大妈》（5）

《神奇的大妈》（4）

《神奇的大妈》（3）

《神奇的大妈》（2）

《神奇的大妈》（1）

《神奇的大妈》（0）

北京之秋，要稿前来

中止

初见疗效

调养日记

新版的中文系和曹操

具备

感冒中

回朝

闭关中

求闭关处

故事

悼

导演

北京

开工

闽东资料3：对虾

闽东资料2：养殖

闽东资料1：滩涂与稻米草

饶雪漫

孙睿

看一眼黄河

过年的零七八碎

春树

故地重游

冬夜走路去costa买咖啡有感

十五首诗

［转载］他发来一段雨声：春树一首

逐渐更新　加勒比及巴黎

加勒比

三十岁生日 party 的照片

寻找小糖人和另外一些东西　诗一组

《夏日之恋》等几首

诗一些，2012—2013

［转载］当代中国诗歌中的四种虚荣心

［转载］应邀整理：伊沙自选诗（1988—2012：25 年 50 首）

几首

前一段写的一些诗

两本书

睡前提问

猫国

在爱丁堡想你（以及土耳其）

即将出版的春树旅行笔记的前言二篇

小说再版前言

我得恢复写博客

越南，既熟悉又陌生

我的 2011，波澜不惊，锋云再起

郑小琼

一年前与胡桑聊天，他写了这首诗。

玫瑰庄园

黄斛村记忆

前几年自印了一本诗集，一本爱情诗

诗歌英译，与译者周筱静在太平洋大学

诗歌英语八首，与译者、美国诗人 Joe

两首诗，英语与西班牙语译文

唐诗的评论

一个评论在"权"
我不愿成为某种标本——郑小琼访谈录
刘汀的评论一篇
文学报的访谈
打工生活的冷酷呈现
谢谢程佳
文字里，那些女工在现场
寻作者
女工记
诗集《女工记》的后记
十年的《玫瑰庄园》
一本诗集
诗二首①
第四章：幻觉者说
事物
金属
内脏
读友人私印书籍
蚓
关系
黑暗
灯
暗哑
坚韧生长的纯种植物
有关《女工记》的
关于《女工记》的

莫小邪
封杀

---

① 同名博客文章作者先后发表过约五十篇。

心理良药
只怪当时太紧张
哥大帮～～微博咬舌根
何不醉在人间电子版
搓背
送豆瓣五个兑换码
谁来为爱情买单
脆弱的天使
高铁上有高人
《在我的视线之外》
英雄怕见老街坊
《展览馆旁边的情侣》
我的豪爽和娇羞
《我和刺猬》2013年诗歌四首
喝顿大酒解忧愁
力量强势现实善说真话
莫小邪：小说是城市文化的传播文本
长篇小说《何不醉在人间》亚马逊已售
告诉你什么叫老北京
Today 最炫民族风 Cheongsam

安意如
诗茶相契
秋波红蓼水，夕照青芜岸——少白画评
浮香绕曲岸，圆影覆华池——少白画评
无数梅花落野桥——少白画评
余情残心
人间别久不成悲（贰）
人间别久不成悲
黄仲则诗评——《感旧》其一
"玩主"——武宗正德

复信

蒋方舟
记录什么　反抗什么
世界上最强的少年
当我表演写作的时候
让我们和不能原谅人类的你一起活下
黑夜中也健步如飞的路
爱情啊，你姓什么？
择善而居
回到乌镇
对不起，生为女人
睡眠是一种众生平等
三人
大城市里的死与生
伉俪
木心：原来你们什么都不知道啊
年夜饭
念念不忘，必有回响
作家真正的恐惧，是被"国家"所魇住
盘点中国
发生在湖南道县的那场大屠杀
我们的谎言是纯净的，不掺和一丝真假
奖励
双城记
想象的祖国
2012 年 06 月 01 日
2012 年 04 月 22 日
控诉理科男
我那些苦难婊子的回忆录（二）
我那些苦难婊子的回忆录

@张爱玲
珍稀物质荷尔蒙

李军洋
2013 年 04 月 29 日
2003 年的那个春天
致各位朋友的书信
十年花开
一起跨过栅栏的青春
烟云深处
又是一年桃花盛开时
烛光尘埃
纸蝴蝶
一座翻阅我内心的城
一路风景

朱大可
蕾丝、章鱼和徐家汇女红
演讲稿：从痴人说梦到光辉岁月
揭开良渚大神的日神身份
2013 连州国际摄影节博客巡游
重回"自由摄影"的康庄大道
国学、国粹和国史的真相
饕餮狂欢的世界版图
蚩尤之死与青铜器上的食人兽
视频：朱大可谈中国当代文学的现状
互联网写作模式会令作者丧心
互联网广场的话语卫生
走出"清污"的历史循环
"朱大可守望书系"第五部《时光》
"朱大可守望书系"第四部：《先知》

"朱大可守望书系"第三部：《乌托邦》
马后炮文章一篇：鸟叔、屌丝和性感
"文化复兴"的路线图与时间
"朱大可守望书系"第二本《审判》
中国春运和"创伤疗法"
"高原画学"的灵性叙事
中国扒客的前世今生
莫言在"诺贝尔圣徒"
新书上架：朱大可守望书系
具象建筑与权力丑学
旧文：天鹅绒审判和诺贝尔主人
从"国民床单"到"国民怀旧"
时代周报三人谈：直面真相就是新闻
新书：孤独的大多数
寻找文化怀旧的工业根基
必须终结"标准答案时代"
熊胆虽大，岂能包天
哭泣者的两张脸

李敬泽
巨兽或飞鸟——关于今年的诺贝尔奖答问
壶碎——一个宜兴故事
"打工文学"与壁橱重新勘探一个作家
答长沙《晨报周刊》孙魁
新书平心
视角与花岗岩——在全球视角下的中国
蚁们的爱——叶扬（独眼）
三段旁批：关于雷平阳
答《羊城晚报》黄咏梅
劳作与创造者安眠——纪念王立纯先生
冯唐文集序

答《延河》高杨
第 3 期卷首
内在性的难局——以 2011 年短篇小说为例
变成人的王——楚灵王传之二
第 2 期卷首
2011 年 12 月，在澳门

张颐武
读书也要换花样
大年三十放不放假　民意难局无解
中国社会的转型使文学功能有很大改变
中国电影新未来
曹雪芹的奇迹
中国社会应有语言素养自觉
《小时代》的"小"
不可省略的成长
今年的诺贝尔文学奖不脱常规
与幾米谈心：都市人的乡愁
文化走出去如何少打"折扣"
所谓后现代的批评理论就是让你有机会从生活之中抽身出来反思一下
佛光山举行"对话云时代之全球化背景下的中华文化传播研讨会"
大时代中的小时代
中国舆论真的在收紧吗——寻求互联网舆论的"常态化"
找回对汉字的热爱
"差一半"心态让中产阶层不高兴
中产心态与跨越陷阱
从王林现象说起：社会心理强大才能破除迷信
冯小刚执导春晚值得期待
困惑是每一代年轻人的共同考验
足球不应成中国负面现象的替罪羊
大学毕业生就业需要全社会共同努力

"70后"一代开始主导怀旧消费？

依法行事是社会进步的基础

生活方式转变的文化表征

从"骗"到"炒作"：从90年代出发面对当下——《新编辑部的故事》的意义

博客十年，究竟启示了什么

推广大众文化　打造魅力中国

撒切尔夫人的担当值得尊重

昨夜星辰：关于生死的一些感悟

"中国梦"的实现需要实干精神

互联网舆论应有多样声音：从罗援开微博说起

善讲跨文化故事，"李安"会更多

说《云图》：大师回到凡间

2013春晚的再出发：重新发现观众

微信崛起，会带来新的革命吗

《一代宗师》：飘零命运　迟暮英雄

在2020年给朋友的一封信

《泰囧》的独特性：当下中国的精神拼图

揭隐私的限度

2012年十书：个人的阅读史

张颐武：网络文学一定会留下经典

《1942》：在伤悼饥饿中救赎新生

电视剧走向何方？

"后小资"的文化形态

重塑中国的想象力：《全球华语小说大系》编选感言

奋斗精神仍然是社会前行的动力

作为人生哲学传播者的南怀瑾先生

祝贺莫言得奖——几句感言

旅游大爆发凸显"中产化"降临

任何名义的街头暴力都应坚决制止

《泰坦尼克号》与中国

2012：电影的新挑战

我们仍缺少"第三世界视野"

中国梦仍在前方：伦敦奥运与中国舆论

"好声音"的精神追求

《搜索》与"第五代"的终结——我们搜索什么

网络不能鼓励暴力

温州：对一个城市的想象

从舌尖开始的认同之旅

"痴"与"才"：追怀周汝昌先生

面对"四跨"：社会与新传播

面对问题：激进并非主流

国民教育对于社会发展的意义

新课题：90后面对职场进入社会

从美国和法国借鉴：发展"软实力"

城市需要标志性的文化盛典

品牌背后的挑战

网购改变生活形态

关系万千重：网络中的新型人际关系

志愿精神需要发扬光大

专业媒体人的责任

青年心态与大众文化

愤怒的小鸟为何红遍全球

超越"道德焦虑"：雷锋的当下意义

方韩之争凸显公共空间新走向：对于公众人物诚信的关切

公知为何污名化

2011：电影发展的"常态化"

张颐武：转变只能是渐进式的

结果取决于公众的判断：方韩之争之我见

"放下"的魅力——2012年的春晚

问答：中国的机会就是香港的机会

韩寒博文："80后"的独立宣言

《金陵十三钗》的意义
生于六十年代：在楼上品味人生

谢有顺
谢有顺小说课堂之十：内在的经验
谢有顺小说课堂之九：内在的人
谢有顺访谈：我们不守旧，也不盲目
第11届华语文学传媒大奖终评会议实录
第十一届华语文学传媒大奖授奖辞
谢有顺2013年讲座与课程预告
谢有顺谈乡土资源和写作
谢有顺小说课堂之八：乡土资源的叙事前景
谢有顺出了本新书：《文学如何立心》
谢有顺小说课堂：小说之道（完整版）
谢有顺小说课堂之七：莫言小说与诺贝尔文学奖的价值观
谢有顺小说课堂之六：小说是生命的学问
谢有顺小说课堂之五：小说的雅俗调适
一座小城的活法：关于云南建水
谢有顺主编、叶开著《莫言评传》再版
谢有顺小说课堂之四：小说叙事的伦理问题
谢有顺：关于莫言获诺奖，答记者问
2012年谢有顺的讲座与课程预告
谢有顺小说课堂之三：小说所共享的生命世界
谢有顺小说课堂之二：小说是活着的历史
碎片、瞬间、弱：郭承辉的绘画哲学
精神灿烂，出之纸上：钟国康书法篆刻展前言
第十届华语文学传媒大奖昨日隆重颁奖
谢有顺：文学奖表达的应是文学价值的分裂
第十届华语文学传媒大奖终评会议实录
华语文学传媒大奖·二〇一一年——年度杰出作家　方方
华语文学传媒大奖·二〇一一年——年度小说家　杨显惠

华语文学传媒大奖·二〇一一年——年度诗人　黄灿然
华语文学传媒大奖·二〇一一年——年度散文家　赵越胜
华语文学传媒大奖·二〇一一年——年度文学评论家　李静
华语文学传媒大奖·二〇一一年——年度最具潜力新人　阿乙
谢有顺小说课堂之一：小说写作的几个关键词

陶东风
革命文化培育的"反革命分子"——《血色黄昏》的林胡形象分析
《血色黄昏》与见证文学的评价标准
人永远比他创造的产品伟大
不折腾就不是极权主义——李锐的《无风之树》题解
政治与自由在什么情况下不相容？
人在什么意义上有生死？（阅读阿伦特心得）
公共领域与宗教领域的区别
解读阿伦特"公共性"的基本含义
告别革命并不意味着只能走向虚无主义或宗教救赎
荷塘、芦苇和草地（颐和园秋趣2013 摄）
伯恩斯坦评阿伦特的"社会"概念
不知未来的人不会理性清理过去：知青怀念兵团的原因
"文革"与中国式平庸恶（读《血色黄昏》心得之续篇）
新疆罗布人村印象（2013 年 10 月 5 日摄于库尔勒）
颐和园意趣（2013 年秋）
理解微时代的微文化
知青是一个什么样的共同体？——对《血色黄昏》一个离别场景的解读
沙漠雕塑：被凝固的生命之舞（2013 年摄于库尔勒）
关于极权主义的两个概念的解释：恐怖和群众
郑晓龙导演应该好好看看《三国演义》
什么样的人有资格谈论"文革"？"文革题材小说研究"课堂讨论记录（之一）
《受活》：当代中国政治寓言小说的杰作

《甄嬛传》与比坏哲学的胜利

当代中国为什么盛行物质主义？

拒绝有技术的野蛮人：开学伊始谈什么是大学精神

青藏高原航拍

告别革命并不意味着只能走向虚无主义或宗教救赎

梁晓声知青小说的价值误区——以《知青》《年轮》为例

玲珑塔公园之

西藏林芝印象

当下中国为什么流行比坏心理

羊卓雍湖沿途风光

多彩山脉（2013 - 7 - 25 摄于青藏铁路）

黄河原来如此清澈：颠覆你心中的黄河

当下人文社会科学集刊的生存状况（与和磊合作）

唐古拉雪山（2013 - 7 - 25 摄于青藏铁路）

天路印象之二（本人此次青藏之旅比较满意的一组图片）

天路印象之一（2013 - 7 - 25 摄于青藏铁路上）

纳木错湖及其周边风光（续二）

纳木错湖及其周边风光（续一）

纳木错湖及其周边风光（待续）

祁连山风光（续）

布达拉宫夜景（陶东风 2013 年 8 月 1 日晚摄）

大自然的鬼斧神工，酷似后期印象派

祁连山风光（2013 - 7 - 25）

青海湖印象

大院顽主的荒唐岁月与成圣之路——《血色浪漫》再解读

新加波滨海湾夜景

解读名人 CEO

《文化研究》第 15 辑主编的话

鱼的世界（2013 - 7 - 4 摄于新加坡水族馆）

人性化的建筑设计：新加坡印象之二

新加坡印象之一：没有街头艺术家

"自己的道路"要服从"世界大势"——读报偶得
为什么道歉及道歉的意义：有感于刘伯勤老人的道歉广告
北戴河海滩之晨（2013－6－12）
9日晚上北京的彩虹
园博园印象
对政治的两种典型态度
阿伦特《人的境况》的若干翻译问题
关于当代中国社会灾难书写的几个问题
革命与发展：当代中国乌托邦运动的两种形式和互相关系
大学生同室操戈背后凸显的深层次问题
阿伦特《论革命》中的若干翻译问题
什么是政治？——哈维·曼斯菲尔德访谈
玉渊潭的樱花开了（下）
玉渊潭的樱花开了（上）
苏式极权主义的危害为什么较少被人们认知
是忠勇还是愚昧？——重读《今夜有暴风雪》
莫言《蛙》的最大缺憾是把政治悲剧写成了命运悲剧
作为一种心理防御机制的"英雄叙事"
古巴见闻！（转贴）
在什么意义上应该宽恕罪犯——重读《晚霞消失的时候》
落日与孤帆（摄于2013－2－17海南三亚）
海韵（2013－2－17摄于三亚）
眺望（2013－2－17摄于海南三亚）
海边的女孩（2013年2月17日摄于海南）
文学创作中历史尺度与道德尺度的几种关系模式
"文革"题材小说的奇遇化叙事：合理性与限度
拍真正属于自己的照片
阿伦特论故事、英雄和戏剧及其反极权意义
必须通过公共参与表明你是真正的公民
阿伦特论艺术
历史与政治（阿伦特《历史的概念》）

阿伦特论劳动中的工具和制作中的工具

阿伦特论制作活动

前门印象（续）

前门印象（2013－1－27）

就邓正来教授去世，给复旦大学高研院的悼念电文

与刘再复"自由"论商榷——兼论苦难与文学之关系

应该如何谈论革命：革命的三种类型

《V字仇杀队》经典台词

阿伦特论职业革命家（陶东风译）

革命、文人、文学政治——读《笑话》（转发）

奇怪（转发）

革命与中央集权——读《旧制度与大革命》

革命与政治宗教——读《旧制度与大革命》

《旧制度与大革命》值得细读的段落[①]

如何变中国制造为中国创造

为什么要揪住不堪回首的过去不放？

文化发展需要打破政府迷思

知青的所谓"忠勇"其实是愚昧

在毛泽东眼中到底什么是"知识"青年？

从小说到电视剧，《圣天门口》丢掉了什么

大西洋边的遐思（摄于波士顿 crane 海滩）

备受争议的极权主义概念：经验与现实

美不胜收的卫斯理学院（3）

美不胜收的卫斯理学校（2）

美不胜收的卫斯理女子学校

哈佛的深秋

死者的名字为什么重要？

著名学者桑德尔教授就任首师大文化研究员客座教授

美丽的艾里斯岛，永远的自由女神（摄于10月1日）

[①] 同名文章共6篇。

城市与坟墓

奥巴马在第 67 届联合国大会发表讲话

艾未未－政治－艺术

直觉（本能）、革命、阿伦特——读汪晖的《阿 Q 生命中的六个瞬间》

夕阳，草地，落叶（哈佛肯尼迪公园）

我在哈佛 Memorial Hall 前

流经 MIT 的查尔斯河

是什么造就了中国式的"娱乐至死"？

区别民主与专制的六个基本标准

永远的查尔斯河的黄昏（27 日、31 日摄）

波士顿的光影空间（续）

波士顿的光影空间

几个著名的哈佛建筑

哈佛印象－查尔斯河的晨昏（25 日摄）

云南腾冲的如画风景（2012－8－20）

普吉岛印象

普吉岛印象（2012 年 08 月 11 日）

普吉岛印象（2012 年 08 月 10 日）

人民的开幕式，人文主义的盛典——伦敦奥运会开幕式印象

如此表现知青是为了回避反思——我看电视剧《知青》的误区

香港的夜晚（摄于 2012－6－23）

如何判断一个政府是否合法？

权力、强力、武力、暴力、权威诸概念的区分

谁的城市？

经济命脉不在真正的商人手里，谈商业道德是扯淡

极左意识形态的巨大威力

解释阿伦特的几个术语

独乐寺乾隆御笔

《人的境况》导论（编译）

荆州东坡赤壁的三幅字

稻香湖夕景（2012-6-15）
两种集体主义（读书心得）
20年后，中国将成为全球最穷的国家？
今天的漫画都到哪里去了？
论文化批评的公共性
中国的街怎么啦？
故事、小说与文学的反极权本质
文化的活力在社会，社会的活力在个体
两代人还是两种人：关于青年与青年文化的随想
不做表扬家，要做批评家——人文学者缺席社会文化批评？
两代人为什么变成了两种人？
南浔之四
南浔之三
南浔印象之二
南浔印象之一
记一次准行为艺术
我们记住历史了吗？
武汉东湖印象
浙江工商大学文学院院长徐斌辞职演说
四月赏花（3）
四月赏花（2）
四月赏花（1）
今天我们如何阅读（答《北京晨报》记者问）
雍正的屈尊战略与《后宫甄嬛传》的权力游戏
阿伦特的自由观及其对当下中国的启示
科学精神与人文精神双重缺失的年代
核安全峰会：警惕创新能力的走火入魔
雪景实拍之二（2012-3-18）新建宫门外
雪景实拍.颐和园（2012-3-18）
什么是人的有死性和不死性？
"爱国"的两个方面——我解"北京精神"

自杀的正当性和享乐主义

极权体制下知识分子的"学术算术"——读利季娅《捍卫记忆》之一

这也是中国！（一组令人揪心的图片）

告别意识形态化道德，走向公民道德

中国社会的危机不是世俗化而是畸变

"金钱不重要"是那些有钱人编的瞎话

摆脱了宗教迷信之后的两种世俗

极权社会为什么没有故事？——哈维尔

一个故事就是一个奇迹（阿伦特论文）

雷锋精神值得颂扬吗？

报复、惩罚、宽恕

天才现象

阿伦特的死亡观

善行和犯罪的泛滥都是政治衰败的表征

谈雷锋精神的变迁

中国大学离世界一流大学还有多远？

转发：徐贲：警惕"非人化"语言的敌意

斯大林的高级打手们的下场（转发）

北大校长的"愤青"情结（转发）

消费社会的人在更大程度上成为动物

先有真文学，然后有不朽的文学

小丑的自白（续一）

小丑的自白（待续）

从暴力统治到恐怖统治

暴力政治为什么会必然导致犬儒政治？

关于乌坎事件的思考（修订版）

维权是合法的又是艰难的（乌坎事件与中国式维权）

乌坎事件与中国特色的维权（待续）

人在何种意义上可以不死？

清华大学发布2011年度"社会进步研究报告"

保守陈旧的大众文化为什么能够赢得大众喜欢？

2011，艰难的坚持
消费文化与对欲望的操纵
转李承鹏：民主就是不攀亲 我的民主观
双重等级化原则：对精英文化与大众文化的再认识

当年明月
评论精选集［142］——很久都没有的评论
新年好

流潋紫
隐忍是最深的疯狂——记宜修
安能展眉如初——爱是一件漫长的事
因为流朱，只有一个
华妃去，红药殇
嫁人应嫁温太医——闲说温实初
我是清都山水郎——闲说允礼
如懿，如懿

南派三叔
《惊叹号》支持《老九门 微片段》
这是为我弟弟写的长微薄，这是一个广告
继续上上篇
梦中梦魇
献给那些没有人追的男孩女孩

慕容雪村
人民早知道了
世间正道
乌龟从天而降
明道和尚吃狗肉
2011 盘点之《与高衙内通信》

李碧华

李碧华答传媒问原稿

情深不需要轰烈

顶罪

梁凤仪

没有"谁"都一样

义气变儿戏

女人生意好做

在家享受假期

渴望放假

太"红"压力重

平庸也是福

感谢支持

绿叶扶持

主角需要配角

记着下属名字

采取主动

论功行赏

行动代替辩论

有弹有赞

要清楚交代

尊重下属

关怀下属

不怕被取代

静观后效

财力不足的悲哀

乘机抓钱

金钱带来安全感

求人借钱

讲钱不伤感情
花钱的自由
"穷"是没办法
最爱是钱
不怕讲钱
伤逝——写给父母
游泳的启示——写给父母
戏彩娱亲——写给父母
过度俭朴——写给父母
飞越阴阳界——写给父母
老爸的保险箱——写给父母
老人的安全感——写给父母
堆积深情——写给父母
贤内助——写给父母
对父母的歉疚
父女代沟（和而不同）
知恩必报（心淡之故）
不要男女平等
择爱情
互相觉醒
失恋三大法宝
婚姻合约化
美丽的爱情
爱之历练
情可以谈
好花须栽培（适当培养）
适可而止
讲听配合
适时拒绝
果断定界
一流设计（制度重要）

公司教育

工作无止境

须简而精

公司政治

行政艺术

自我检讨

游戏章法

内心轻松

生活戒条

恰如其分

好打不平

笑面迎人

正视现在

没有借口的时代

长袖善舞

开山劈石

同行不必如敌国

兼容并蓄的管理法

真人不露相

只有向前进

战胜软弱

与工作谈恋爱

时代英雄

心照不宣

加薪留人才

制造轻松气氛

领导人物的修养

做事须用心

会弹唔会唱

除笨有精

转工多非好事

有备而战

有竞争才有进步

向前看的艺术

家家有本难念的经

忙碌是福

没有常规的游戏

做生意的基本法

好来好往

反面教材效果大

成功原因

全心投入（决胜关键）

爱情故事

表面风光

相处之道

真假钻石

直接刺激

女性最佳阵地

做事要有责任感

训练眼光

一条营商的道理

奋斗成功例子

旧时晚装

损失有别

专业水平与操守

面议有益

我的志愿

正视自己

冷静处事

知识的吸收

装扮自己

建立友谊

探取消息
经一事长一智
浪漫背后
工作质量
谁会婉拒阳光？
赖床恶习
预支遗产
心想事成
独乐不如众乐
友情更珍贵
有朋友真好
中年哀乐
谊父情意结
搵钱与享受
亲力亲为
道义与责任
物有所值
发掘潜能
了解公司潜质
控制增长
购物求优
享受假期
做媒三大原则
朋友不应独有
良伴不可缺
宁滥勿缺
进取心
肯定的态度
野心是动力
勿错过机会
原则问题

人人有泪不轻弹

内外总应有别

四川卫视采访

大会秘书处

入会

责任为大

2013 年 03 月 06 日

全体鼓掌

莫言找了经理人

第一天开完全国政协会回到北京的家

与同是香港中文大学毕业的陈万雄先生

一个全国政协委员的心愿

察纳雅言

取决于天分

辩驳无用

什么是爱情

谁该先行

先报忧后报喜

用耳多过用口

只让三步，势必反攻

潇洒的气派

合作要愉快

除笨有精

量才而用

务必扩阔心胸

营造工作气氛

涉猎多种生活

做到最好

时刻铭记感谢

充满信心

人治不及法治

生活戒条

巧妙纠正

衣食父母

勿提当年

衔头与实际贡献

辩驳无用

坐吃山崩

自抬身价

女性的表现

一定得跟你婆婆斗

嗜好变财富

千万要奋斗

帮人是在让他帮你

"打斧头"

浪漫背后

老板永远是对的

平庸也是福

低调

装傻扮懵

辞职

提点老板

谈恋爱

身心健旺

魅力的累积

金钱换快乐

皇亲国戚

女性最佳驿站

敬业乐业

商场炎凉故事

自作主张

爱情跑到哪儿去了

忠心不二

欣赏男性

金钱换快乐

2013 新年钟声响起，唱着《友谊地久》

黄宜弘、梁凤仪与儿孙同学同事

气质不可缺

新年的祝福

要挑战自己

领悟潜台词

谈恋爱

吝啬的老板

快乐地活着

排遣寂寞法门

爱情故事

"野心"是资产

自尊与自信

信仰凌驾感情

好草不怕回头吃

佳偶与怨偶

本身价值问题

让我心温暖世界

话说缘分

宁教人分妻

过滤甘辞

争取拥戴

切忌贪功争荣

义气变儿戏

从男性身上的德行着手

会有人求你

不要说教

诚恳处事

意外事故
爱之历练
用贬不如用褒
大女人与小男人
健谈基本法
施恩莫望报
女性的态度
赚钱意识
自知之明
精神独立
自保三则
用心做事
承担责任
不妨幽默
吸引同性
小女人小文章
不要偏重时髦
妇孺式款待
胜者为王
述职有术
教授瘾
女性的特质
变心事小，心变事大
自负与自卑
穿出魅力
拒绝的技巧
最蠢的做法
独立精神
努力要得法
食君之禄担君之忧
指点迷津

朋友不应独有
保持心情畅顺
做事容易做人难
我最不喜欢的人
留有余地
自制得宜
欢迎考验
不必强求
不能比较
人际关系是双程路
同事与朋友
聪敏又细心
巧妙说"不"
失恋？未必！
义气当先
女性的态度
小心聪明过火
发人深省的道理
十清一俗
不劳而获
有仇不报非君子
讲话的艺术
天天在比赛
乐事与善事一齐做，更乐
"埋尾"非易事
道理不是人人都懂
说说锦上添花
学会换位思考
难得的好男人
什么都不要怕
不可有异心

跟你们玩个游戏

风头莫太劲

道歉也要够资格

两难境遇

潇洒的女人

施恩莫望报

看着不顺眼的人太多

安分守己

现代人的生死相许

真诚无敌

培养魅力

跟进老板要与跟进情人一样

妒忌使人失控

有心最要紧

怕老

别自作多情

永不言悔是假的

做事容易做人难

年轻人大忌

光明磊落赌输赢

福分

话说缘分

从不看轻人

不可乱说话

这本小说是写定了

《梁凤仪与你有个约会》

我要写我最后的一本小说了！

刘墉

印情

当女主人还在洗澡的时候

购物的理智教训（刘轩）

少帅禅园

不是不报，时候未到

小心艳照门

画说龙山寺

烟云供养九十年

登上人生的高峰

画九寨沟记

亲爱的小帆

漂泊的细胞

日本人的"性"格

中国绘画的省思——裱画篇

后面总要留一手

倾听心灵的声音

要过得像人，而不是像个机器人（刘轩新作）

如果屈原在八月投江

刘墉新作发表

我崇拜坚持（刘轩新作）

台湾其实挺幸福的（刘轩新作）

跳痛的人生（刘轩新作）

台湾警察 vs 纽约警察（刘轩新作）

跟孩子学习的态度

所幸还剩一点

风水没啥稀奇

画芙蓉

你有没有职业乱伦

毕业即失业，出门就落伍

大牌为什么在后台吵架

你扮过猪八戒吗？

命愈算愈糟

优等生为什么自杀

胡因梦

世纪清华——珠江论坛讲座（2013年12月14日）

疗愈与正念

《尊重表演艺术》译者序

发四无量心

《当生命陷落时——与逆境共处的智慧》

公益讲座预告：活着，是为了什么？

近期活动预告

《与无常共处——108篇生活的智慧》

新书推荐：《转逆境为喜悦——与恐惧共处的智慧》

新书推荐：《灵魂的功课》

宗萨蒋杨钦哲仁波切最新力作：《不是为了快乐》

新书推荐：《人生的十二个面向》

璀璨的暗夜之旅

小我的内容和结构

自我的形成

难行道

修道上的物化倾向

［转载］舞者高艳津子和她的新作

［转载］新教育国际论坛《宁波宣言》

东莞演讲：女性的觉醒

［转载］真正的中国人是怎样的

《新世界：灵性的觉醒》推荐序

［转载］农业背后的精神意涵

近日内地演讲预告

《精微体：人体能量系统百科全书》

新年祝福

阅读分享——有关喉轮

张大春（中国台湾）

小兔子迷路

川震咒

那叫魏晋风度

大公雞歌　兼示周凤五教授

京沪归来奉寄诸友之九·致莫言

登高而秋

酒辩

《大唐李白之凤凰台——选段》

《大唐李白·第二卷·凤凰台》选段

李白见苏颋

重贴《认得几个字》中一文：帅

叠字歌赠光仁六信小朋友

骑羊子歌

传得凤凰声

重临天马歌送李小石

《大唐李白》之千里不留行

给华健的另一首歌——在野人

临水对月七题

给华健的另一首歌——辞别曲

给华健写的另一首歌——侠客行

看看！甚麼叫业务？

在野人

我的干女儿李其叡小朋友来武汉演出

2013年02月24日

转贴诗人任之的水仙歌一首

《大唐李白》的一个片段

丁连山生死流亡

张容感染肠病毒，七古三章

以情节主宰一切的

人若宽心不怕肥

转贴—绘本童话内文——《猛牛费迪南》
每况愈下有甚麼不對？
高阳诗拾零（纠谬重发）
今天学英文——「与上帝的对话」
大长篇《明月奴》——试刊一小段
重阳日悼王师金凌
老黎的黯然
转贴我所尊敬的长辈郭誉孚先生一文
看看人世，读读英文（之二）——
两位往生女士的对话
倘若生活是缩减，便与它对峙
李北海真要命！
《对古饮》——一韻到底的七古一首
鬼子又来了
失落的秋香
从臊开始认得
《转贴》是谁让台湾停止转动
文化太大了
关于X.O的传言、本事和诗
从今告别文学獎评审
三读出塞集
三个
课子之二，重临米芾《吴江垂虹亭作》
为君细写一联春
在竞赛的季节里
坐忘
应知癡字最深情
旅字的长途旅行
再谈僧诗
从冷冷的僧诗入手
第一珠帘半卷人

我们要睡到几时？
官人我要政策
试问云侬谁薄幸
韩寒写错了甚麽？
事关张彻道演本来要拍的一部片子
为甚麽要考试？
分身和酒瓶
诗教
移家字句泪如丝
同里湖一瞥黄昏
林书豪效应
一篇专栏的开年话
行路不难问路难

徐贲
中国需要公共说理和公民理性
"讹人大妈"和"辱华洋人"
法治需要"敬畏"法律吗？
公共说理的价值保证与逆向说理
"群众口语化"的新八股
为什么在中国要选择"低危"职业
自由言论塑造优秀的公民人格
豪宅和女色的"阔文化"
"愤怒"形成怎样的公众意见
公共说理如何避免"越说越僵"
撞墙不回头的"愚蠢"
钱袋上的对抗：美国"政府关闭"的历史剧
社会公德需要公民自尊
我40年前的一位知青亡友
人文问题也是公共问题
反人权的酷刑遭人厌弃

什么是"心魔"

苍蝇和老虎谁的危害大

"红卫兵"道歉是一种怎样的良心行为

"请愿伸冤"是一种怎样的公民权利

中国气功的"人群效应"

中国情非得已的"在商言商"

政治化的感恩糟蹋"感激"

"易粪而食"的道德与情绪

鼓掌是一种"社会传染病"

民主的心理学和人心的启蒙

什么是真诚的悔过和道歉

互联网上的公民教育

不说真话，发誓无用

宗教、文学和科学中的"妒忌"

"自由了，但没有解脱"：记忆思想者普利莫莱维

沾光和沾霉气

政治是每个人的副业：学做"精明的公民"

希望在"哀大莫若心死"中死去

中国人的良心问题：不做"吃米饭的机器人"

黄河浮尸与人的尊严

刻印在人心上的律法

"中国梦"与"美国梦"的差别

公共话语危机中的"公知"背运

选民对政客的"审慎信任"

人文与言论

宪政法治中的"人民领袖"

"神道设教"与"唱红"的伪信仰

比"坏种"更恶劣的是"伪善"

"道德正确"的胡说八道

选民给"代表"打分的时候

民主社会中的"良心"

制度造就的"坏人"
奴性和人性
权力与秘密的危险结合
徐贲新书《怀疑的时代需要怎样的信仰》
这样的"幸运"不公正
共和法治的缔造者和初始时刻
无度时代的"贪婪"
公民权利是争取一切其他权利的权利
公共媒体对民众知情权的责任
政治梦想与现实条件
说真话得先让人能说话
粗鄙是中国社会的癌症
"文化"的启蒙和教育责任
政改需要"好生活"的理念
人为什么会作"残忍"之恶
改良不是清除八股官话的根本出路
宪政需要怎样的制度守护
大众幸福学中的"自由"
别让"幸福"成为有名无实的时髦用语
徐贲新书《统治与教育：从国民到公民》
非人化的荼毒
"涨工资"提升的是怎样的幸福感
无信仰的拜偶像是一种精神堕落
美国的竞选与金钱
"选民访谈"与"幸福调查"
人微言轻的选票是民主的最强力量
莫言的谵妄现实主义：误译了
金钱不是美国选民的唯一"自我利益"
投票率低的是怎样的民主选举
群众激情宣泄的"羊咬兔子"
让公民交谈代替群众呐喊

中国"共识"需要怎样的理性话语
美国人的选举投票和"入党"
选民不信任政客是美国政治的常态
NBA 使汉语"不纯洁"了吗？
为弱者讲述的人权历史
公民说理，使真理获胜
普遍人权的四个价值支柱
提防"说得通"的胡说八道
民众对政府的"行政保密"拥有怎样的知情权
"屁话"比谎言更害人
举国体制下的体育是"利维坦"式的怪兽
自然灾害预报与人言滔滔
中国特色的"修辞学"
到底谁有理，问问"第三方"
中国人拜偶像的心灵危机
怀疑的时代需要怎样的信仰
什么是《知青》"激情岁月"的激情？
我们也曾经是迷惘的一代
中国文科的厄运与责任
穿上学位服的时刻
电视剧《知青》带来什么样的记忆？
"舌尖上的中国"和饮食禁忌
作家集体抄书是耻辱，不是荣誉
大众文化中的价值观
大学之门不应对失足青年关闭
有利可图的"有机知识分子"
人为什么害怕诅咒
说理岂能不知道"理在哪里"
慎谈美德也许正是一种美德
精英如何介入大众文化
把人民当傻子的"开明君主"和"伟大领袖"

美国人纳税的《圣经》启示
政体改革的历史机遇稍纵即逝：政治改革的政体问题
优秀的政体必须追求优秀的价值：政治改革的政体问题
"充分公民"是衡量政体优劣的标准：政治改革的政体问题
政体是制度与公民文化的结合：政治改革的政体问题
公共辩论中的"纳粹法则"和"红黑法则"
美国的"政治大嘴巴"
创伤与怀旧并存的灾难"后记忆"
民族主义神话"复活"斯大林
"理性"与"信仰"，所争为何？
"好人综合征"是一种心理疾病
公民社会的"理性集会"
美国有"啃老族"吗
"好人吃亏"和"好人不吃亏"
好的公共生活需要价值共识和公民启蒙
学校历史教育和国家集体记忆
话说"政协"
集体记忆的伦理和往事纪念的权利
能从《雷锋日记》学习说理吗？
"言论自由"保护吹牛夸口吗？
关于《什么是好的公共生活》的访谈：公共生活和群体幸福
"政治好人"雷锋
作为历史证词的口述史
大学教授的非理性话语
警惕"非人化"背后的敌意
美国大选中的"公正"价值
软实力和价值观
用"公民学"代替暴力维稳
如何对世界说"这就是中国"
外来价值有那么可怕吗？
公民自卫的"城堡法"和"不退让法"

没有信仰的政治人物令人害怕
从"狼爸育才"看惩罚式教育

毛丹青
日本社会的人走茶凉现象
一位社会派日本导演跟我说的话
一篇让我感动的汉语作文
日本编导与电视纪录片的减法工程
《毛先生与知日群芳谱》电视新闻字
我是一个喜欢猫的人
村上春树的文学大转舵
一位日本编导的手记与预告片
看上去没啥意思的日本汉字图
什么是日本文化的极致与敬意
村上春树的小说是为了都市灵魂而唱
关于川端康成的文学解读
莫言后的中国文学之世界走向
献给所有和成功交换了血泪的人们
最近在我周围的意趣小事
如何打造中国当代文学的翻译家？
长爱歌
日本人的极致不是病
明星传记与日本人的负面思维
走向极致是日式励志的一种
甲子园高中棒球是青春的接力棒
上海书展与我
我为什么翻译三浦友和的《相性》
写给最让我敬重的日本汉学家
真爱必将常驻人间
秀水街与我的记忆
我最近的校园意趣

每回当我想起父亲的时候
大学的手绘教材何以比 PPT 效果好
日本文学与游牧性格
狗狗告诉我美丽的故事
扬州女儿
时隔 18 年的村上春树对日本说什么
北京摇滚让我记住的美丽时光
村上春树新小说的狂飙转型
强震后 10 分钟内日本人的行动指南
读了村上春树的新小说之后
日本电视新闻的制作演变
日本开学为何选樱花怒放的季节
樱花是认识日本的文化筹码
村上春树得以全球畅销的理由
这是我送给毕业生的话
如何认识日本文学之魅
中国空气污染应吸取日本教训早治理
淡远境界何处来
日本电影大导演的中国情结
我跟日本人开会的真实感受
春节让我想老家的一个瞬间
我所感受的日式师徒
我的日本生活面面观
我一个人的《东京物语》
品格，重在信念
2013 年元旦的身边小事
年底在我周围偷着乐的六件小事
圣诞夜的译书漫谈
中国《知日》正从身边小事观察而起
莫言与日文译者的一段轶话
日本斋饭与清贫的思想

秋天的落叶是美食最佳的装饰吗？
村上春树是养猫的神人
世上有另类的日本人
中国文学严重缺乏翻译战略
莫言获诺贝尔文学奖的两个效应
莫言与日文译者的友情交往
大江健三郎私访莫言时的一个细节
谁看见了莫言文学的原始风景
日本电视是如何报道莫言获诺奖的
和莫言一起走近川端康成
我家的黑猫与天堂鸟
川端康成拿诺奖的内幕
村上春树是日本勇敢的公知吗
日本是个老闹地震的国家
日本究竟能让我走多远
教师节写给我中日学生的话
中国文化在日本的传播很让我痛心
知日者为智
座谈日本猫的实录
日本电视报道奥运是否有要领
媒体报道奥运时的均衡思维
伦敦奥运中日撞衫后的学生反应
日本夏天专门打造神童
我在日本的大学校园逸事
在大阪出席美国独立日晚宴有感
写在《狂走日本》扩大新版发布之前
日本插图上的乡村老太太
日本众僧与我的零距离接触
日本推理小说的编制与流程
大爱在人间
我怎么给日本学生看《舌尖上的中国》

295

日本如何制造畅销书
从日文拙著的封面装帧想到的
当我写鸟儿的时候所想到的
日本社会的中国新元素
日本人为何喜欢黑色
愿以《波短情长》与网友交流
什么是日本人的田舍力
日本学者如何解析日本人
中日两国的友好交往没有单行线
了解日本是为了丰富我们的智慧
特立独行朱维
日本每年的樱花美在何处
一位拥有外部视野的日本学者的论说
日本人的忧患意识也追求美感
日本新干线的穿刺行
一座精美中藏杀机的日本古城堡
日本让我囧了的三件小事
日本书店让我觉得滑稽的时候
日本寺院的山门所藏
日本人讲话时的夕阳逻辑
日本校园流行的考生笑话
如果我是我家的猫
日本大震灾后的三个变化
我在日本讲课用手绘教材的理由
大震灾后的中日学生的变化
撒豆子的日本人有看点
如何用最个人的方式感受日本
日本人遇难时是如何减压的
过春节画画与看戏的快乐
中国文学与日本触电的个人因素
日本大学生何以让课堂不冷

日本福男诞生的瞬间
我的日本学生的那些事儿
新年让我感到生活的美好

洪晃
我所知道的"例外"与"无用"
时尚在中国

桐华
把相思辜负
《长相思》——爱而不得，忘却不能
你爱的男人，爱你的男人？
陆励成——《当巴》
《最美的时光》
江南·四月·琐记
《大漠谣》2012年版
故事中的故事

虹影
［转载］评虹影——冷静而狂热的目光更具穿透力
在东京拜访一事无成者周树人
53种离别之一
威廉姆斯先生
小说里有张爱玲或是没她？
虹影小说　近年余虹研究
当世界变成辣椒
虹影的"巫"样人生
［转载］《银珠·菩提心佛画展》——献给我的母亲银珠

后 记

这部"集成",辑录了自网络文学诞生以来,我国网络文学研究的成果目录,包括网络文学研究学术期刊论文存目(910篇)、网络文学理论批评报纸文章存目(1037篇)、网络文学研究博士硕士论文题录(229篇)、学术会议网络文学论文存目(143篇)、网络文学研究学术著作存目(83部)、网络文学出版作品存目(1081部),以及名作家博客文章存目(67人,3006篇)等,目的是为网络文学研究者提供学术资源索引和理论成果汇集。这些标题存目成果的原文,已被纳入"网络文学文献数据库"软件在我们网络文学基地的"中国网络文学研究网"　　（http://webliter.csu.edu.cn/）运行,在非商业目的前提下,方便使用者查阅使用。

本书是我主持完成的国家社科基金重点项目"网络文学文献数据库建设"结题评优的系列成果之一(全部成果包括4部书稿和1个数据库软件)。网络文学研究的文献资源十分丰富却又极为驳杂。网络信息起落流转、瞬息变化,传统学术对网络文学涉猎时间不长、不占主流,其中的研究类信息极易被忽略。因而,国内少有研究者就此有过全面系统的清理。有鉴于此,本成果有着学术资源的存真性和广泛的应用性,其所厘清的23年(1991—2013)网络文学研究文献成果,及其所蕴含的文学史的史学、史料、史实和史源价值,可以为网络文学研究提供丰富而较为完备的学术资源,方便使用者查阅几乎是所有的网络文学理论批评文献。如能将线下线上结合起来,与我们基地网站的"网络文学文献数据库"配合使用,即可实现"一卷在手尽享资源、打开软件想嘛有嘛"的学术构想,为今后的网络文学理论批评提供一些基础性学术资源,这无疑会让案头存留本书的网络文学研究者、学习者和爱好者受益。

辑录这些成果离不开在网络海洋的徜徉觅珍,也需要在传统学术媒体上"淘宝",要有一定的耐心、细心和甄别眼光。本书显然未能就此做到尽善尽美，错讹疏漏在所难免，祈望得到睿智读者的指瑕抑或批评。

　　我的研究生吴辉、贺予飞、苗雪宁和作为学业导师指导的本科生同学周静君、杨楠、邱思、应超男等，协助查阅了大量文献，收集整理相关资料，"集成"他们的聪明才智让我得以如期完成本《集成》。中国文联出版社曹军军先生热情支持本书出版，做了大量卓有成效的工作，在此一并致谢！

欧阳友权
2015年7月15日于长沙岳麓山下